楚天山南

大风不是木偶 著

北京燕山出版社

"对了，你叫什么名字？"唐蘅说，"我叫唐蘅，唐朝的'唐'，

草字头下面一个平衡的'衡'。"

"李月驰。"

"月亮的'月'，飞驰的'驰'。"

"你 知 道 我 是 谁 吧 ？"

"我知道。你是唱《夏夜晚风》的那个人。"

目 录

第一章
重逢

大巴行驶在高速公路上。4月初的铜仁飘起小雨，天色已经暗了。

唐蘅闭着眼，车厢内光线暗淡，因此并没有人留意到他的神色。他的眉头拧起来，薄唇抿成一条线，唇角向下压——如果不是耐力过人，他觉得自己下一秒就能吐出来。

唐蘅晕车了。他一直有晕车的毛病，这次出门走得急，忘了带晕车贴。更要命的是一个小时前他在铜仁市区吃的那顿自助餐。酒店厨师可能把他们当作了饿死鬼投胎，鸡鸭牛羊鱼样样都有，唯独没有一盘青菜或一碗白粥。唐蘅将就着吃了几口炒牛肉，正想趁学生还没吃完，下楼抽根烟清醒清醒，扶贫部门的人就过来了。

徐主任拿出领导的派头，说自己戒酒多年，以茶代酒吧。卢玥是女人，自然也没人劝酒。故而喝酒的任务就落到了他和孙继豪头上。对方人多，这个处长那个秘书的，一个个轮流来敬酒。即便每次唐蘅只是沾一沾唇，最后到底喝了三杯有余，白的。

"这酒真不错，"孙继豪还有些意犹未尽，"师弟，你还行吗？"

"我没事。"唐蘅说。

他们吃完晚饭便立即上了大巴，陪同的工作人员说铜仁市区距离石江县城有近三个小时的车程。唐蘅感到不妙，连忙含了颗薄荷糖，然而不到半小时，胃里的食物开始翻腾、上涌。

有晕车经验的人都知道，上车前一定不能吃得太饱或太杂，因为晕车本来就容易反胃。所以此时，唐蘅的感觉就像是有两只手伸进他身体里，一只在搅拌他的脑子，另一只在搅拌他的胃。而孙继豪还在旁边和前座的学生商量论文："摘要重写一下，这里换一个人引用，他不合适。你引用唐老师今年刚发的那篇，关于某省扶贫的……不不，不是唐蘅老师，是唐国木老师。"

唐蘅想说你们能不能消停一会儿，但是他开不了口，怕一张嘴就吐出来。

平日里他很少出学校，每次出门也都记着带晕车贴。这次实在是太仓促，下午还在给学生上课，晚上徐主任的电话就打了过来："小唐啊，你收拾一下，明天跟我们出差。"

唐蘅没反应过来："什么？"

"事出紧急，"徐主任长叹一声，"本来是王山和我们去嘛，这家伙，就今天中午，哮喘住院了！"

唐蘅："……"

"你来顶替王山的位置，我们明天早上六点二十出发，在教师公寓大门口集合，待会儿小孙会把注意事项发给你。"

"等等，徐主任，"唐蘅脑中一片空白，"我还有课，而且下周五要去香港开会——"

"你的课找人代一下嘛，或者请个假，回来再补。"徐主任顿了顿，"这个项目很重要，我们去年已经做过一次了，等这次回来，系里打算申请国家立项的，好机会啊小唐。"

徐主任都这样发话了，唐蘅便不好再推托。只是当时他尚且想不到，此行目的地竟然是铜仁市石江县。中国有上千个县级行政区，而他们去的偏偏是石江县——这是什么见了鬼的运气？

孙继豪和学生讨论完论文，又聊起哪家茶餐厅好吃。唐蘅有点儿烦躁地望向窗外，暮色沉沉，LED指示牌一闪而过，上面显示：石江，124Km。

他不知道124公里要开多久，也许快到了，但沿途的风景总是暗色的山峰和裸露的石块，给他一种永远都到不了目的地的感觉。孙继豪扭过头来问："你是不是晚上没吃饱啊？我看你就吃了几口……到了石江咱们再出去吃点儿。"

不待唐蘅回答，他继续说着："石江那边的米粉很出名，羊肉粉，你吃过没有？听说都是山羊肉啊，和我们平时吃的不一样。"

唐蘅本就反胃，此时听他这么说，更觉得头昏脑涨。

"再说吧。"唐蘅低声道。

"真的，你一定要尝尝。去年在贵阳待的那几天，我和卢玥每天早上都去吃羊肉粉……"

孙继豪是社会学院里最爱吃也最会吃的，一张脸吃得又白又圆，仿若面团，虽然才三十五岁，却已经显出几分弥勒佛的慈态了。

唐蘅没接他的话，只是问："还有多久能到？"

"一个多小时吧。"

"好。"

话音刚落，一股呕吐感又涌上来，唐蘅连忙按住胃，所幸身上盖着件冲锋衣，遮住了他的手。

晚上八点一过，大巴停在石江温泉酒店正门。唐蘅从前门下车，经过后视镜时看见自己的面色煞白如纸，眉头也拧着，像是来索命的。

下了车，湿冷的空气扑面而来，只一瞬间，唐蘅便觉得好受了许多。与澳门不同，他感觉这里的夜空很高很高，无端显得空旷。这是他第二次来贵州，他抬头望去，云贵高原的夜空仍然没有星星。

一个穿西装套裙的女人迎上来招呼道："您好！路上辛苦了。"她一边同徐主任握手，一边自我介绍道："我是石江温泉酒店的经理，老师们叫我小齐就行，齐秦的'齐'，哈哈。"

徐主任矜持地点点头，孙继豪上前一步与她寒暄："齐经理啊，哈哈，你好你好！"

"您太客气啦，叫我小齐就行！这些天辛苦老师们了，我们这穷乡僻壤的也没什么好玩的地方，真是不好意思……"

"哪儿的话，"孙继豪笑着说道，"我们这不就是来帮你们搞扶贫的嘛。"

齐经理一面和孙继豪寒暄，一面找机会和徐主任搭话，一面带着四人向酒店里走去，一心三用，倒也游刃有余。这温泉酒店看着很气派，进了大门是一道古色古香的连廊。唐蘅走在卢玥身边，见她一路都抱着手臂不说话，便问："师姐，身体不舒服？"

"还好，"卢玥勉强地笑了一下说，"就是有点儿累。"

唐蘅点点头，没再说什么。他们这一整天都耗在了交通工具上，早上从澳门飞贵阳，中午又从贵阳坐高铁到铜仁，吃过晚饭再坐大巴，确实够折腾。

穿过长廊，路过两个喷水池，总算到了客房部。高高的穹顶上挂着水晶灯，在孔雀绿的大理石地面投下重叠的影子。电梯口站着服务生，见他们走来，先是微笑着鞠了一躬，然后为他们按下电梯门的按键。

齐经理介绍道："学生们住双人间，在二楼；老师们住单人间，在三楼。"

徐主任调笑道："我们这儿有两口子，可以安排在一间房的。"

"啊？"齐经理的目光往人身上一转，即刻说，"真是不好意思，三楼也有双人套间的，我马上去安排……"

"不用麻烦了，"卢玥打断她说，"就这样住吧。"

孙继豪也跟着点头："对对，就这样吧，不用换房间——今天大家都辛苦了。"

于是四人分别拿了房卡，由服务生带着，进了自己的房间。

齐经理说的单人间，其实是宽敞的套房。拉杆箱已被提前送进来，卧室、书房、会客厅、浴室，以及一个半圆的露台，房间里所有的灯都亮着，空气中飘着浅淡的香味儿，说不上来是哪种香。唐蘅仍然有些想吐，于是脱了冲锋衣走进露台。

隔壁露台的躺椅上瘫着个人，正是孙继豪。

"师弟！"孙继豪笑眯眯地说，"待会儿去县城逛逛吧。我问了，开车十分钟就到。"

"不了，"唐蘅双手撑在栏杆上，白衬衫早就皱巴巴了，"我有点儿累。"

"哎哟，那几个小姑娘要失望了，特地求我来喊你呢。她们刚才在车上就想和你聊天儿，可你冷着脸她们不敢。"

"……"

"得啦，"孙继豪起身，扭了扭脖子，"那我去了，我得给卢玥买药。"

"她怎么了？"

"没啥事儿，就是过几天可能得吃点儿布洛芬……"

他提起买药，唐蘅这才想起晕车贴。接下来几天他们会去贫困村调研，走的都是山路，没有晕车贴怕是难熬。迟疑片刻，唐蘅说："我和你们一起去吧。"

"啊？要买什么吗？"孙继豪看着唐蘅问，"你不是挺累吗？我帮你捎回来吧。"

"没事，我和你们一起去。"

二十多分钟后，一行人来到石江县城的主干道。

齐经理和司机一起把他们送过来，这会儿又成了他们的导游，领着几个学生走在前面，热情地介绍着石江的风土人情。石江县城面积不大，一条小河穿城而过，沿着河边走，能嗅到很淡很淡的水腥味儿。

路过一家药店时，孙继豪拿了盒布洛芬，然而店里没有晕车贴，只有晕车药。孙继豪干脆地道："那就晕车药呗。来，两盒一起结账。"

不待唐蘅阻止，他已经抽出皮夹，迅速递过去一张50块的纸币。

唐蘅只好接下晕车药，向他道谢。

"客气啥！"孙继豪大大咧咧地说。

众人跟着齐经理逛夜市，晚上十点，还算热闹，四处亮着黄澄澄的灯。两个学生送来刚买的炒洋芋，一次性纸盒盛着，撒了葱花和孜然。

"老师，他们这边把土豆叫洋芋，这么大一份，才4块钱！"仿佛是件很新奇的事，一个学生不禁惊叹。

"这边产小土豆，不知道这个是不是。"孙继豪用竹签插起一块送进嘴里，"嗯，土豆味儿很浓。"

"豪哥，小土豆是什么？"另一个学生问。

"也是土豆，不过个头儿特别小，"孙继豪屈起食指和拇指比画了一下，"就这么大吧，去年我们到贵阳出差吃过的。"

"你们去年就来过贵州了？"

"去年是徐主任、王山、我和卢玥。"孙继豪看着唐蘅问，"师弟是第一次来吧？"

唐蘅捧着炒洋芋，没有吃，却感觉被噎了一下。

孙继豪看着他，学生看着他，就连齐经理也凑过来非常热络地说："唐老师是第一次来吧？我们这边海拔高，您习不习惯？"

唐蘅盯着黄灿灿的洋芋，低声说："是第一次来。"

"哎！我们这边虽然经济落后了些，但是风景确实不错的。"齐经理神采飞扬道，"唐老师，等你们工作结束了，我带你们去趟梵净山，天然氧吧啊——爬爬山，舒服得很！"

"那倒不用，"唐蘅的语气中显出几分冷淡，"齐经理，你知道的，我们有工作纪律。"

齐经理讪讪地笑："那我们多不好意思，你们这么辛苦……"

孙继豪打圆场道："没事，以后还有机会来嘛。"

唐蘅懒得跟他们周旋，于是低头吃起洋芋。他记不起上次吃这东西具体是在哪里，但他确定是在武汉。可是在武汉的哪里呢？卓刀泉夜市，粮道街，还是万松园？想不起来了，那毕竟是六年前的事了。

时间过去太久，越来越多的记忆变得无足轻重。

一行人渐渐走到夜市的尽头，他们踏在石板路上，脚下是暗河，每一步都发出空荡荡的回响。遍地是一次性筷子和纸盒，唐蘅听见某个女生提醒同伴说："小心哦，地上好脏。"

"孙老师，唐老师，"齐经理走过来，指了指前面说，"这儿有一家石江土特产店，你们想不想看一下？"

孙继豪摇头道："不用了，我们也没什么要买的。"

"不买也没事呀，我带你们看看石江的特产，"齐经理满脸热切，"以前石江根本没有生产这些东西的厂子，都是各家做各家吃。也就这两年，澳门特区给我们提供了资金，厂子才开起来的。"

"豪哥！"几个学生兴奋起来，"咱们去看看吧？"

孙继豪递来一个无奈的眼神问："师弟，你想去吗？"

唐蘅本该明白他的暗示——齐经理带他们去土特产店，也许是想借机送礼。然而刚刚的炒洋芋咸得发苦，仿佛生吞下一撮浸了油的盐，反胃、眩晕又涌了上来。一时间，唐蘅什么都没想，只点头说："那就去看看吧。"

后来他回忆起这情景，总觉得是冥冥之中遭了报应——说谎的报应。

又走了大概五分钟，齐经理带他们拐进一条小巷，巷口有家不大显眼的门面，锁着门。

"欸？"齐经理上前，拨弄了两下锁头说，"平时不会这么早关门的，大家稍等啊，我打个电话问问。"

孙继豪说："那就算了，也不早了。"

"没事没事，我问一下——喂？你在哪儿啊？我这儿有几个客人，想来你店里看看。嗯……要得，要得。"

齐经理挂了电话："他马上就回来，刚才找他女朋友去了。"

众人无话，站在巷口等着。唐蘅扶了扶眼镜，在朦胧的夜色中打量小店招牌，普通的蓝底白字，上面写着：石江土特产零售（总店）。

就这还是"总店"吗？唐蘅臆想，怕是只此一家吧。烤洋芋是吃不下了，四周又没有垃圾桶，他只好拎在手里，那味道还一阵阵地飘上来。唐蘅蹙着眉，迟钝地想，也许确实是"高反"了。

一道亮白的车灯光自巷口射过来，电动车停下，上锁，然后一个瘦高人影向他们走来。齐经理介绍说："这是澳门来的领导，来我们这里考察的，今天刚到。"

"啊，欢迎领导，欢迎！"那人和孙继豪握了手，然后掏出钥匙开门，像是根本没注意到唐蘅。然而唐蘅却在听见他声音的一瞬间，猛地瞪圆了眼睛。门开了，"啪"的一声，白炽灯亮起来，学生们鱼贯而入。唐蘅立在原地。这时齐经理说："小李，这边还有一位带队的领导——唐老师。"

唐蘅下意识地后退一步，脊背几乎贴着小巷的墙壁，很凉的墙壁。他还是看不清那人的脸，只听见对方"嗯"了一声，站在那儿没有动，似有迟疑。

随后，他向唐蘅走来。

"唐老师？"他停在唐蘅面前，平静地问。他也许看清楚了唐蘅的脸，也许没有。他们之间隔着五六步的距离，而他的影子被拉得很长，朝唐蘅压下来。冷掉的炒洋芋的味道愈发浓郁，唐蘅感到天旋地转。

"唐蘅，是你吗？"他问。

唐蘅甚至不敢看他的脸，天旋地转间什么都看不清："……李月驰？"

"是我啊。"可李月驰竟然笑了一下，利落地说，"没想到你又来贵州了。"

又。

又来贵州了。

果然说谎是要遭报应的。

唐蘅的喉结上下滚动，两秒后，他再也忍不住，"哇"的一声吐了出来。在那混沌的几秒钟里，唐蘅怀疑自己的肠胃也拧成麻花，一股脑儿地冲出来了。

齐经理大惊失色："唐老师！！！"说着就急匆匆跑过来，一把扶住唐蘅的肩膀问："唐老师？您没事吧唐老师？"孙继豪也连忙凑过来喊道："师弟？"

唐蘅弓着腰狂呕，同时冲他们摆手示意，意思是离我远点儿。然而齐经理大概理解成"我快不行了"，于是连声音都哆嗦起来："小李，快快快……快叫120！唐老师'高反'了！"

孙继豪倒是冷静一些："不至于吧？刚才还好好的……"

学生们听见动静，也从店里跑出来，又被孙继豪赶了回去："别在这儿围着！影响通风！"他俯身问唐蘅："师弟，要去医院吗？"

唐蘅撑着膝盖，低声说："我没事，别叫救护车。"说完又开始吐，片刻后，才勉强停了下来。

其实也就持续了将近半分钟。但是唐蘅确信，自己已经很多很多年没有这么狼狈过。

原本挺括的白衬衫早已皱了，又因他一身冷汗，黏腻地贴在皮肤上。他吐得满嘴酸苦，眼泪横流，额前碎发湿成一绺一绺压着眼皮，简直无法形容他此刻有多难堪。

好在吐完这一通，胃里舒服了许多。唐蘅嘶哑道："我没事，给我瓶矿泉水。"

齐经理忙把矿泉水奉上，也不知道从哪儿变出来的。

唐蘅一只手撑着墙，另一只手灌水漱口。齐经理和孙继豪就在旁边眼巴巴儿地看着，过了几秒，孙继豪忽然说："哎！我知道了，是不是晚上喝酒喝多了？"

齐经理问："唐老师喝了酒啊？"

"喝了点儿白的，当时我看他啥事儿也没有嘛。哎，师弟你早说不能喝，我帮你挡了不就得了！"孙继豪摇摇头，自言自语道，"有些人是这样的，喝酒不上脸，看不出来喝醉没有。"

齐经理听了这话，浮夸地拔高声音："不好意思啊唐老师，我们这地方穷山恶水的，习惯不好，喝起酒来就刹不住！"

唐蘅总算站直了，嗓子仍然是哑的："你们进去看吧，我在这儿……待会儿，不用管我。"

"对，你在这儿缓缓。"孙继豪看向齐经理："咱们进去吧。"

"唐老师，您……"齐经理显然不大放心，一扭头，突然想起什么，"小李，你和唐老师认识啊？"

她果然听见了他们的对话，那么孙继豪一定也听见了，只是还没来得及问。

唐蘅背对着李月驰，甚至不敢转身，只觉得浑身的骨头骤然缩紧，不住战栗。

李月驰笑道："对，我和唐……老师，"他顿了一下，故意似的，语气加重了，"我们是大学同学，没想到在这儿碰见了。"

"是的，"唐蘅转过身，仍然不看他的脸，"没想到。"

"你们是——校友？"齐经理瞪大双眼，兴奋地道，"这可太巧了！那你陪唐老师待一会儿！"

孙继豪站在一边，惊讶地扬了扬眉毛。

李月驰痛快地应道："没问题。"

齐经理和孙继豪进了小店，巷口静下来，只剩唐蘅和李月驰两人。

唐蘅仍旧望着地面，不抬眼，却知道李月驰正望着他。

他们似乎陷入了同一片沼泽，四肢无法动弹，唯有视线穿梭其间。唐蘅恍惚地想，他们已六年没见了。

李月驰忽然轻笑一声，随即抬腿向唐蘅走来。只走四步，他很瘦很长的影子便与唐蘅的影子交叠进同一片灰暗里。

"唐——老师，"他把声音压得很低，带了几分玩味，"我把你恶心成这样？"

唐蘅不应，只觉得如鲠在喉。他不想解释说"我晕车了"，尽管六年前李月驰对他晕车的毛病再清楚不过。这情形令唐蘅什么都说不出口，只觉得自己像在做梦。他知道李月驰老家在铜仁市石江县——但是怎么就这么巧？

李月驰又笑着问："你来这儿干什么？"语气就像他们真的只是多年不见的老同学。

唐蘅用力挤出两个字："工作。"

李月驰"哦"了一声，顿了顿，学齐经理的话说："我们这地方穷山恶水的，真是辛苦了。"

穷山恶水吗？唐蘅分明记得当年他口口声声说"以后带你去我家，夏天的时候山里很凉快……"

唐蘅无言，垂眼，挣扎了片刻，逼迫自己开口问："你有烟吗？"抽支烟，总比这么干站着好些。

李月驰问："你抽烟？"这次倒是不笑了。

"我胃里不舒服。"唐蘅说。

"抽烟就舒服了？"

"嗯。"

"什么时候开始抽的？"

"我忘了。"唐蘅忽然烦躁起来，"你有没有？给我一支。"

李月驰的左手伸进裤子口袋问："黄果树还是红塔山？"

"红塔山。"

"哪个都没有。"

"……"

唐蘅被噎了一下，反问他："你不是抽烟吗？"

"戒了，"李月驰的手从口袋里伸出来，手心空空如也，"在里面没得抽，就戒了。"

一瞬间，唐蘅就沉默了。

夜风像一盆冰水迎面扑来，令唐蘅打了个不显眼的寒战。唐蘅忍不住慢慢地抬起头，目光一寸一寸向上攀爬，从李月驰白色运动鞋的鞋尖，到他线条分明的下颌，最后停在他的脸上。

那是一张任谁看见了都很难不看第二眼的脸。

应该是取北方荒原野马的尾尖制成山马笔，然后蘸过最浓最黑的墨，一提一顿，工笔勾勒出漆黑的眼睛、笔直的鼻梁和略微下压的唇角。这面孔他实在太熟悉了。

六年没见了。

李月驰迎着唐蘅的目光，平淡地说："我是前年出来的。"

"前年……什么时候？"他记得李月驰的刑期是四年零九个月。

"前年冬天。"李月驰说，"表现好，减刑了三个月。"

"……"

那么就是四年零六个月。唐蘅动了动嘴唇，说不出话来。他不知道该说什么，能说什么——难道祝贺一句"重获自由"，或是"改造得不错"？

唐蘅最后只好把目光转向前方的小店，问他："你和女朋友开的？"刚才齐经理说，李月驰去找他女朋友了。

李月驰的目光也从唐蘅脸上移开，转过头一道望着小店的招牌，干脆地说："对。"

唐蘅说："挺好的。"

李月驰不应声。

这时小店里传来学生们的笑声，闹哄哄的。然后又听见孙继豪响亮的大嗓门儿："都逛完了没有？准备回去了！"

随即是齐经理的声音："那我让司机过来接咱们！"

凝滞的空气好像重新流动起来，唐蘅暗地里松了口气，说不出心里是什么感觉。

李月驰转过头来，似乎想说什么。唐蘅连忙抢在他前面开口："我这几天都有工作，如果有空，请你喝酒。"只迟疑了一秒，补充道："也叫上你女朋友。"

李月驰盯着他，忽而露出个冷冰冰的笑说："你都喝吐了，还敢喝？"

"不是因为喝酒……"

"还要叫上我女朋友，怎么，"他的声音很低，"还没从那件事的阴影里走出来吗？"

唐蘅整个人被他的话钉在原地。

"想多了，"唐蘅一字一板地说，"只是好奇什么样的人敢和你在一起。"

李月驰面无表情，左手又插进口袋里，竟然掏出一个小巧的白色烟盒。他把烟盒递到唐蘅面前，冷声说："我已经不抽黄果树和红塔山了，这个，你想抽就拿去。"

店里又传出孙继豪的声音："你们别磨叽啦，走了走了。"

下意识地，唐蘅一把抓过烟盒塞进口袋，动作迅速得无端带了点儿狼狈。

李月驰一言不发，转身走进小店。唐蘅听见他热络地招呼他们："老师们有什么想吃的吗？我们现在正在做活动……"

回程时唐蘅坐在副驾驶位，吐过之后身体舒服多了，他把车窗摇下一道缝隙，任夜风把前额的头发吹起来。

孙继豪和齐经理坐在后排聊天儿，齐经理问："孙老师，您看我们这儿的牛肉干怎么样？现在产量大起来了，我听说他们还想卖到澳门呢。"

孙继豪笑呵呵道："挺好的，包装也不错。但是……澳门那边口味清淡些，估计吃不了这种辣的。"

"有原味的啊，那种不辣。您刚才没尝着原味的？"齐经理立刻说，"明天我让小李送点儿过来，大家都尝尝。"

"别，这不合适。"孙继豪一口回绝了，转而又说，"那家店也弄得不错，老板——小李是吧——还开着网店呢？我看屋里堆了好多纸箱。"

"是呀，小李可是我们这儿有名的……"齐经理顿了一下说，"有名的大学生。"

"他这是大学生回乡创业啊？"

"嗯，这个嘛，"齐经理含糊道，"算是吧。"

唐蘅没搭话，只默默地听着。他知道齐经理大概是有所顾忌——确实谁都想不到，他和这偏远小县城里的小老板竟然是大学同学。既然有这层关系在，想必齐经理摸不准他是否知道李月驰入狱的事，因此也不敢多说什么。

孙继豪却是什么都不知道，大大咧咧地问："师弟，你和那个李老板，你们早就认识？"

"嗯，本科的时候认识的，"唐蘅淡淡道，"但是不熟。"

孙继豪自然就以为唐蘅和李月驰是本科同学，挺感慨地说："他从你们学校毕业了，还愿意跑回来创业，不容易啊。"

"对，"唐蘅说，"不容易。"

齐经理连声应和："小李这个人很有能力的——淘宝店开起来

了，重庆那边还有人来找他订货呢。现在厂子里的货除了进超市，就是在他这里卖，高才生确实不一样哈。"

是，高才生。唐蘅在心里接了一句，可惜是入过狱的高才生。否则，以李月驰的心高气傲，怎会愿意回到这偏僻小城做一个左右逢源的小老板？

其实这几年他偶尔会想，李月驰出狱之后会去干什么呢？大概还是会去大城市闯荡吧？没想到竟会在这里遇见他。

几句话的工夫，车子在酒店门口停下。学生们各自回房间去，齐经理与他们寒暄几句也走了。时间已经不早了，偌大的酒店一片静谧，唐蘅和孙继豪走出电梯，大理石地面隐隐倒映着二人的身影。

孙继豪打了个哈欠，懒洋洋地问："师弟，你之前来过贵州啊？"

唐蘅沉默，心想果然他也听见了那句话——"没想到你又来贵州了"。眼前又浮现出李月驰那张晦暗不明的脸。

"来过一次，在贵阳。"唐蘅轻声说。

"噢，是去旅游？"

"去吊丧。"

孙继豪停下脚步："啥？"

"以前有个关系不错的朋友，贵州人，"唐蘅面无表情，"后来死了，我去吊丧。"

"……"

半晌，孙继豪拍拍唐蘅的肩膀，干巴巴道："都过去了，师弟，这个……你，节哀。"

唐蘅点头："嗯，我没事。"

像是为了逃离这尴尬的气氛，孙继豪把晕车药塞给唐蘅，飞速刷卡进了屋。走廊里只剩唐蘅一人，他伸手去掏房卡，指腹戳到尖锐的棱角，是那个烟盒。

小巧的白色烟盒上写着：Seven Stars。

唐蘅掀开盖子，里面只有两支烟，细细长长的。

七星牌女烟。唐蘅知道李月驰不会买这种烟。六年前李月驰最常抽的是 5 块 5 一包的黄果树，偶尔也抽 7 块 5 一包的软装红塔山。那时候他还在乐队里唱歌，为了保护嗓子，所以并不抽烟，但是很喜欢把李月驰的烟抢走，李月驰则会有点儿无奈地看着他笑。

唐蘅忽然收紧手心，用力，把白色烟盒攥紧，捏扁。几秒后他陡然松开手，长长地呼出一口气。

这是李月驰的女朋友的烟。

早上七点半，唐蘅站在酒店自助餐厅外。他起得早，已经吃过了早餐，而其他老师和学生尚在用餐。

凌晨时分似乎下过一场小雨，此时天已晴了，阳光落在微微潮湿的青灰色地面上。唐蘅正望着青砖的纹路走神，身后传来脚步声。

卢玥背着个双肩包，冲唐蘅笑笑："师弟，昨晚没睡好？"

"有点儿失眠。"唐蘅也冲她笑了一下，"我脸色很差？"

"黑眼圈有点儿重。"

"哦，我没事。"唐蘅心想，怪不得刚才几个学生碰见他都像见了鬼似的，迅速道一句"老师早上好"就溜了。

"我听说你昨天吐了，"卢玥把几缕碎发挽到耳后，关切地问，"昨晚喝多了？"

"也不能指望师兄一个人喝。"唐蘅笑道，"今天悠着点儿。"

卢玥点头，带着几分歉意说："今天应该还有饭局，明天进村调研就好了。"

"没事的，师姐。"

两人不再言语，各自眺望着远处蔚蓝的天际线。唐蘅心中生出几分悔意，昨晚孙继豪问他之前是不是来过贵州，他报复似的说来给朋友吊丧……现在怕是卢玥也知道了。冷静下来想想，说这话纯粹是逞一时口舌之快。李月驰好好地开着小店谈着恋爱，倒是他凭空造了个谣。

从昨天下午坐高铁抵达铜仁，到现在，糟心的事一件连着一件。这调研为期十天，据徐主任说，工作安排得很满——唐蘅希望果真如此。他稀里糊涂地被徐主任拉来出差，此刻唯一的愿望就是顺利完成工作。除此之外，什么都不要发生。

至于已经发生了的，也最好装作没有发生。

七点四十五分，所有老师和学生在自助餐厅外集合，今天的安排是兵分两路，唐蘅、孙继豪带一队学生去肉制品加工厂调研；徐主任、卢玥带另一队学生走访下游销售链。车已经到了，他们走出酒店大门，只见长长一串黑色7座SUV，首尾相连地停在路边。

唐蘅愣了片刻，孙继豪在他身旁低笑道："没想到吧，这阵仗？"

"你们去年在贵阳也是这样？"

"比这还夸张，当时我们住市里嘛，交通更方便，当地专门找了个礼仪队，每辆车前面站一个礼仪小姐，手里举着'欢迎莅临'的牌子——都穿旗袍啊，你想象一下那个画面。"

唐蘅："……"

虽然没有礼仪小姐，但这长长一串锃亮的SUV也足够令人恍惚——他们不是来贫困县考察扶贫吗？

徐主任和卢玥率先带领学生上车，孙继豪还在和厂里派来的副董寒暄。这位副董自称姓黄，看上去四十岁出头，连声请孙继豪叫他"老黄"。

孙继豪说："黄董太客气了！"

副董说："不不不，您就叫我老黄吧，孙教授！"

孙继豪笑哈哈地说："那……那就老黄吧。你也别喊我孙教授呀，怎么搞得这么严肃……"

老黄和孙继豪客套够了，又转来握住唐蘅的手，一双倒三角眼炯炯有神："唐老师！我冒昧问一句，您贵庚啊？我猜啊不超过二十五岁，不，绝对不超过二十！"

唐蘅昨晚没睡好，本就昏昏沉沉的，当下更觉得头大，冷声敷衍道："您猜错了。我们抓紧出发吧。"

老黄看风使舵，连连点头："没问题没问题，咱们现在就出发！"言罢亲自把唐蘅带向车队中的第二辆SUV。司机已经打开后座的门，恭敬地站在一旁。

唐蘅没多想，弓身坐了进去。车厢整洁如新，空气中散发着淡淡的柠檬香味儿，然而唐蘅却有种不祥的预感——虽然他故意没怎么吃早饭，但晕车或许还是免不了。

他对晕车药反应强烈，每吃必吐，所以从来只用晕车贴。昨晚孙继豪买晕车药时他也没说什么，心想多一事不如少一事，没有晕车贴，就先自己扛一扛。外面闹哄哄的，老黄又在和学生们寒暄，唐蘅闭了眼，轻轻靠在座椅上。司机还在车外站着，密闭车厢内难得的安静。

又过了一会儿，外面的人声渐渐小了，唐蘅听见"咔嗒"一响，是车门被打开了。唐蘅知道司机上车了，他仍旧闭着眼，柠檬香味儿熏得他头晕，不想说话。

等了约莫半分钟，车却未动。这司机也不吭不响，静得如一团空气。唐蘅有些茫然地睁开眼，然后一瞬间就清醒了。

李月驰坐在副驾驶位，穿着一件灰色立领夹克，一条牛仔裤，寸头剃得极短。他就这么不加掩饰地盯着唐蘅，半分钟，或许更久。

唐蘅蓦地想起昨天晚上，他说"还没从那件事的阴影里走出来吗"时，脸上那抹冰冷而嘲讽的笑。

"你怎么在这儿？"唐蘅以为自己不会再见到他了。

"他们叫我来接待领导。"李月驰把"领导"两个字音咬得极重。

唐蘅无言，片刻后说："另一队才是调研销售链的。"他想就算今天李月驰被叫来接待，接待的也不该是他。

"你看不出来吗？"李月驰嗤笑一声说，"他们觉得我和你'认识'，想靠我跟你套近乎。"

"……"

唐蘅被他堵得接不上话，说什么好呢？他和李月驰的确是认识——但又何止一个轻描淡写的"认识"？他们之间是一笔烂账，不如不说。

倘若那些人知道他和李月驰之间发生过什么，大概会想尽办法叫李月驰不再出现在他面前。

唐蘅挤出一句："不耽误你做生意吗？"转念一想，又说，"哦……你女朋友能帮你看店。"

李月驰点点头："对啊。"

唐蘅闭嘴不说话了，李月驰也转过身去，一副不欲再多言的样子。唐蘅默然地看着他的后脑勺儿，乌黑的发楂儿令他想起六年前，那时李月驰的头发比现在长一些。

李月驰忽然开口问："昨天你是不是晕车？"

唐蘅愣了愣，说："走得急，没带晕车贴。"

李月驰伸手进衣兜，唐蘅瞬间警觉起来，生怕他再掏出一盒女士香烟。然而快得来不及细看，李月驰把一个纸盒搡进他怀里，低声说："贴上。"

竟是一盒晕车贴。

第一天的工作量并不大，整个上午只走访了两家工厂。一家生产牛肉干，另一家生产腊肠。唐蘅和孙继豪带着20多个学生走走停停，老黄跟在一旁殷勤地介绍着。在他们身后，又跟着随时待命的工厂领导和工人，阵势浩大。

"孙老师，您看，这是我们的风干设备，德国进口的。"老黄指着一台机器介绍道，"去年澳门的资金到了之后，厂里才有钱去买。"

孙继豪抱着手臂，笑了笑："噢，不错。"

"那真是！没有澳门的援助，我们这个厂子根本开不起来！"

"是的，是的。"一个中年女人凑过来，她穿着厂里统一发的绿色工作服，"尤其是我们这些女的，又不能像他们男人一样出去打工，只能在屋头闲着呀；现在好了，厂子就在家门口，又方便，又有工作了……"

孙继豪颔首道："这是最好的，扶贫嘛，肯定要给大家解决就业问题。"

听他这样讲，又有几个工人围上来，七嘴八舌地说厂里一个月发900块钱，比种果树赚得多多了；国家政策好，给他们找了工作；澳门真有钱啊……一时间，气氛热烈得仿佛在开表彰大会。孙继豪大概见惯了这种场面，脸上挂着一个波澜不惊的微笑，时不时回以"应该的""确实""是的"之类的话。

唐蘅却有些不自在，他们不过是受澳门那边的委托，来此地考察扶贫项目的落实情况。说白了，他们既没出钱又没出力，一群大学老师和大学生，更和官员沾不上边儿。

这些人热情得近乎谄媚，其实只是因为他们的调研结果会影响之后相关部门对此地的扶贫投入。

四处都是喜气洋洋的声音，唐蘅有些无聊地回过头，一眼就看见李月驰站在人群的末尾。他个子高，肩膀宽，灰色夹克戳在一片绿色工作服之中，显得格格不入。他侧脸望着一台机器，似乎在发呆，神情难得的柔和。

下一秒，李月驰扭头，对上唐蘅的目光。他眨了眨眼睛，仿佛没想到唐蘅会看自己。然而待他反应过来，只一瞬间，神情就变了。

他看着唐蘅，目光冷下去，似漠然，像嘲讽。

中午在工厂的食堂吃饭，八菜两汤任选，饭后甜点是慕斯蛋糕和绿豆沙。老黄亲自把绿豆沙端给学生们，笑着说："我们食堂的师傅特意学的呀，广式绿豆沙，哈哈，大家尝尝正不正宗！"

一顿饭吃得热热闹闹的，却没见李月驰。唐蘅心不在焉地吃完了，见孙继豪和老黄聊得正欢，便说："我出去走走。"

老黄连忙站起来说："没问题！我找个人给您带路……"

"不用，"唐蘅忍不住了，"让李月驰给我带路。他人呢？"

好像直到此时，老黄才发现李月驰根本没和他们一起吃饭，"欸"了一声，说："唐老师，您稍等啊，我去找他。"说完就急匆匆往外走，唐蘅不言不语地跟上去。

其实李月驰就在隔壁后厨，他和几个司机站在灶台前，每人手捧一个白色饭盒。唐蘅到时他们正在吃饭，饭盒里是米饭和一些汤汁——看得出来，是那八菜两汤剩下的汤汁。

当着唐蘅的面，老黄笑得尴尬："哎！小李！刚才吃饭的时候还找你呢，怎么自己跑到这边吃起来啦！走走走，咱俩喝两杯。"

"不打扰领导们了，"李月驰笑得十分恭敬，"我马上就吃完了。"

"哎哟，再过去吃几口嘛，那边还有绿豆……"

"黄董，让他赶快吃吧，"唐蘅说，"吃完带我去转转。"

刚才叫的还是"老黄"，现在就成"黄董"了——老黄笑得脸颊发硬，没办法，只好拍拍李月驰的肩膀："那你好好招待唐老师，啊。"

李月驰倒是挺配合："没问题，您放心！"

可惜老黄一走，他就变了个人似的，周身气场都冷了下去。几个司机过来给唐蘅打招呼，唐蘅一一应着，眼睛不时朝李月驰那里瞟。

他一只手捧饭盒，另一只手攥筷子，不停把米饭往嘴里扒拉，喉结上下快速滚动着，简直是狼吞虎咽。唐蘅忍不住想，难道他急着离开？

很快李月驰就吃完了，他把饭盒丢进垃圾桶，从兜儿里掏出一张餐巾纸擦了擦嘴，然后抬腿向唐蘅走来："走吧，唐老师。"

唐蘅点头，和李月驰走出后厨，来到厂区里。耳后还贴着李月驰给的晕车贴，唐蘅觉得自己要礼尚往来："你有急事？有的话，你可以先去忙你的。"

"没有。"

"哦……看你吃饭吃得急。"

李月驰平静地道："在里面都是这么吃饭的。"

唐蘅觉得脸上像被无端抽了一巴掌。这痛感比昨晚听李月驰说"里面没得抽"时更剧烈，像宿醉的早晨，积累了一夜的头痛汹涌而至。出现这样的情况，可能是因为中午那八菜两汤里，有一盆小龙虾。

六年前在武汉，晚上乐队演出结束之后，他们经常去万松园吃红焖小龙虾。他在，蒋亚在，安芸在，当然李月驰这个编外成员也在。他懒得动手剥虾，总是叫李月驰代劳，而李月驰从不拒绝。李月驰双手捏着红通通的虾子，耐心地掐头、去尾、剔出虾钳里的肉丝，神情那么专注，像在做一件伟大的事。

李月驰问："你想去哪儿？"

唐蕈收回思绪，低声道："随便走走吧。"

唐蕈说"随便走走"，李月驰当真就带着他随便走了走。两人绕过厂房，来到食品厂边缘的围墙下，沿着墙根儿缓慢地踱步。

李月驰走在前面，两人之间始终保持着半步的距离，就在唐蕈准备没话找话问点儿什么的时候，他忽然开了口："你们在这儿待多久？"

唐蕈说："十天左右。"

李月驰点点头，没说别的。他一直背对着唐蕈，浑身流露出拒绝交谈的冷淡。

唐蕈想再找个话题，随便什么，哪怕聊聊这家食品厂的效益。但是忽然之间，又觉得自己这样很没意思。他和李月驰在这里重逢是意外，而李月驰被厂里的领导叫来和他套近乎，大概也很不情愿，说白了，是他连累了李月驰。

"算了，"唐蕈低声说，"回去吧，估计他们也快吃完了。"

"嗯。"

李月驰总算转过身来，仍旧绷着嘴唇，脸上没有表情。两人很快来到食堂的正门，还未进去，已经听到老黄和孙继豪称兄道弟的声音。唐蕈忍不住停下脚步，问道："那盒晕车贴多少钱？"

李月驰回以波澜不惊的目光："14 块 5 毛。还有昨晚你喝的那瓶矿泉水，1 块。"

唐蕈："……晕车贴你从哪儿买的？"

"药店。"

"哪家药店？"

"唐老师，"李月驰不耐烦地说，"您的问题怎么这么多？"

唐蕈愣了一下说："过几天我要去买晕车贴。"

"用不着。"李月驰却留下这样一句没头没脑的话，率先推门进去了。

下午的安排比上午紧凑，一行人走访了三家食品厂，老黄和几个小领导全程陪同，态度比上午还要热情。唐蒻被他们簇拥着，既要观察厂里的情况，又要应付他们的奉承，只觉时间过得飞快。

待他们走出最后一家食品厂时，已经暮色四合，高海拔地区的云朵轻薄如烟，悠悠地散在橙红色的天空中。

他们被带到一家两层楼的饭馆，学生们在一楼吃自助餐，孙继豪和唐蒻被邀请到二楼包间，也许是因为中午的事，这次老黄倒是很机灵地招呼起来："欸，刘静啊，你去把小李叫来。"

"刚才还见他站在门口呢，您等等，我去找他。"

老黄把两本菜单分别递给孙继豪和唐蒻说："老师们看看吃什么？这家饭馆做我们这儿的特色菜，清炖山羊肉呀，羊肉粉呀，好吃得很，你们想吃啥点啥。"

菜单是崭新的，绸缎子封面反射着幽幽的白光，唐蒻翻开第一页，发现每一道菜品的后面都没有标价。他蓦地想起临行前徐主任叮嘱过，和当地的人吃饭，一定不能吃昂贵食材，否则之后对方胡诌一个天价出来，他们就成了受贿。

孙继豪咳了一声，把菜单放回桌上："不着急，这不是人还没到齐嘛。"

"小李马上就过来，咱先点着呀。"老黄殷勤地说。

唐蒻也放下菜单，力道有些大，"砰"的一声响。然后他站起来，淡淡地说："我去看看学生们。"

老黄忙道："欸，唐老师……"

唐蒻没理他，径自拉开门出去了。

学生们在一楼吃自助餐，唐蒻去溜达了一圈儿，看见菜式虽然丰富，但也就是鸡鸭鱼肉之类，才略微放心了些。进饭馆前他注意到隔壁有家小超市，正想过去买盒烟，就见一个高瘦的身影推开玻璃门走了进来。

李月驰看见唐蕤，也停下脚步。

"我去买烟。"唐蕤也不知道自己在解释什么，"是黄董把你叫来的？"说完又觉得自己真是虚伪得没劲，故意问这么一句，无非为了暗示不是自己把他叫来的，是黄董。可是黄董叫李月驰来，说到底也是因为他。

李月驰点点头："那走吧。"

唐蕤："嗯？"

"你不是买烟吗？"

"哦。"

两人走进隔壁的超市，收银台旁便是放烟的玻璃柜台，烟一盒挨着一盒，花花绿绿的。

唐蕤低头选烟，黄鹤楼、钻石、白沙……他已经很久没见过这么多国产烟了。在澳门时，教师公寓门口的便利店只卖洋烟，他从来是胡乱买，胡乱抽。

李月驰站在旁边，一言不发。唐蕤的目光在黄果树和红塔山之间犹豫片刻，最后说："老板，拿一盒中华。"

"要得，65块。"

他对烟没有偏好，只是突然想起某一年的跨年夜，李月驰去买烟，他跟着，随口说："抽个贵的吧，学长，我请你——中华好不好抽？"

李月驰扭头冲他笑了笑，又带一点儿不经意的羞涩："那个太贵了，还是红塔山吧。"

唐蕤接过烟和找零，心里盘算着如何打开这个话头——如果李月驰还抽烟的话，他希望李月驰能抽一支中华。

就像他欠李月驰一支中华似的。

"你抽过这种吗？我还没——"然而唐蘅酝酿了好几秒钟的话被一阵娇笑打断，当地口音的女声从货架后面传来："哎呀，老黄不是叫你去找小李吗？"

"急什么？他到了晓得给我打电话——要不然他敢进去？"

"哎哟，你也太小看这个高才生了！不是说，他和那个领导认识吗？"

"这你也信？"两人的声音越来越近，"人家领导给他面子和他打个招呼，你以为这算什么，一个学校里多少人呢，不就是脸熟嘛！"

唐蘅听得愣怔，手腕一痛，才惊觉李月驰攥住了自己。快得来不及多想，他被李月驰拽出超市。

原来是两个说话的女人走过来结账了。隔着超市的塑料门帘，唐蘅看见一双黑色圆头高跟鞋，他想起来了，这是刚才被老黄差去找李月驰的女职员，似乎叫刘静。不待唐蘅多想，李月驰拽着他大步向前，他只隐约听见最后几句——

"我看老黄真是岁数大了转不过弯——再想和领导套近乎，也不能找个蹲过监狱的来吧？"

"你可别再说啦，省得给别人传到他耳朵里，也捅你两刀……"

直到推开饭馆的大门，李月驰才松开手。

他力气极大，在唐蘅手腕上留下一圈红通通的印子。唐蘅低头盯着那片红痕，目光发直——他以为李月驰出狱后回到家乡，谈了女朋友，承包了小店，安安稳稳地过起日子来。昨晚失眠时他甚至想，这样或许也不错，至少在这个偏远的小县城里，李月驰是为数不多的大学生。

"弄疼你了？"李月驰倒不像之前那么冷淡了，他垂着眼，语气里添了几分小心，"刚才再不走，就被她们看见了。"

"他们平时也这么说你吗？"唐蘅仰起脸问他。

李月驰无所谓地笑了一下说："总不会当着我的面说。"

唐蘅沉默几秒，把那盒被他捏得变形的红色中华递给李月驰问："你想抽吗？"

李月驰接过来，什么都没有说。

两人上楼，进包间，唐蘅和孙继豪坐上位，是正对屋门的位置，而李月驰来得晚，自然只能坐下位，紧邻门口。桌上的菜单已经换成带标价的，孙继豪虽然没有拉下脸，但面色也不像之前那么和善了。而老黄和其他几个小领导则满脸紧张地赔着笑。

老黄殷切地招呼道："小李来了啊，刚才叫刘静下楼接你呢！"

李月驰点头道："麻烦您了。"

"是吗？"圆桌另一端的唐蘅突然开口，他的音调比平时高了一度，听着十分响亮，"我没碰见那位——刘静——是我把学长带上来的。"

此话一出，所有人都安静了。以老黄为首的几个人睁大眼睛望着他，连孙继豪也扭过头来，目光茫然，像是在问："学什么长？"

唐蘅起身，在满室错愕的寂静中，不辞辛劳地绕过大半个圆桌，来到李月驰身边。

"学长，"他的音调又变低了，低得迂回而谨慎，仿佛生怕遭到拒绝，"好不容易再见面……加个微信吧？"

李月驰想要起身，却被唐蘅轻轻按回椅子里："你坐着就行。"然后他弯下腰，把自己的手机递到李月驰面前。

李月驰侧过脸瞥唐蘅一眼，目光晦暗不明。一秒，或许两秒，他没有动。

下一瞬，就在唐蘅又要开口的时候，李月驰笑了，他从兜儿里掏出手机，干脆地说："好啊，学弟。"然后他扫了唐蘅的二维码。清脆的提示音一响，好友请求弹出来。他的头像是一片模糊的深蓝色，看不出究竟是什么，微信名就叫李月驰。唐蘅通过好友请求，聊天框显示：你已添加了李月驰，现在可以开始聊天了。

唐蘅有些恍惚地回到座位上，老黄反应过来，笑着看向李月驰："小李，你是唐老师的学……学长啊？"他虽然笑着，但笑容里满是无法掩饰的诧异。

李月驰"嗯"了一声，一副不欲多言的模样。

唐蘅说："对，他是我学长。"不是校友，不是熟人，也不是师兄。当年他第一次见到李月驰，知道李月驰是大伯的研究生，而那时他才刚刚结束大三的期末考试，李月驰率先向他打招呼说："你是唐蘅学弟？"那时他的头发半长不短，在脑后扎一个低马尾辫，挑染了几缕嚣张的橙红色。他甚至没看李月驰的脸，随便应了声："是我。"下一秒抬起头，看见李月驰他就呆住了，愣愣地接了一句："学长。"

从小学到博士，念书念了二十年，唐蘅只管他一个人叫过"学长"。

老黄大笑着说："哎！没想到，没想到唐老师您和我们小李这么熟啊，您说说这不是缘分是什么？"

唐蘅只点头，没有笑："确实。"

很快服务员把菜送上来，不知孙继豪对他们说了什么，每道菜都很家常，酒也是易拉罐装的青岛啤酒。老黄又吆喝起来："小李，你去给唐老师敬个酒吧，哈哈，老校友嘛！"说着自己也站起来，拉开一罐啤酒，大步走向孙继豪："我也给孙老师敬一杯……"

唐蘅愣了一下，说："不用……"然而李月驰已经端着啤酒走过来，他脸上的确挂了个得体的微笑，目光却始终毫无波澜，既不热情也不冷漠，只是流露出淡淡的疏远。唐蘅忽然想，李月驰是这山区里考出来的高才生，飞出去的金凤凰，想必在当地名声不小。然而他捅了人，入了狱，那么这些年他该遭受过多少冷眼和嘲笑呢？

他脑子一热为李月驰撑场面，也许在李月驰看来，不过一场无聊的猴戏。

直到李月驰已经行至面前了，唐蘅才想起自己手中空空如也。他抓起一罐啤酒，手指钩住易拉罐铝环的刹那，听见李月驰的声音。

李月驰轻声说："唐老师，别喝了。"几分钟前还是喊他"学弟"吧？

唐蘅说："啤酒不碍事。"

李月驰不接他的话，竟然直接把手中的易拉罐和唐蘅那罐未开封的碰了一下，铝皮和铝皮轻撞，发出低而闷的声响。然后，李月驰用所有人都能听见的音量说："我喝我的，学弟随意。"说罢仰头灌下几口啤酒，转身走了。

直到饭局结束，唐蘅滴酒未沾。

除他之外的几个人推杯换盏喝得热闹，一行人走出饭馆时孙继豪已经微醺，老黄更是喝得舌头都大了。唐蘅朝李月驰瞥去几眼，见他神色如常，而下一秒李月驰坦荡地望回来，漆黑瞳仁像深不见底的潭，唐蘅觉得自己的目光是石子，掷进去了，听不见任何回响。

"孙老师，唐老师，接你们的车已经到了……"老黄打了个酒嗝儿，"路太窄开不进来，你们跟我走哈。"

于是几人假惺惺地告别一番，唐蘅和老黄握手，和主任握手，和秘书握手……最后走到李月驰面前。李月驰逆着路灯的光，双臂下垂。

"李月驰！"背后传来一道清亮的女声。

唐蘅转身，见一个长发姑娘骑着电动车向他们驶来，正是昨晚李月驰骑的那一辆。离得近了，她下车，推着车走过来。

"啊，您是……"女孩儿冲唐蘅笑了笑，似乎有些不好意思。

"他的学弟。"

"这是领导。"

唐蘅和李月驰对视，这一次总算在他眼中看出了几分尴尬。夜风吹过来，4月初的高原很凉爽。

"呃，领导……您好，您好啊！"她还是听了李月驰的话，有些诚惶诚恐的样子，连忙把被风吹乱的头发挽到耳后。

唐蘅只能微笑着说："你好！"

她的五官很小巧，说不上美艳，但是精致。穿着也简单，粉色格子外套，牛仔裤，白色帆布鞋。

她让唐蘅想起那些在教室门口等男朋友下课的女孩子。

"师弟，走吧。"孙继豪说，"齐经理发短信了，他们的车在前面等着。"

"哦，好。"唐蘅应着，便转身走向孙继豪，坐到车上才想起自己没有和李月驰告别。

回到酒店，徐主任主持了布置工作的短会，明天他们将去附近的村子里走访。徐主任抿一口茶，食指在桌面上点了点："明天早上大家都要吃饱啊！多吃点儿！说是附近，开车过去就要两个小时，可不像今天这么轻松了……还有，最后再说一遍，同学们，无论你看见什么、听见什么，不许发朋友圈！更不许发外网！"

孙继豪轻声对唐蘅说道："咱们的学生哪知道那些村里能有多穷……就怕他们乱发，咱们这是有保密条例的呀。"

唐蘅点点头表示懂了，心里想，其实自己也没去过贫困村。认识李月驰之前他对"贫困"没有具体的概念，只知道这偌大的国度里有人吃不饱饭，有人冬天买不起棉衣。认识李月驰之后他对"贫困"有了几分具体了解，可是随着时间的推移，那些记忆变得不甚清晰，于是"贫困"又只是一个社会学的概念了。

回到房间时已是晚上十点过，微信里积攒了一串新消息，唐蕶迅速滑过，直到看见那个深蓝色头像。李月驰安静地躺在他的好友列表里，像一个面目模糊的误入者。

唐蕶点进他的朋友圈，不是仅三天可见。唐蕶发现自己竟然没出息地松了口气，同时感到几分侥幸。他一条一条点开来看，一个字一个字地默念。李月驰平均每月发四五条动态，内容如出一辙：石江特产牛肉干到货（原味、麻辣味），可零买可批发，物美价廉，量大优惠，详情微信咨询……一直翻到底，直到去年10月，全部都是牛肉干。唐蕶对着屏幕愣怔片刻，然后返回聊天框。

他盯着一片空白的聊天框想，如果他问李月驰牛肉干的价格，会不会太假了？又想起那个女孩子，她有一双好看的笑眼，显得无辜又纯情——也许时至今日，对李月驰来说，他做的一切都是猴戏。

那么李月驰为什么要配合他呢？也许是看在老同学的分儿上，也许单纯是因为他来考察扶贫。没错，他们的评估结果会直接影响相关部门对此地的扶持力度。此时此刻，他代表权力，而李月驰一无所有：他代表权力，所以李月驰被叫来陪同；他代表权力，所以李月驰向他敬酒；他代表权力，所以他头脑发热地唤了一声"学长"之后，李月驰就是恶心得想吐，也要应一声"学弟"。

屏幕似乎闪了一下，唐蕶以为是自己的错觉，然而下一瞬间他瞪圆了眼睛，看见"李月驰"三个字变成了"对方正在输入……"。

紧接着掌心一振，唐蕶险些把手机甩出去。

李月驰：昨晚我骗你的。

李月驰：我没有女朋友。她不是我女朋友。

一阵恍惚，唐蘅问：真的？

李月驰：真的。

唐蘅：为什么说这个？

李月驰：不为什么。

唐蘅无言，愣了半分钟，忽然觉得自己应该找个理由把对话继续下去。于是他给李月驰转了15块5毛。

李月驰：？

唐蘅：晕车药和矿泉水。

李月驰：不用。

唐蘅：为什么？

李月驰：中华。

唐蘅：哦。

想了想，唐蘅又说：那你记不记得你欠我的钱？

李月驰：什么？

唐蘅：2012年6月13日，我睡着的时候你把我兜儿里的52块8毛拿走了。

李月驰不回话了。

他等了五分钟，仍旧没收到回话。

唐蘅有些懊恼地想，为什么要提这件事？见到李月驰之后，他总是说一些很蠢的话，问一些很蠢的问题，这不像平时的他。

唐蘅放下手机，打开电脑批改了四份学生的小组作业，又为白天的参观写了记录。十一点半，他关掉电脑，准备睡觉。手机屏幕黑着，并没有新消息。

唐蘅没有在睡前检查手机的习惯，他只是关了灯，躺在床上，而手机还在书桌上。

正出神时，手机在木质桌面上"嗡"了一声，在黑夜里显得格外清晰。唐蘅霍然坐起，说不出为什么，他觉得这是李月驰的消息。

一条语音消息，时长两秒。

经电流传来的声音有几分沙哑，似乎又带些酒后的疲倦，李月驰低声说："睡吧。"

翌日清晨，又是晴天，唐蘅背着双肩包走出酒店餐厅，尚未到集合的时间，四处都是闹哄哄的学生，他想找个安静的地方独自待着。

然而没走几步，就看见孙继豪被好几个男学生团团围住，只露出乌黑的头顶。其实，若不是听见了孙继豪那字正腔圆的普通话，唐蘅大概认不出是他。

某个男生雀跃道："豪哥！待会儿你把我和阿宁分到一组啊！拜托你了，拜托你了！"

孙继豪："哟，什么情况啊你们？"

其他男生起哄："豪哥你没看出来吗？刚才阿宁给他送防晒霜了！回澳门了必须让他俩请客！"

男生不好意思道："我们只是朋友，你们别乱说……"

"哎，对，别乱说别乱说。"唐蘅看不到孙继豪的表情，只听他叹了口气，"孩子们啊，我和你们说个事儿，你们记在心里就行了，别说出去啊……"

一众男生："啊？"

孙继豪语气很哀婉："你们唐老师啊，以前有个好朋友，就是贵州人。可惜已经去世了，唐老师到了贵州总会想起这个朋友，心里很难过的……你们尽量别在唐老师面前表现得这么雀跃，好吧？"

"天啊！"

"不提不提，记住了！"

"哎，原来是这样，我就说唐老师这两天怎么那么深沉……"

唐蓿："……"

唐蓿决定趁他们没发现他之前，走得越远越好。然而他一转身，目光直直对上了一双眼睛。

李月驰满脸揶揄的神情，抱着手臂，冲唐蓿做了串口型——谁、死、了？

青天白日下，唐蓿感到两眼一黑。

李月驰穿着昨天的灰色夹克，早晨风大，他的领子立起来，掩住了小半边脸。做完那串口型，他也不说话，只是站在原地，看着唐蓿。

孙继豪"哎"了一声，战战兢兢地唤道："师弟？"

"孙老师，"李月驰笑着说，"早上好啊。"

"早早早，欸，小李你怎么来了——师弟，你吃完饭啦？等等，我有个事儿和你说，师弟！"

唐蓿没理他，大步流星地走了。

准确来说，是逃了。

李月驰没有追。

一刻钟后，唐蓿坐在越野车后座，整装待发。

眼见前面的车已经开了，唐蓿问司机："怎么不走？"

司机扭头瞥了唐蓿一眼，表情有点儿疑惑："咱们还差个人呀，领导。"

"谁？"

"小李——这不就来了。"

他话音未落，副驾驶位的门被打开，李月驰俯身坐进来。他和司机打了招呼，然后从兜儿里掏出一个药盒，面无表情地递给唐蓿。

唐薇愣了两秒才接下，忽然想起昨天晕车贴用完了，今天根本没贴。

不，不对，重点不是李月驰又给他一盒晕车贴。

"你怎么在这儿？"也顾不上司机了，唐薇问。

李月驰："我是你们进村走访的向导。"

"你？"他们进村确实需要向导，一来逐户走访得有人带路，山区的民居不像平原一户挨着一户；二来有时和村民沟通不畅，需向导在中间帮忙。但是按照规定，向导须是本村村民。

李月驰背对着唐薇，平静地说："你们今天去半溪村。"

"嗯。"

"我家住那儿。半溪村，位于印江县城西南，驾车前往需要两个小时左右——在 2015 年修建公路之后。"

"2015 年之前呢？"唐薇望着窗外的高山，难以想象这条不宽的公路是不久前才修好的。

"那会儿都是土路，难走得很。"司机非常健谈，"我老婆的表妹夫就是这个村的，2007 年出去打工，跑到温州，一走就是五年啊！好不容易赚了点儿钱，他老娘又病了，就是那种——急症嘛。紧赶慢赶回来见最后一面，结果路上遇上泥石流，最后也没赶上……"越野车已经驶出县城，行驶在平坦的沥青公路上，然而公路两侧除了山还是山，远处暗碧连绵，近处可见灰褐色的岩壁嶙峋，唐薇发现自己难以想象在这种地方人要如何居住。

越野车驶进隧道，短暂的十几秒钟里，视野陷入黑暗。唐薇听见自己的声音："你以前从家去武汉上学，怎么走？"

光明复至，李月驰说："搭别人的车到县城，接着坐汽车去铜仁，然后坐火车。"

"很麻烦吗？"

"还好。"

"那当然麻烦啦！"司机接过话头，"老师您是城里长大的吧？"

"……是。"

"您是不知道我们这地方，都说想致富先修路，一点儿都没错！"司机打方向盘转弯，唐蘅看见越野车外两三米之处，即是笔直的山崖。

"这么说吧唐老师，以前路还没修好的时候，从半溪村到县城，路况正常，那也得一整天——都是山路，绕弯嘛！"

唐蘅望着李月驰漠然的侧脸，不知该接什么话，只好说："幸亏路修通了。"

"是啊！都是国家政策好，你们澳门也好，我们真的要谢谢你们……"司机憨厚地笑了笑，感慨道，"我们这地方实在是太穷了，人在山里，走不出去啊。"

越野车穿梭于群山之间，晴天风大，有时行至没有沥青公路的地方，尘土便似烟雾弹爆炸般扬起来，唐蘅不得不关上车窗。很快，玻璃上便覆盖了一层褐色的灰尘。接近180度的转弯一个接着一个，虽然贴了晕车贴，但唐蘅还是感到几分眩晕，闭上了眼。

又经过一个隧道，不多久，司机忽然将车停下。

唐蘅睁开眼："到了？"

"还有半个小时吧。前面的车怎么停了？"

司机将脑袋探出车窗张望，喊道："怎么啦？"

"晕车！"前一辆车的司机远远回应道，"学生吐了！"

唐蘅推开车门说："我去看看。"

前一辆车上坐了四个学生，唐蘅走过去时，看见一个女生蹲在路边，脚边立着一瓶喝过的矿泉水。

"好点儿了吗？"唐蘅问她。

"吐完好多了,老师。"她的声音很小,有些委屈的样子,"明明吃了晕车药……这个地方的路,太绕了。"

"尽量克服吧,也就来这一次——你歇会儿,我们十分钟之后再出发。"唐蘅从兜儿里摸出一片晕车贴递给她,"贴上这个。"

"啊,谢谢老师……"

唐蘅转身,当即愣住了。李月驰正站在离他不远的地方,他不知道李月驰什么时候跟来的。

李月驰说:"唐老师,您能不能来一下?"当着学生的面,他倒是很礼貌。

唐蘅走过去,两人在路边站着,几步之外便是悬崖。

李月驰说:"歇会儿吧。"然后从兜儿里掏出一盒烟——正是唐蘅买的中华,道:"来一支?"

学生们也都下车了,远远近近地站在公路上透气。按说当着学生的面不该抽烟,但此时此刻,唐蘅竟然无法拒绝。

唐蘅叼住一支烟,李月驰掏出打火机,另一只手弓起来挡风,为他点燃了。

唐蘅问:"你不抽?"

李月驰摇头。

唐蘅只好独自吸了口烟:"没想到这么远。"

"是啊,"李月驰笑了一下,"你说你何必来这儿受罪?"

唐蘅捏着烟的手一顿,心想,他果然听见那句话了。

"既然只来这一次,不如干脆别来,你不是晕车晕得厉害吗?"李月驰还是笑着,笑意却没有走心。

"我是说她,她只来这一次……不是我。"

"那你还会来吗?"

"……"

几步之外便是悬崖，清晨的山风分外凛冽。

唐蘅盯着那悬崖，几秒后，身旁的李月驰忽然说："别害怕。"

"我没有。"

"你怕我把你推下去？"李月驰向前跨了两步，变成面对唐蘅、背对悬崖的姿态，"这样好了吗？只有你能推我下去。"

唐蘅心头一震，低喝道："我不是这个意思！"

"这样咱们都放心，"李月驰却说，"毕竟我是捅过人的。"

唐蘅说不出话，只觉得心惊胆战。山风把李月驰的夹克下摆吹得猎猎鼓动，唐蘅暗自估算，如果下一秒李月驰跳下悬崖，以自己的反应速度和他们之间的距离，自己是足够抓住他的。可是李月驰怎么会跳下去呢？自己在想什么！

"能不能问你个问题？"

"你问。"也许连唐蘅自己都没有察觉到，他的声音有些颤抖。

"你为什么来石江？"

"工作。"唐蘅顿了一下，说，"原本不该是我，有个老师住院了，临时换成了我。"

"你就同意了？"

"开始我不知道是石江。"

"知道之后呢？"

"我想……"唐蘅艰难地说，"我想也不会那么巧就碰见你吧。"

"嗯，"李月驰若有所思，"是你运气不好。"

"再见面是好事。"

"反正你也不会来第二次。"

"……"唐蘅知道自己没法否认。

一片白而长的云遮住了阳光。天色暗了几分，风似乎变得更大了。在刚才的某个瞬间，那念头的确在唐蘅脑中一闪而过：李月驰不会把我推下去吧？

　　毕竟李月驰应该恨他的，当然也不只是他，还有他大伯，他们一家。如果没有遇见他们，李月驰的人生不会是这个样子。

　　他不是说李月驰很坏，只是，如果李月驰真的把他推下去，也情有可原。

　　"那你怎么会在澳门？"李月驰又问。

　　"毕业的时候那边有学校在招聘，就去了。"

　　"就这样？"

　　"就这样。"

　　李月驰垂着眼，摇摇头，他只是问了几个问题，语气甚至有些咄咄逼人。可唐蘅看着他，却无端地感到一阵悲伤。

　　"唐蘅，"李月驰说，"你知道澳门为什么会给贵州扶贫吗？"

　　唐蘅愣了一下，猛地反应过来李月驰叫了他的全名，重逢以来第一次。

　　"因为国家政策？"

　　"还有一种解释，"李月驰认真地说，"昨天我才知道——澳门的饮用水源来自西江，西江上游流经贵州。新闻上说，澳门给贵州扶贫，是因为共饮一江水。"

　　"这样吗？"

　　共饮一江水。所以，从他决定去澳门工作的那一刻起，此行的重逢就已经被安排好了？

　　唐蘅心中五味杂陈，扯起嘴角勉强笑了笑说："那真是很巧。"

　　"是啊。"李月驰的目光越过唐蘅，向前一辆越野车望去。唐蘅也扭头望过去，看见那个晕车的女孩子仰头喝了几口矿泉水，然后钻进越野车里去了。想必是没什么事了。

　　"马上就能出发了，"李月驰压低声音说，"咱们打个赌怎么样？

这么巧再见面，不赌一次可惜了。"

唐蘅迟疑道："打什么赌？"

"我倒退三步，如果踩空了，你也来得及拉住我，相当于救我一命，以前的事咱们就两清。"

"别开玩笑了——"

"如果我没有踩空，"李月驰停了两秒，"我们就和好，直到你回澳门。"

第二章
羁绊

唐蘅浑身一震，险些以为自己听错了。

可是李月驰的神情太认真了，认真到他说的每个字都像钢锤，狠狠地砸进唐蘅的耳朵里。可是这算什么，李月驰还是在耍他吧，或者说气话？

"李月驰，你听我说，以前的事，我知道你有委屈……"唐蘅尽量让自己的语气显得温和，"我不知道你对未来有什么打算，但我可以……"

"一，"李月驰倒退一步，面色平静如常，紧接着又一步，"二——"

"李月驰！！！"唐蘅冲上去猛地抓住他的手臂，用了这辈子最大的力气，把他拽回来。

"我答应——答应你了，"那支烟早就被丢掉了，手臂上青筋绷起，心脏狂跳得仿佛要从嗓子里蹦出来，唐蘅说，"我，我们和好。"

他说了什么？顾不上了。李月驰这个疯子。

司机闻声小跑过来问："唐老师，怎么啦？"

"没事，"李月驰轻飘飘地道，"我们开玩笑呢。"

"噢。"司机不疑有他，"咱们上车吧，可以出发了。"

"好啊。"

唐蘅恍惚地坐进车里，只觉得自己仍在原地，眼前是倒退的李月驰——他不理自己，仿佛根本听不见。只差一步，或者半步，他就会栽下悬崖，而自己却抓不住。

六年前那次唐蘅说"李月驰你别走"，可大脑混沌，身体无力，只能任由李月驰掏走他裤兜儿里所有的现金，然后看着李月驰的背影消失在门口。这次仍然无能为力，他抓不住李月驰，这熟悉的无力感几乎将他击溃。

李月驰拉开后座的车门，从另一边上车，和唐蘅并肩而坐。

"欸，小李，"司机说，"不坐前面啦？"边说边冲李月驰使眼色，意思是：后面的位置是领导坐的，你怎么坐过去了？

"唐老师有点儿晕车，"李月驰面不改色地说，"我让他靠着我睡会儿。"

"哎呀，那我开得稳一点儿！"

唐蘅很慢很慢地扭头，看着李月驰。

李月驰与他对视，坦荡地说："别硬撑啊，唐老师。"

越野车重新启动，长长的车队行驶在山野之间。被李月驰吓过那么一通，唐蘅竟然也不晕车了，然而一刻钟过去了，仍觉得惊魂未定，心脏突突直跳。

司机从后视镜看向唐蘅，关切地说："唐老师，后面都是山路呢，您晕车的话就靠着小李睡会儿吧——哪怕闭会儿眼睛也行啊。"

他话音刚落，便是一个急转弯，唐蘅被惯性甩向李月驰那边，黑色冲锋衣紧贴住灰色夹克，来不及反应，又是相反方向的转弯，这次换李月驰倒向唐蘅。

两人像不倒翁似的你撞我，我撞你，唐蘅只好时刻绷紧身体，生怕来个270度转弯——虽然这情况在山路上实属正常，可在眼下，实在令他感到芒刺在背。

偏偏李月驰还故意似的问："唐老师，您还晕车吗？"

唐蘅咬牙道："不晕了。"

"是吗？"李月驰笑了一下说，"您适应得真快。"

"……"

又过了一刻钟，司机说："到啦。"

越野车停在村委会的院子里，出了院门，便是一条浅浅的小溪。溪对面散落着几户黑瓦的木质民宅，旁边是个低矮山坡，坡上有一级一级的梯田。而在梯田之后，则是很高的山，树木使山峰看起来毛茸茸的，山尖仿佛很柔软地戳进天空里。

可是山在那里挡着，除了山，便什么都看不见了。

"在看什么？"李月驰问。

"看那座山……后面是什么？"唐蘅问完，猛地想起小学语文课本上那首诗——在山的那边，是海！

"还是山。"李月驰说。

唐蘅觉得自己问了一个蠢问题。山的后面还是山，这句话若是出现在电影里，一定可以被文艺青年们解读出千字长文；可是在贵州，在这个地方，山的后面还是山，这是一个客观描述。唐蘅忽然想，李月驰小时候问过同样的问题吗？可答案该令一个小孩儿多么沮丧，他只是想象一下，似乎也跟着沮丧起来了。

"不过，后面的山上种了很多中药。"李月驰又说，"你想看的话，待会儿顺路带你去。"

"中药？"

"嗯，还有几十棵无花果树。想吃无花果吗？"

"不用了，我们有规定，不能吃村民的……"

"这个不算。"

"啊？"

"无花果是我家承包的。"

唐蘅愣了一瞬，旋即反应过来。李月驰言下之意是说，他不算村民，因为现在他再次成为他的朋友。他心情复杂地看向李月驰，正要开口，身后传来一阵嘈杂声。

以孙继豪和一个戴眼镜的中年男人为首的一伙人朝他们走来，孙继豪说："这位是唐蘅老师。"

"哎，唐老师！您好您好，路上辛苦了！"男人用力地和唐蘅握手，"我是半溪村的驻村村长郑思。"

"郑村长，您好！"唐蘅说。

"唐老师，这是我们村支书王恩平。这是……"

唐蘅一面与他们寒暄，一面被簇拥着走进了村委会。在会议室坐下，村长亲自递上热茶，笑呵呵地说："真是辛苦老师们了，我们这儿啊，年轻人都出去打工了，见最多的就是老人、小孩儿，老师们做起工作可能不太方便。"

"哈哈，这不就需要咱村委会配合了嘛！"孙继豪语气挺客气地说，"正好你们村的小李也来，小李和我们唐老师，老同学啊！"

"啊？是吗？"村长眼睛瞪大了，表情有些不自然，"哈哈，我是去年冬天才来驻村的，小李他们这些年轻人不经常回来，具体情况我还真是不太了解……"

半溪村共有 125 户村民，他们按照地理位置分为半山组、半溪组、李坝组，半山组和半溪组距离近些，李坝组则相对较远，开车过去需要二十分钟。孙继豪冲唐蘅"嘿嘿"一笑："师弟，近的两组一个人，远的那组一个人，你选哪个？"

唐蘅第一反应是，李月驰家在哪个组？

话未问出口，孙继豪却拍拍脑袋说："差点儿忘了，你就去小李家所在的组吧，正好他给你带路，你们熟。"

唐蘅说："好。"

李月驰家在李坝组。于是就这样定下来，唐蘅带着10个学生去李坝组。唐蘅走出村委会，就见李月驰站在溪边一动不动，像在发呆，正想开口叫他，却见他向前两步，跨到溪边的石头上，紧接着他俯下身，背对着唐蘅，那样子像要跃进水里去。

"小李！"村长喊道，"来给唐老师带路！"

李月驰扭头望向他们，然后起身，很快来到唐蘅面前。

"走吧，唐老师。"他说。

学生们已经各自结伴上车了，唐蘅跟着李月驰，走向他们来时的那辆越野车。唐蘅觉得自己的喉咙发紧，声带像是生了锈："你刚才，在干什么？"

"嗯？"

"你在溪边干什么？"

"洗手。"李月驰举起左手，他的手背发红，"水有点儿冷。"

唐蘅浑身一下子卸了力气，拉开车门靠在椅背上。

李月驰看了看他，没说话。

越野车又行驶在山间，只不过这次速度慢了下来，路也比来时细窄很多，几次转弯几乎贴着山崖边，十分惊险。

到达李坝组，学生们按照提前分好的小组，由向导带着走访去了。唐蘅没有具体的任务，只进行一些随机调查。

两人一言不发地走了几分钟，李月驰问："刚才怎么了？"

他一脸平静，衬得唐蘅像在赌气。

"你能不能别吓我？"唐蘅硬邦邦地说，"刚才你突然去溪边，我以为——"

"你以为我要跳下去啊？"李月驰笑了，"水那么浅，我就是想跳也淹不死。"

"还有半路上，你倒退……你知不知道有多危险？如果真的踩空怎么办？如果我反应慢半秒来不及拉你怎么办？"唐蘅越说越快，几乎把一路上的胆战心惊都倾吐了出来，"你没看见那下面有多深吗？摔下去必死无疑你不知道？这种事你……你不能拿来开玩笑，李月驰。"

李月驰停下脚步，表情仍然很轻松。

"你真的觉得我赌的是会不会踩空？"他看着唐蘅，似有几分志在必得的笑意，"我赌的是你会不会让我退第三步。"

唐蘅默然，几秒后说："你就那么相信我会拦着你，答应你？"

"对，"李月驰说，"凭那天晚上你见到我时的那副表情，我就知道你会答应。"

好，好吧。唐蘅无言，认命地想，至少他不是真的想死。那么就算六年之后仍然被他拿捏在掌心里，自己也认了。

"反应过来没有？"李月驰拍拍唐蘅的肩膀说，"我们和好了。"

四下无人，唯有两棵桃树，一畦菜田，远处几声隐约的鸡鸣。

唐蘅说："所以呢？"他还是没法想象自己和李月驰做回"朋友"这件事。

"按顺序来，互相了解一下？"

"……可以。"

"提问吧，一人一个，"李月驰说，"你先？"

唐蘅觉得这像一场游戏，或者说本就如此："你是什么时候出狱的？我是说，具体日期。"然而就算是游戏，能知道关于他的事，似乎也不错。

　　"2016 年，12 月 11 日。"

　　"噢。"那时自己在干什么？刚到澳门不久。

　　李月驰："这六年，你谈过恋爱吗？"

　　"……"

　　唐蘅不想撒谎，但是如果老实说没有……

　　"我知道了。"李月驰却笑了一下，又是那种志在必得的笑，"你问吧。"

　　唐蘅沉默几秒："那个女孩儿是谁？"

　　"小学同学，我刚出来的时候没钱，和她搭伙做生意。"

　　"她喜欢你？"

　　"这是另一个问题。该我了，"李月驰说，"你们在石江待几天？"

　　"还有九天。"

　　"好。"

　　"晕车贴在哪儿买的？"

　　"一家诊所，只有他家有。"

　　"……"

　　"最后一个吧，"李月驰说，"按顺序，和好的下一步做什么比较好？"

　　唐蘅看着他，觉得自己在他漆黑的瞳仁中变得很小很小。

　　还有九天，唐蘅自暴自弃地想。

　　他想给李月驰一个拥抱，如果他们真的已经是朋友关系——他被推开了。

　　唐蘅茫然地看着他："这是……这是下一步。"

李月驰轻声说："如果这样，到你走的时候……"

"什么？"

"到你走的时候，我会难过。"

抿着嘴唇沉默了片刻，才下了很大决心似的，唐蘅问他："真的吗？"

不，这不对，李月驰和唐家有深仇大恨，当年他持刀捅伤大伯，同时也毁掉了自己，他们怎么还有做回朋友的可能？可是，可是如果——

"想什么呢？"李月驰脸上露出一个微笑，轻快地说，"我都出来两年了，如果想找你的话，早就去找你了。"

唐蘅感觉自己的身体僵硬了一瞬，这一瞬间像……像什么呢？他回想起在芬兰旅行的时候看当地牧民扑灭篝火的场景，随手舀起一盆泛着寒气的河水，朝那火焰上一扑，"哗"的一声，火就熄灭了。而他就像那火焰，被浇得透心凉。

"你放心，到时候我不会纠缠你。"李月驰难得地露出一副诚恳的表情，保证道，"工作一结束你就回澳门，对吧？我这种有刑事犯罪记录的人，港澳通行证都未必办得下来，怎么可能纠缠你？"

唐蘅说："我不是这个意思。"

李月驰只是拍了拍他的肩膀说："没事。"

可既然如此，为什么还要和好——九天？

李月驰转身向前走去，唐蘅只好跟上。远处仍有断断续续的鸡鸣，然而除此之外，山路上空荡荡的，好像天地间只剩下他们两个。

"前面快到水泵房了，"李月驰说，"去年才修的，之后每家每户都通自来水了。"

"之前没有自来水？"

"我们这边用井水。去年扶贫工作组来修路的时候一并铺了水管，就通自来水了。"

"哦……那就好。"唐蘅有些愣，费力地理解着李月驰的话——去年这个村子才通自来水，他根本难以想象这里以前的生活。

"以前没听你说过这事儿。"唐蘅低声道。

"以前？"

"六年前。"

"哦，"李月驰语气平静，"那时候年纪小，容易自卑。"

可是他现在说出来了，轻而易举地，坦然到仿佛在说别人的事情。他不再自卑了，还是说，他已经完全不在意六年前的事了？

唐蘅喉咙发紧，轻声问："你家在名单上面吗？"时间有限，他们采取抽签的方式来确定入户走访名单。

"不在。"

"那我能去看看吗？"

"唐老师，"李月驰总算转过身来，似笑非笑，"怎么，你要以权谋私吗？"

唐蘅慌张地说："我不是那个意思，我就是……随便看看。"

"我家离这儿还有点儿远，"李月驰收回目光，正色道，"也没什么特别的，这两年村里危房改造，翻修之后的样子都差不多。"

唐蘅望向远处半山腰上的二层小楼问："是那样的吗？"那是一幢二层木质结构小楼，向阳而建，阳光无遮无盖地落下去，仿佛给它刷上了一层金灿灿的蜜。

李月驰也望过去，轻轻点头说："对，不过我家一楼是砖房。"

唐蘅暗想，路上见到的民居大多是木质的，毕竟这里漫山遍野都是树，盖木房廉价又方便。李月驰家既然盖起了砖房，想必日子过得还不错。

心里莫名舒服了很多，唐蘅问："平时你住县城，你爸妈还是住村里？"想起他还有个弟弟，又问："你弟快上大学了吧？"

"我爸不在了，我妈自己住村里。"

"抱歉。"

"没事，他走了很多年了。"李月驰笑了一下，语气淡然道，"我弟在铜仁市里读高中，明年该高考了。"

"能去市里读高中，成绩很好吧？"毕竟是李月驰的弟弟，肯定不会笨。

"还算可以。"

唐蘅想，那就是很好了。

这样看来李月驰大概过得不错，虽说入过狱，但他现在做着小生意，收入似乎挺可观的。家里盖起了砖房，弟弟在市里读书，成绩也好。唐蘅想着这些，轻轻呼出一口气，胸口郁积着的某种情绪缓解了几分。

他说不上那种情绪——类似愧疚——究竟是为什么？

是李月驰骗过他，是李月驰捅了他大伯，是李月驰说恨他，他有什么可愧疚的？然而他们毕竟曾关系那样好，他知道李月驰是一个什么样的人：十七岁从山区考到武汉，为了省钱去念国家免费师范生，大四毕业时攒够所有学费和生活费，然后违约，凭着年级第一的成绩跨专业保送到他大伯门下读研……后来唐蘅也见过许多聪明勤奋的人，却没有一个令他觉得像李月驰的。

这样一个人，唐蘅想，如果他过得太差，太落魄，自己怎能不愧疚呢？

李月驰带着唐蘅在李坝组走走停停，翻过几个山坡，看了水泵房、合作社和梯田，很快就到了下午一点多。阳光直直地落下来，天空是纯净的蔚蓝，路过的几户人家都热情地招呼他们进屋吃饭。唐蘅接到孙继豪的电话："师弟啊，在哪儿呢？"

"还在李坝组。"

"噢,我们都回村委会啦。你那边进行得怎么样?"

"学生说还有最后一户。"

"OK,OK,那我们等你们吃饭啊!吃完咱们就能回去喽!"

"好。"

唐蘅挂了电话,又给学生发微信询问,对方说大概再有十分钟就能结束工作。

"然后你们回酒店?"李月驰问。

"嗯,吃完饭就回。"

李月驰点点头,没说什么。两人在山脚下的水井旁坐着,十来米远的山坡上有户人家,同样是木质房屋,屋对面有一块小小的菜地,菜地旁种了几棵橘子树,一棵的树干上拴了头黄牛,正低头吃着草。

唐蘅有些累了,闭上眼,不一会儿就嗅到一阵油泼辣椒的香味儿。他想起自己大三升大四的那个夏天,那时候李月驰本科毕业,读研的学校还不能入住,李月驰只好到东湖边上租了个房子。那是个很破很旧很小的房子,四处泛着散不尽的霉味儿。

唐蘅第一次去时,从进门到出门全程皱着眉头,心想李月驰这人可真能忍;第二次去时,唐蘅顺手从银泰创意城买了个薰香;第三次去时,李月驰蹲在角落里做饭,只见他把红通通的辣椒切成碎末,堆在5块钱一大份的火腿炒面上,再撒几颗花椒,然后插电,热锅,倒油,待油烧热了,朝那炒面一倾——"欻啦"一声,又热又呛的麻辣味儿爆发开来,填满房间。那时唐蘅心想,这东西倒是比薰香有用多了。

第四次去时,在那间闷热的屋子里,他给李月驰唱了《夏夜晚风》。

"唐蘅，那是你学生吧？"

唐蘅猛地睁开眼，看见远处两个女孩儿正冲自己挥手。唐蘅起身给其中一个发了微信：你们去找司机，回村委会吃饭。

于是两个女孩儿蹦蹦跳跳地走了，唐蘅回了回神，才敢看向李月驰："咱们也回去吧。"

"你去吧，我回家吃。"

唐蘅愣了一下说："那你和我们一起回县城吗？"

"我明天再回，"李月驰顿了顿，"别喝酒。"

"为什么？"

"还没吐够？还有，也不要抽烟。"

"……"

唐蘅回到村委会时，孙继豪、村长和村支书已经在饭桌上等他了。他和孙继豪仍然坐上位，碗筷已摆好，白酒也斟好了。

唐蘅说："我不喝酒。"

"唐老师，咱们少喝一点儿嘛，解解乏。"村长满脸恳切，"今天很辛苦吧？我们这个地方，路是真不好走。"

"你们村的路很不错，"孙继豪端起酒杯抿了一口，"组组通路，户户硬化，都做得挺到位。"

村长笑道："都是政策好，澳门还给我们拨了专项交通建设款……孙老师，唐老师，我敬你们一杯，千里迢迢来到我们这里，太辛苦了。"

"大家都辛苦，你们还得接待我们，也挺累吧？"孙继豪干脆地和村长碰了杯。

"唐老师，您……"

"师弟，喝一点儿吧，工作结束了，"孙继豪半开玩笑地说，"现在可以暂时不管工作纪律。"

"就是嘛，唐老师，这个酒是我们自己酿的，度数不高。"

唐蘅沉默几秒，还是摇摇头说："喝了容易晕车，我就不奉陪了。"

下午四点过，一行人回到石江县城。学生们累得够呛，一进酒店便各自冲向房间，孙继豪追在后面吆喝："记得到餐厅吃晚饭啊，八点之后就没有了！"然后伸了个懒腰，有点儿无奈地对唐蘅说："这群小朋友，体力还不如我呢。咱们今天算是顺利的，半溪村弄得不错，没出幺蛾子。"

唐蘅问："你们去年出了幺蛾子？"

"唉，一言难尽啊。"孙继豪拍拍唐蘅的肩膀，递给他一瓶牛奶，"尝尝，这边的特色水牛奶——你也累了吧？晚上我和卢玥整理数据，你就好好休息。"

唐蘅回到房间，给李月驰发微信：我到酒店了。

他洗完澡，又等了二十分钟，对方仍然没有回复。

唐蘅把手机放在床头柜上，想了想，还是设置成静音模式，但是留下了振动。

也许是真的累了，唐蘅这一觉睡得很沉，甚至连梦都没有做。当唐蘅再次睁开眼的时候，窗外已经黑透了，房间里也是黑的，唯有空调亮着一枚小小的绿灯。

唐蘅恍惚了几秒，才反应过来自己身在何处。

他竟然没有被手机的振动吵醒？他抓过手机摁了一下，毫无反应，才知道已经没电关机了。

唐蘅给手机充上电，开机，九点三十二分，他一口气睡了五个多小时，成功错过晚餐。

手机开始不停地振动，一条接一条的消息弹出来。

下午五点过，徐主任在群里说：同学们辛苦了，晚饭一定要多吃点儿啊！

晚上七点过，孙继豪发来微信：师弟去吃饭不？

二十分钟后，他又发来一条：好吧，餐厅已经没的吃了……

八点二十七分，李月驰回复了他的消息，只有两个字：好的。

唐蘅攥着手机，发现自己并不饿，不但不饿，甚至有些反胃，头也晕，可能是睡得太久了。他正准备打开窗户透透气，手机又振了一下。

Zita：唐老师晚上好……我是陆美宁，社会学院大四学生，今天跟孙老师他们一起调研……您现在方便吗？

唐蘅：怎么了？

Zita：您能不能出来一下？我在四楼的露台。

唐蘅：稍等。

Zita：拜托您自己来，别告诉别人。

酒店四楼是一个观光露台，唐蘅推门进去，看见两个学生坐在一处，女生正在打电话，语速很快地讲着粤语，男生皱着眉头坐在旁边。

唐蘅心想，原来是他们两个。这男生正是早上拜托孙继豪把自己和阿宁分到同组的那个，而这女生——原来阿宁就是陆美宁。

"唐老师。"陆美宁挂掉电话，咬着自己的嘴唇。

唐蘅在他们对面坐下："怎么了？"

"我……我们有一件事……"她嗫嚅着，"这件事……"

"哎，老师，我来说吧。"男生拍拍陆美宁的手背，低声道，"这件事我俩实在拿不准，只能问您了。"

"嗯。"

"就是，今天我们走访的时候……有个婆婆说，我们去之前，村里把几个人送走了。一个打工的时候受伤，小腿没了；一个盲人；一个吸过毒；还有一个，智力有问题。我们和孙老师说了这件事，孙老师说他和村长核实了，是那个婆婆胡说的……可我们两个觉得，那个婆婆她，她不像胡说啊。"

"我们还把婆婆的话录了音……"陆美宁递给唐蘅一只耳机，轻声说，"您听一听？"

唐蘅戴上耳机，冷静地说："你播放吧。"他虽然感到意外，但也并不是那么意外，类似的事情已经听徐主任提过了。村里的干部不愿让他们见到某些人——残疾的、患重病的之类的弱势群体。但其实他们主要考察的是设施建设和人均收入，弱势群体根本不在考察之列。

然而，村里的干部不懂这些道理，他们只想把"不好的"都藏起来。

耳机里传来老人的声音，讲着口音很重的当地话："打工啊，腿打断了，一直闲在屋头……还有龚家的姑娘，眼睛看不到……啊，还有李家老二，李家最造孽，大的那个嘛蹲了监狱，小的又是个傻子……"

唐蘅走出电梯，恰好撞见一个人，正是酒店的齐经理。

她大概已经下班了，不像平时一身西装，只是穿着普通的风衣、牛仔裤。见了唐蘅，倒是一如既往地热情："唐老师您刚忙完啊？辛苦了，辛苦了！"

"你来找孙老师？"

"是啊，他说屋里空调有问题，我来给他看看。"

"我也找他。"唐蘅说。

齐经理敲门，很快门就开了。孙继豪裹着酒店的浴衣，说话有点儿哆嗦："小齐你快来看看这怎么回事！我开26℃冻成这样——师弟！你屋子的空调也坏了？"

"没有。"唐蘅望着孙继豪的脸，"师兄，我有点儿事情想和你说，方便吗？"

"没问题啊，那小齐你在这儿看着。"孙继豪回房拿了房卡，又在浴衣外面裹上一件外套，"走吧师弟，咱俩去外面说。"

又是四楼的露台，唐蘅问："师兄，今天的数据传完了吗？"他们走访时采取问卷调查的方式，每天晚上都要把收集到的数据上传到系统里。

"传完了。你是倒头就睡，我足足弄了两个小时——这酒店的Wi-Fi不行。"

"有什么问题吗？"

"村里没问题，就是那个村长，"孙继豪朝门口瞥一眼，压低声音说，"今天中午你还没回来的时候，那村长想给我送礼呢。"

"送什么？"

"羊肝菌，说是他们那里的特产——"

"你发现没有，"唐蘅打断他说，"那个村子里没有残疾人和患重病的人。"

孙继豪愣怔片刻，随即笑着说："是不是陆美宁他们和你说的？两个孩子还挺有责任心的。"

"有村民反映，我们去之前，村干部送走了几个人。"

"唉，我和孩子们不好解释那么多。"孙继豪拍拍唐蘅的肩膀，"那个老太太呀，她儿子是前一任村长，你懂吧？那她肯定和村干部过不去啊，有事没事就找碴儿。我去她家看了，老太太脑子有点儿糊涂了。"

"她说李月驰的弟弟智力有问题。"

"那你问问小李不就得了，"孙继豪表情有些茫然，"你俩不是老校友吗？"

晚上十点半，唐蘅捏着一支点燃的烟，竭力克制着把手机砸出去的冲动。他已经给李月驰发去五次微信通话请求，始终无人接听。这就是朋友吗？他甚至没有李月驰的手机号码。

唐蘅找不到李月驰，明明知道李月驰也在石江，可他就是找不到李月驰。

每一条信息，每一通语音，都像被抛进无边无际的黑暗里。这情形上一次出现是在五年前，唐蘅到英国读硕士，在某一个夏天的傍晚，他失控般拨打李月驰的号码。那时候李月驰已经入狱，而他无论如何也想不起这件事。他给李月驰发微信，发短信，QQ留言……

"你在吗？"

"在吗？李月驰？"

"我现在就回来，机票买好了，明天中午飞上海，希望不要晚点——李月驰，你在吗？"

…………

后来又发生过什么，他想不起来了。记忆好像被凭空抹去一段，恢复理智时，他躺在安静的病房里，窗外是伦敦的夜空。

唐蘅反复默念孙继豪的话。孙继豪说："不回微信啊？那正常，村里没有 Wi-Fi 嘛……农村都是很早就睡的，估计他睡着了没看手机……师弟，明天你当面问他呗。"

况且六年前他也从未听李月驰提过弟弟的事，那时李月驰给家里打电话，偶尔问一句"我弟在学校怎么样"——这完全不像是问一个有智力问题的弟弟，对吧？

手机一振。

Zita：唐老师，打扰您了……事情怎么样了？

唐蘅：老人的话有待核实，这件事你们不用担心。

Zita：啊，那就好……不好意思，打扰您了！

唐蘅：不打扰，早点儿休息吧。

事情不就是这样吗？前任村长的母亲对村干部心怀不满，加上年纪大了头脑混乱，于是在学生走访时有意无意地编了几句假话。的确就是这样。

他不能因为涉及李月驰，就连基本的理性判断都做不出来，他已经二十七岁了，不至于。

深夜十一点半，唐蘅坐在疾驰的摩托车上。

山间漆黑一片，唯有摩托车的橙色车灯照亮前方一小片马路。车速很快，冰凉的夜风刺在脸上，唐蘅不得不眯起眼睛。

"师傅，还要多久？"

"半个小时吧！"骑车的男人说，"已经够快的了，今天不下雨，路好走。"

他先是找了出租车，司机一听去半溪村，直接拒绝道："太远啦，路又难开——你去铜仁我还能送你。"

"我可以加钱，"唐蘅说，"你开个价，行不行？"

"不是钱的问题啊老板，明天早上我要交车，这会儿把你送过去，再回来，那得五六点了，赶不及！"

"你有没有别的同事？"唐蘅说，"愿意去半溪村的，多少钱都行。"

"没人去，太晚啦！"

"……"

那一刻唐蘅几乎怀疑自己该去的不是半溪村，而是医院。他的病是不是复发了？

"欸，等等，"司机拉住唐蘅，迟疑了两秒，"有个人……我帮你问问啊。"

于是此刻，唐蘅坐在了去往半溪村的摩托车上。

老任家住半溪村，种茶叶，最近正是春茶上市的时候，他每周都有三四天往来于半溪村和石江县城。

"今年的茶还是蛮不错的，"老任笑着说，"价格比去年高一些。"

"你们村都种茶吗？"

"也不是，有的出去打工，还有些身体不好的，什么也干不了。"

"李家种不种？"

"哪个李家？我们村好几户姓李的！"

"李月驰，李家的大儿子叫李月驰。"

"唉，你去找他啊？他家哪有人种茶？"

"我是他同学……听说他出来了。"

"哦！"老任叹了口气，"他家可怜得很。"

"他家这几年过得怎么样？"

"怎么样！你想想嘛，他爹病了那么多年，老二的脑子又不行。他呢，他去蹲监狱了！好在他出来了，前几年他家才真是恼火！"

"他弟是怎么回事？"

"傻的嘛，生下来就那样。"

"我没听他说过。"

"你是他哪里的同学？"

"大学的。"

"我就说，听你口音也不像石江的。"

"对。"唐蘅仰头望了望夜空，几乎听不清自己的声音，"我来找他。"

摩托车驶进半溪村时已经半夜十二点多。十个小时前唐蘅从这里离开，蛙鸣犬吠，碧空如洗，四处生机勃勃。而此时，村庄和群山一起陷入黑夜之中，寂静得出奇。

摩托车慢下来，老任说："我家在前面，你喊李月驰来接你啊？"

"……"唐蘅不知该怎么解释，李月驰并不知道他来了。

"他不是在石江做生意嘛，"老任又嘀咕了一句，"你咋不去他店里找他？"

"因为我们——"兜儿里手机忽然响起来，四周太安静了，以至铃声宛如雷鸣。唐蘅用力捏住手机，掏出来，屏幕上是李月驰发来的通话请求。

"李月驰？"唐蘅接通，恍惚地唤他。

"怎么了？"他的声音很平静，"我家信号不好，连不了4G。"

"你在家吗？"

"嗯。"

"你可不可以，"嗓子有点儿痒，唐蘅咳了一声，"可不可以来接我？"

李月驰静了几秒，问："你在哪儿？"

"我在任东强家。"

李月驰又静了几秒，然后他说："等着。"

唐蘅递去200块钱，老任连连摆手说："哪里用得了这么多？顺路把你带过来嘛！"

"您收下吧，"唐蘅说，"多亏有您。"否则他今晚还会做出什么？他自己都不知道。

"那也用不到这么多，50块，50就够了！"

"我没有50块的零钱。"

"哎呀——"老任从唐蘅手里抽走100块说，"一看你就不是缺钱的人！李家是真不容易……我就多嘴一句，既然你们关系好，你就多帮帮他吧。"

"好，我会的。"唐蘅认真地说。

"那孩子很懂事的，他爹妈也是好人。以前我想去矿上打工嘛，他爹喊我不要去，说是很糟蹋身体，"老任倚着摩托车，低叹道，"后来他爹就真的病了，你说说……真是倒霉啊！"

"是什么病？"

"尘肺嘛，我们这儿好几个在矿上打工的，都是这毛病。"

"李月驰他爸得的是尘肺？"

"嗯，好多年喽，也是遭罪。"

"……"

远处出现一小片的亮光，很快那光芒近了，摩托车的声音变得清晰。李月驰在老任家门外停车，喊了一声："任叔，麻烦您了。"

老任迎上去说："麻烦什么？你这个同学才辛苦呢，这么晚还要来。"

两人又寒暄了几句，而唐蘅站在原地，没有上前。他望着李月驰，望着他那看不清颜色的T恤，像是匆匆套在身上的，这么冷的夜晚，他只穿一件T恤。没有夹克的遮掩，唐蘅才发现原来他比六年前瘦了太多，夜风一吹，那T恤的袖子和下摆就飞舞起来。

老任转身进屋了。唐蘅没动，仍然望着李月驰。

李月驰也沉默地望着他，过了一会儿，说："唐蘅，过来。"

唐蘅走过去，站在他面前。

"你怎么来了？"

"我来找你。"

"不是说了明天见吗？"

"你为什么骗我？"

李月驰不说话了。唐蘅攥住他的手腕，只觉得很冷。

"上车。"李月驰说。

唐蘅坐在摩托车后座，额头不小心撞到他的后背上。他太瘦了，瘦得脊柱都微微凸起来了。

唐蘅闭上眼，只听风在耳边呼呼作响，脑海中出现李月驰向山崖边倒退的画面。他突然意识到，也许李月驰真的那样想过，甚至试过。

唐蘅哑着嗓子说："为什么你不告诉我？"

"告诉你什么？"李月驰嗤笑一声，"告诉你我出狱之后混得不好？告诉你我是穷光蛋？告诉你我这辈子就这样了，而且我认了——然后找你借钱？有意思吗？"

"不是……我不是说这些。"

"那你想让我告诉你什么？"

唐蘅不语，只是竭力调整自己粗重的呼吸。他的嘴唇在哆嗦，胸腔也快速起伏着，他想他为什么不联系李月驰？为什么不找李月驰？为什么六年前来了贵州却最终没来石江？还有为什么——为什么李月驰写下那句"你是湖水卷进我肺里"的时候那么漫不经心。

当时他问："怎么不是卷进你心脏？"

李月驰笑了笑说："因为肺是很重要的器官。"

好，现在，现在他知道了。

摩托车停下，李月驰熄灭车灯，他们陷在一片黑暗里。

"哭什么？"李月驰轻声问。

唐蘅狼狈地抹了把脸，手心变得湿漉漉的，夜风一吹，分外冰凉。

"是不是有人给你说了什么？"他的语气十分平静，"老任，还是别的什么人？"

唐蘅不语，片刻后止住哽咽，没有回答，而是说："你这几年到底怎么过的？"

"就那么过。"李月驰转过身去，和唐蘅拉开了距离，"你真这么想看，我就带你去看看。"

他说完便自己向前走，四下黑得伸手不见五指，唐蘅只好打开手机的手电筒跟上去。这地方是白天走访时未曾来过的，虽然也铺了水泥路面，但坑坑洼洼的，坡度又大，难走极了。李月驰以一个不快不慢的速度走在前面，甚至不需要灯光。

走了大概五分钟，李月驰停下，说："到了。"

唐蘅举起手机，想借灯光打量一下眼前的房子，却听李月驰低低地哼笑了一声。

"你这个动作，很像鬼片主角进废弃工厂探险之前的动作，"他顿了顿，"不过这种房子对你来说，也和废弃工厂差不多吧？"

唐蘅手一僵，慌张地收起手机。他听得出李月驰的嘲讽和不满，尽管他不知道这情绪从何而来。

"月驰——"屋里传出一个轻柔而沙哑的女声问，"小迪回来了？"

"嗯，她找我有点儿事儿。妈，你睡吧。"

"唉，你们也早些睡……"

李月驰应道："好——"然后扭头说："进屋动作轻点儿。"

唐蘅愣了两秒，问他："小迪是你那个同学吗？"那个穿粉色格子外套的女孩儿。

李月驰说："是她。"

他率先进屋，开了灯。唐蘅却还愣在原地，胡乱地想，难道小迪经常夜宿在李月驰家？那他们到底是什么关系？唐蘅又想起那天饭局结束后小迪骑电动车来接李月驰时，脸上那几分羞涩、几分期待的神情。

下一秒唐蘅抬起头，有了光，总算能看清李月驰的家。然后他知道，李月驰又骗了他。

李家不是砖房。

如果非要形容的话，那木质墙体是一种比猪血颜色更暗的棕色，像蒙上了一层擦不掉的尘垢，以致门框上红纸黑字的对联也是暗淡的。唐蘅跨过门槛，进屋，看见一捆木柴堆在角落里，水泥地面脏而硬，鞋子踏上去，发出"沙沙"的细响。

李月驰坐在一条长板凳上，抱着手臂，面无表情。在他对面是一台电视机——一台笨重的老式电视机。唐蘅心想，上一次见到这种电视机是什么时候？也许是二十年前。

高高的房梁上挂着两块老腊肉，不知熏过多少遍，已经全然是黑色的了，像两块炭。

"新奇吗？"李月驰说。

"抱歉。"唐蘅知道自己打量得太明显了，可是这个地方实在不应该是这样。他难以想象李月驰在这间房子里长大的情形。

恍惚一阵，唐蘅问："你家没有危房改造？"

"不符合标准，"李月驰说，"因为我念过大学。"

"……"

"我妈也问我为什么没有名额。"李月驰笑了一下，语气平淡得仿佛在说别人的事，"有时候我在想，如果我没有念大学就好了。你知道吗？如果我没有念大学，而是和村里其他人一起去广东打工，进个鞋厂或者塑料厂，受工伤断一两根指头，这个名额就能给我家。"

一阵穿堂风灌进来，李月驰又说："如果我没有念大学，也不会遇见你了。"

唐蘅退了一步，后背抵在粗糙的门框上。他有种错觉，这房子摇摇欲坠，而他寸步难行。

"我弟的事你也知道了，是吗？他生下来就是那样，不过身体健康，算运气不错了。"李月驰端起桌上的水，喝了一口说，"我也不是故意骗你的，只是不想惹麻烦。"

"惹什么麻烦？"

"惹你可怜我啊，"李月驰忽然起身，逼近唐蘅，"六年了，你怎么一点儿长进也没有？还是被我两句话就骗得找不着北。但是我后悔了，唐蘅——我不该招惹你的，我只是好奇……"

唐蘅倒抽了一口凉气，愣愣的，说不出话，也不敢看他的脸。

"我好奇你是不是还像以前一样——不识人间疾苦的大少爷。现在，我道歉，可以吗？"他的语气渐渐变得轻柔，甚至可以说是诚恳，"我没有装可怜的意思，当然也没想从你这里获得什么利益，我只是好奇。"

"李月驰……"唐蘅声音沙哑地说，"我，我们……"

"我们就当这几天什么都没发生。"

"你听我说，李月驰……"

"昨天下午我叫你不要喝酒，你喝了吗？"

"没——没喝。"

"好。"李月驰伸手一拽灯绳，房间再度陷入黑暗中，"这是最后一个步骤，我答应你的。"

唐蘅猛地瞪圆了双眼。

视觉完全失灵了。他能感觉到李月驰离他很近，下一瞬，李月驰忽然抬起手，在他肩膀上砸了一拳。

他大概只用了三分力气，唐蘅不觉得疼，只是愣愣的，不懂他此举为何。

李月驰说："你记得六年前咱们是因为什么认识的吗？"

唐蘅喃喃道："那天晚上我在长爱被人堵了，你帮我挡……"

"记得就好，"李月驰打断他，"这一拳，就当是你还我的吧。"

他说完后退几步，与唐蘅之间隔开一段距离。唐蘅感觉脑袋里空空的，好像所有的思绪都在李月驰一步步后退时，被一并带走了。

李月驰说："结束了。"

"什么？"

"所有，"李月驰温声说，"唐蘅，你滚吧！"

李月驰把唐蘅带到村委会门口，凌晨两点过，山村万籁俱寂。然后他利落地跨上摩托车，右脚踩在启动杆上，"嗡"的一声发动机启动。直到此时唐蘅才反应过来，这意味着什么。

"李月驰！"

李月驰没有回头，语气很不耐烦地说："你听不懂我的话吗？"

听得懂，就是因为听懂了——唐蘅想，这是他们的第二次告别。第一次是六年前，第二次是此时，那么第三次呢？今生大概再没有什么巧合能给他们第三次告别的机会了。可是李月驰，李月驰叫他滚。

"对了，"李月驰说，"我弟只是被他们带到宾馆睡了一晚上，好吃好喝伺候着的——领导，您就别为难我们小老百姓了。"

领导？是在叫他吗？

"不会的。"唐蘅说。

李月驰没再说话，两秒后，他拧动摩托车的车把，又是"嗡"的一声，然后骑着车就走了。

唐蘅定定地望着那车灯光，起先是一束，然后渐渐远了，变成一个豆大的亮点，最后在起伏的山路上消失不见。一阵夜风袭来，唐蘅打了个哆嗦，然后他发现自己浑身冷汗，双手颤抖。

返程途中，直到越野车开出半溪村四十分钟，唐蘅才想起自己应该道谢："麻烦您了。"

"啊，不麻烦，不麻烦！"村长先是点头，又是摇头，显然被吓得不轻，"唐老师，您这……您是什么时候过来的？怎么也不和我们说呀，哈哈。"

"我来看看我同学。"

"是……小李啊？"

"嗯。"

"那您怎么这个点……"像是突然意识到自己问了不该问的，村长话没说完，干笑几声。

"我只是来看看他，"唐蘅低头看着自己的手说，"但是他不想让我来。"

"这……这个嘛，哎呀，"村长试探道，"您知道小李以前的事吧？"

"知道。"

"他这个人吧，性格比较固执。我听说他是因为捅了老师才入狱的呀，您说说，这老师和学生能有什么深仇大恨？他怎么就……是吧？"

"可不是嘛，"前面开车的司机也搭腔道，"李月驰是我们村的名人啊。在他之前，村里有十多年没出过大学生了，他不得了，考的还是重点大学！结果呢，唉，您说说，他得有多想不开，才去捅人？"

唐蘅不语，司机接着说："您别和他计较，他全家都固执得很！他爹还没死的时候就到处和人说啊，说他儿子是冤枉的——您说这有什么可冤枉的？"

唐蘅闭上眼，低声问："他爸什么时候去世的？"

"2014 年，我记得很清楚，"司机说，"那会儿他还在监狱里嘛，他妈跑去找当时的村长，想让村委会联系监狱，批准他回来奔丧。"

村长"哦"了一声说："我听他们说过这事儿。"

"那可闹了好大一场，农村人没文化嘛，堵在村委会门口给村长下跪……给她好话说尽了，村长没有这个权力，可她偏不信。"

手又哆嗦了一下，唐蘅用力握成拳问："他知道吗？"

"啊？"

"他知道这件事吗？"

"那……应该知道吧？"司机叹了口气说，"他爹妈都挺老实的，怎么生了这么个遭报应的呢？"

到达酒店已经凌晨四点半了，夜空仍是浓郁的黑，看不见一丝一毫的曙光。村长握着唐蘅的手关切许久，才恋恋不舍地离开了。他一走，周遭便静下来，唐蘅站在酒店门口，出神地望着里面星星点点的灯光。五个多小时前，他发疯般地从这里跑出去找出租车，此刻又站在这里，身上的冷汗已经干了，好像刚发完一场酒疯，除了近乎虚脱的疲惫，什么都没有剩下。

唐蘅很慢很慢地走进大门，他觉得自己需要一支烟，摸了摸衣兜，才想起那盒中华给了李月驰。当时他还暗自欣喜一番，因为李月驰收了他的烟——这至少说明李月驰不讨厌他吧？

然而现在想想，或许李月驰只是怀着逗狗的心情，就像扔飞盘，第一次扔出三米远，狗摇着尾巴衔回来了；第二次扔出五米远，狗还是兴冲冲地跑过去又跑回来；第三次，第三次狗竟然半夜追到他家，他不高兴了，叫狗滚。

如果有烟就好了，没有烟，伏硫西汀也可以。在英国时精神科医生对他说，你不要觉得服用伏硫西汀是一件耻辱的事，它在安抚你，而非和你的记忆作对。然而唐蘅向来讨厌服药之后那种昏昏欲睡的感觉，意识变得模糊，仿佛记忆都被揉成难以拼合的碎片。

可是此刻，他竟然想要两粒伏硫西汀，既然没有，那就——唐蘅面向墙壁举起拳头，白花花的墙壁像一片干净柔软的雪地。他知道拳头砸上去的感觉，有那么几秒整条手臂痛得发麻，而那宝贵的几秒可以帮他忘掉大半折磨他的念头。当然一拳不够还可以有第二拳，第三拳……直到——

房间的门开了，那是孙继豪的房间。齐经理从里面走了出来。

"哎，唐老师？"齐经理瞪圆眼睛，一副见鬼的表情，"您这是……"

唐蘅垂下手臂说："睡不着，出来转转。"

"您失眠啦？"

"有点儿。"

"不会也是空调坏了吧？"齐经理赔笑道，"孙老师的空调一晚上坏了三四次，真是……您房间的空调正常吗？"

"正常，"唐蘅眯了一下眼睛说，"辛苦你了。"

"您客气了，有什么需要的您就给我打电话。"

"空调修好了吗？"

"没呢，"齐经理无奈地笑道，"明天再找师傅来修，我弄不好。"

"其实这个温度不开空调也行。"

"哈哈，我们这边潮气大……"

清晨，唐蘅和卢玥吃完早餐，站在廊下晒太阳。因为卢玥是唐蘅大伯带出来的博士，所以唐蘅一直叫她师姐，叫孙继豪师兄。

"昨晚没睡好吗？"卢玥看着唐蘅问，"黑眼圈好重。"

"还行。师姐你呢？"唐蘅说，"在这边吃得惯吗？"

"挺习惯的。"

"感觉你这两天瘦了，要不咱们两个换换？"唐蘅压低声音说，"和徐主任搭档，都是你在干活儿吧？"

卢玥摸摸自己的脸，笑道："瘦了是好事啊，而且按规定我和继豪是不能搭档的。"

"为什么？"

"夫妻要避嫌。"

"懂了，否则师兄受贿的话没人举报。"

"嗯，对——"卢玥又笑了笑说，"那你要好好监督他啊。"

"没问题。"

"我先上车了。"卢玥走了两步，又回过头来说，"继豪爱喝酒，师弟，你帮我看着他点儿。"

唐蘅摇头，语速很慢地说："我看不住他，师姐。"

卢玥耸耸肩说："那就让他喝吧。"

走访的第二个村子距离县城只有一小时的车程，路也好走得多，他们乘坐的越野车停在新建的篮球场里，旁边便是本村的阅览室。

"弄得不错嘛，"孙继豪四处打量一番，说，"这边手机信号也挺好。"

"不知道师姐他们去的村子怎么样。"

"他们可惨喽，"孙继豪摇摇头，把手机递到唐蘅面前，"这会儿还在路上呢，估计没两个小时到不了。"

屏幕上是他和卢玥的微信对话框，卢玥发来一张照片，拍的是山间碧蓝色的河水，然后说：还早呢。

唐蘅看见他给卢玥的备注是"领导"，后面加了个"月亮"的符号表情。

"今天咱们能早点儿回去吧？"唐蘅说，"晚上我和你一起传数据。"

"估计没问题，这个村一看就条件不错。"孙继豪拍拍唐蘅的肩膀，憨笑道，"正好你帮我弄，我还能带你师姐去县城逛逛。"

如他所言，这个村子的经济条件的确比半溪村好得多，走访一圈儿下来，唐蘅看见好几户人家的院子里停着轿车。下午三点半，他们便结束工作，回到了酒店。

"师弟你慢慢弄啊，这个数据传上去就不能改了，小心点儿。"孙继豪说完便起身走了，一副全然放心的样子。

到了傍晚时，唐蘅接到一个电话，归属地是美国。

"我联系好了，贵州大学的研究生，大概明天早上到你那里。"蒋亚的声音从手机里传出来，唐蘅有几分恍若隔世的感觉。

"嗯，好，"唐蘅顿了顿说，"麻烦你了。"

"跟我还客气呢？"

"太久没见你了。"

"哟，从你嘴里听见这种话可不容易，"蒋亚笑起来，"爸爸没白疼你啊。"

"滚。"

"说真的，有人给你下毒？"

"不是下毒，我怀疑是……安眠药。"

"你可别吓我！"

"放心吧，"唐蘅盯着那瓶没喝完的水牛奶说，"我能应付。"

电话那头，蒋亚沉默了片刻。唐蘅问："怎么了？"

"没怎么，我就是在想，"他说着又笑了，"搁以前，你估计直接就捅着别人打了，现在还知道先核实一下，有长进啊！"

"我以前这么暴躁吗？"

"可不，安芸那把贝斯你记得吗？硬生生被你打断的。"

"贝斯？"

"银灰色那把。"

"想起来了。"

"唐蘅，"他忽然放低了声音，语气也认真起来，"下个月我回国，准备去趟湖南。"

"……"

"小沁的忌日到了，我去看看她。如果你有空的话……咱们聚一下？"

唐蘅皱着眉，轻声应道："再说吧。"

蒋亚笑了笑说："好。"

真稀奇，蒋亚竟然舍得回国了。印象里这人出国六年，只回国了一次——还是去香港做项目，根本没有来内地。唐蘅甚至一度以为自己再也不会和蒋亚见面，至少不会在国内见面。至于安芸，就更是断了联系。按说她和蒋亚同在美国，虽然一个东海岸一个西海岸，但总不至于没机会见面，然而蒋亚说，他们的确没机会见面，不知道安芸在忙什么。

他们仨有个微信群，却没人在群里说话。无论端午、中秋、元旦、除夕，都没人说话，连一句祝福也没有。唐蘅知道这是他们心照不宣的约定，他们不能再做朋友了，天南海北，旧岁新年，他们知道彼此还活在这个世界上，就够了。如果不是这次事出紧急，他也不会联系蒋亚帮忙。

但是蒋亚竟然要回国了？唐蘅盯着屏幕上李月驰的微信头像，

有些发愣。像是约好了似的，旧人旧事一个接一个出现在眼前，令他坐立难安。

翌日清晨五点半，唐蘅在酒店门口见到了那位贵州大学的研究生。他是连夜开车过来的，精神有些萎靡。

"辛苦你了，"唐蘅把手里的黑色塑料袋递给他，"就是这个东西……麻烦你带回去看看。"

"您怀疑牛奶里有安眠药？"

"我不确定是不是安眠药，但作用是令人嗜睡。"

"我知道了。我现在回学校化验，最快今晚出结果。"

"谢了，出结果后马上告诉我。还有，这事儿保密。"

"OK！"

男生提着塑料袋返回车里，很快，轿车在唐蘅的视野中消失了。

此时天色微明，几缕阳光从遥远的天际露出来。唐蘅想，又是一个晴天。这是他来到石江的第四天，如果一切正常，他还会在这里待七天。

回房间的路上，又碰见了齐经理。她独自一人站在水池边抽烟，见到唐蘅，满脸惊讶地说："唐老师，起这么早啊？"

"睡不着了，出来走走。"

"哎，您这么年轻，哪有睡不着的？"齐经理笑道，"到我这岁数才真是睡不着了呢。"

"是吗？"唐蘅也露出一个微笑问，"你没比我大几岁吧？"

"三十六岁啦。"

"和我师兄差不多。"

"我就感觉啊，过了三十五岁，精力就明显不如以前了。"

"你这工作太辛苦。"

"没办法，要赚钱嘛，"齐经理摁灭烟头，无奈地笑着，"还有孩子要养呢。"

　　第三个村子比半溪村更远，山路曲折狭窄，这一次，车厢里只有司机和唐蘅两个人。转弯时唐蘅被惯性甩得晃来晃去，他发觉李月驰不在，这越野车的车厢里竟然空荡荡的。但其实李月驰那么瘦——说不清为什么会有这种感觉。

　　唐蘅若无其事地问司机："这两天小李有事啊？"

　　"听说他去重庆送货了。"

　　"是吗？"

　　"好像是昨天走的吧，"司机的语气里带着羡慕，"您想嘛领导，他都专程去送货了，这一趟肯定赚不少。"

　　唐蘅脸上浮现一丝笑，没有说话。他想李月驰就这么怕被他纠缠？以至于如此费尽心思地躲他，甚至躲到外地去了。其实根本不必如此。

　　直到下午五点过，他们才完成了走访任务。这个村子的位置实在偏僻，有些村民早已迁走了，见不到人，只好逐个打电话了解情况。加上山路陡峭，很多地方开不了车，全靠双腿行进。回到酒店已将近晚上八点，学生们累得东倒西歪，就连孙继豪也晕车了，半路上吐过一次，整个人都是蔫儿的。他冲唐蘅摆摆手说："师弟，数据明天再传吧……我回去睡了……"

　　"不吃晚饭了吗？"

　　"睡醒再说……哦，你帮我给卢玥说一声，晚上她和可可视频吧……我真是没劲儿了。"可可是他们的女儿。

　　唐蘅应下，看着孙继豪进了房间。

　　夜里十点整，唐蘅关掉电脑，拨通一个号码。

"王老师，"他这样称呼对方，"身体好点儿了吗？"

"劳你挂心啦。昨天出院的，没什么大事。"

"那就好。"

"这次真是谢谢你啊，小唐，"王山略带些歉意，"没想到就在这个节骨眼儿上住院了，只好临时把你叫去……怎么样？都挺顺利的吧？"

"嗯，顺利。主要是徐主任和师兄比较辛苦。"

"哈哈，他们经验丰富嘛，你就跟着多学学。"

"不过有一件事。"

"啊？"

"为什么这边的领导不给我红包？"唐蘅的语气极其理直气壮，"徐主任和我师兄师姐都收了红包，就我没有。"

王山一下子不说话了，像是被噎住了。唐蘅继续说："都是过来考察的，我觉得不应该吧？您帮我想想，是我哪儿没做好得罪他们了？还是他们觉得我级别不够？"

"唉，这个，这个嘛……"王山变得吞吞吐吐的，普通话都讲不利索了，"小唐你不要多想呀，他们可能觉得——你是新人，他们摸不准你的脾气嘛，万一你不但不收，还和他们翻脸呢？"

唐蘅无言片刻，笑着说："我没想到是这样。"是这样的"美差"。

"肯定是这样啦，你别多想啊，徐主任心里都是有数的。"王山劝道，"再说了，那边穷山恶水的，能给得出多少钱？几千块顶天啦！"

"我只是咽不下这口气。"

王山"啧"了一声，意味深长地说："年轻人，以后机会多着呢。"

唐蘅挂掉电话，面无表情地保存了通话录音。

他拎起一把椅子放到门口，坐上去，脑袋靠在房间的木门上。

屋里安静极了，屋外也安静极了，似乎这的确只是个工作结束后的疲惫夜晚，大家沉沉睡去，一切都很安宁。待明天日出，他们又会整装待发开始新的工作。他们还是澳门来的大领导，还是学生们尊敬崇拜的老师，还是那些无助村民的希望——把问题反映给领导，就能解决了。

唐蘅记得孙继豪说过，他家位于山东临沂的某个农村，沂蒙山区，家里穷得叮当响。他说在南大念了四年，直到大四毕业才吃了第一顿南京大排档，觉得好吃，真好吃，当即决定这辈子的目标之一就是吃很多很多的美食。

唐蘅把耳朵贴在门缝上，脑子里乱糟糟的，想到了很多东西。其间他的手机振了一次，是来自贵阳的短信。

夜里十二点一过，唐蘅听见一阵脚步声。好在走廊没铺地毯，所以他能够听见那声音。来者走得不急不缓，越来越近了，最终在某个位置停下。

门开了，又关了。

唐蘅起身，来到玻璃门前，这扇玻璃门隔开了客厅和阳台。唐蘅把厚实的窗帘撩起一条缝隙，透过玻璃，看见隔壁的阳台黑着。晚上九点多时，隔壁亮过一阵，是客厅的光透过窗户落在阳台上，大概四十分钟后阳台又黑了，直到此时。

有两种可能：一种是孙继豪的确关了灯，另一种是孙继豪拉上窗帘，遮住了所有光线。但无论如何，都不能解释齐经理连续两天深夜跑到孙继豪的房间。修空调是借口，哪个酒店需要经理亲自修空调？那是送红包吗？送红包也用不着分期付款。

唐蘅拉开抽屉，把昨晚刚从县城超市买来的铁扳手放进腰包，然后把腰包紧勒在身上。他一只手拎着椅子，另一只手缓缓推开玻璃门，轻手轻脚地走进阳台。

就在他准备踩着椅子攀上围栏的时候，房间里忽然铃声大作。

也许这个夜晚实在太安静了，那铃声响得如同惊雷，唐蘅感觉心急促地震颤两下，手心冒出一层细汗。他折回房间，接起电话。

"您是唐老师吗？"是个女声，语速很快。

"是的，您哪位？"

"我——我是汪迪，李月驰的朋友！"

"那天吃完饭，接他的是你？"

"对，是我！"汪迪急得喊出来，"您还在石江吧？您能不能帮帮李月驰？"

"他怎么了？"

"他被村里的人带走了！那天夜里您去找他，然后一大早村里就来人把他带走了，我和他妈都联系不上他，两天了。我们……我们实在没办法了。"

"他被带走了？"唐蘅一下子坐倒在床上，"你别急，回答我——他是自己跟那些人走的，还是被强行带走的？"

"他妈说，村长和支书带了几个人过来，把他叫出去说话。说完话，他就收拾了几件衣服，跟他们走了。"

"他说什么了吗？"

"他叫我们别担心，他过几天就回来。"

"……"

"唐老师，您能帮帮我们吗？"汪迪说着说着带了哭腔，"月驰他以前是蹲过监狱，但这两年他真的都在老老实实地做生意……他弟还要靠人照顾，他妈身体又不好，他这一走，家里天都塌了，我求您……"

唐蘅用力握住手机，声音异常平静："你别担心，我去把他找回来。"顿了两秒，又斩钉截铁地补充道："明天。"

两个套房的阳台挨得很近，只是围栏高到胸口，不好攀爬。唐蘅踩着椅子攀到围栏上，身体前倾，双手就攥住了隔壁阳台的栏杆。此刻他上半身正对着楼下的草坪——他甚至提前估算过，从三楼掉下去落在草坪上，大概不至于死掉。

不过他并没有掉下去。很快，唐蘅稳稳地落在了隔壁阳台。他赤着脚，落地时一点儿声音都没有，像只灵活的猫。唐蘅侧着身子，把耳朵贴在玻璃上，无声地站立着。他听见一些细碎的声响和几声仿佛很痛苦的呻吟——如他所料。

这当然是他第一次做这种事。如果没有几分钟前那通电话，或许直到此刻，他还是犹豫而忐忑的。这一扳手敲下去，无论看见的是什么，他和孙继豪的关系都算完了。当然不只是他和孙继豪，还有他和卢玥，他和徐主任。他会毁掉这次考察，甚至毁掉更多东西。然而那通电话反倒使他冷静下来，脑子里种种杂念都消失了，唯剩下一个念头：为了李月驰，他要把他们斩草除根。

就算他们永远不会原谅彼此，也没关系。

唐蘅把腰包拉开一个小口儿，从中取出扳手，紧握在手里。两分钟后，当房间里的喘息声越发急促，仿佛渐入佳境时——

一声脆响，唐蘅砸碎了面前的玻璃。

他们果然没有关灯。暖黄色壁灯把一切都照得清清楚楚：两个身体贴在一起，甚至来不及分开。

唐蘅冷静地拍了照，把手机揣回腰包。直到此时，吓蒙了的齐经理才反应过来，"咣当"一声滚下沙发，胡乱抄起一件 T 恤遮住身体。她面白如纸，哆嗦着说："您，您怎么……"

"师弟，"孙继豪提上裤子，搓了搓脸，"搞这么大阵仗干吗？你直接来问我不就得了？"

"师姐就在这栋楼，同一层。"

"她，"孙继豪嗤笑，"你以为她不知道？"

"那我把她叫来。"

"行了，大半夜的。"

孙继豪朝齐经理瞥去一眼说："你先走吧。"

齐经理衣衫不整地离开了。孙继豪轻叹两声，说："你随便坐吧。"

唐蘅站着不动，几乎是茫然地凝视着他。眼前的人是他认识了两年的孙继豪吗？虽然早有心理准备，可看到这一幕的刹那，那种错愕感还是难以言喻。

孙继豪点了一支烟，夹在指间慢慢地抽。唐蘅不是第一次见他吸烟，此刻却忽然从他的神情中看到几分冷漠。

"哎，你说说你，"孙继豪笑了笑，"卢玥都没意见，你掺和什么？"

唐蘅说："不可能。"

"你不信？"他脸上的笑容更加夸张，"唐蘅你可真说得出口，是不是你们唐家人都有那种——不要脸的天赋？你不信，哈哈！卢玥是你大伯的学生，后来又是你大伯撮合了我俩，你竟然不信？"

唐蘅一下子愣住了，不知他为何提起大伯。

"你别装啊。"

"和我大伯有什么关系？"

"不是吧，你真不知道？"

"知道什么？"

孙继豪哈哈一笑："卢玥和你大伯那档子事啊！她在你大伯那儿读博三年，就和他睡了三年！别人不知道就罢了，怎么你也不知道，啊？老唐的保密工作真到位！"

这一瞬间似乎极其漫长。从孙继豪的话传入耳道，到大脑解析出这些话的含义，再到——当唐蘅反应过来的时候，他已经狠狠扼住了孙继豪的脖子，将膝盖用力压在他胸口。

"你再说一遍。"

"我没骗你，"孙继豪的声音嘶哑了，整个人却很平静，"我不知道他们是怎么开始的，总之我没骗你，犯不着。所以你该相信了吧？我干什么，卢玥都默认啊。"

唐蘅死死地盯着他，手已经开始颤抖。

"虽然我也不是什么好东西吧，但是和她结婚那会儿，我确实想好好过日子。结果呢，原来我是个善后的，你大伯挺够意思啊，完事了还管分配对象。"

唐蘅霍然起身，踉跄了几步，后背撞在墙壁上。

"前几年不还死了个女学生吗？我听卢玥提过，叫田……田什么来着，田小娟还是田小沁？"孙继豪摇摇头，"你真的不知道吗？"

唐蘅转身向外跑，拉开门的瞬间和卢玥狠狠撞上。她被撞得连连后退，脚下一滑，跌坐在地上。

徐主任站在旁边，像是根本不敢上前，只能咬牙骂道："你们这是搞什么？疯了吗？"

唐蘅看着卢玥，她的身材很娇小，留一头乌黑短发，戴眼镜，透着浓浓的学生气。刚进学校时卢玥对他很冷淡，似乎一点儿不拿他当师弟，那时唐蘅甚至怀疑自己是否做错事得罪了她。后来接触得多了，才知道卢玥就是这样一个人，寡言，内敛，没什么存在感。好像她的人生简单到根本不需要言语的阐释，无非是读书再读书，博士毕业，进高校，结婚生子——很简单，很顺利。

"师弟，"卢玥蜷缩着身子，神情竟然同孙继豪一样平静，"你真的不知道吗？"

唐蘅双腿一软，险些跪在地上。

又是这句话。

他扑上前去，双手紧箍着卢玥的肩膀说："你说的是什么意思……师姐，我该知道什么？我——"

"别叫我师姐，"卢玥一字一句地说，"你知道吗？每次你叫我师姐，我都会想死。"

"……"

"每一次，你叫我师姐，我就会想起他。你知道我为什么留短发吗？"

"……"

"因为他说过，他喜欢长发披肩的女孩儿。我曾经以为毕业就好了，熬到毕业就好了，但是根本就逃不掉的你知道吗？他给我介绍了孙继豪，他对我做了那种事然后给我介绍对象，厉害吧？他竟然还把你送到澳门，叫我多关照你……你来上班的第一天我就想，如果你死掉了该多好。被楼上掉下来的玻璃砸死、心脏病猝死……总之如果你死掉了该多好，这样我就不会再想起他了。"卢玥说着，眼中忽然落下两行泪，"可是后来我发现你竟然什么都不知道，他是你大伯，你竟然什么都不知道——唐蘅，我真羡慕你啊！"

"轰隆"一声巨响，凌晨两点，石江县暴雨倾盆。

越野车的雨刷快速摆动着，却远远赶不上雨点坠落的速度。漫天都是雨，车子仿佛行进在汹涌的潮水之中。空调温度开得很低，以致司机开车时都缩着肩膀。

唐蘅问："还要多久？"他的声音比平时粗哑，垂着头，看不见表情。

"雨太大了，领导，"司机打着哆嗦，"起码还要一个小时。"

一个小时。唐蘅不应，过了很久，才发出一声模糊的"嗯"。

司机不敢多言，只好猛打方向盘。唐蘅的身子在座位上晃来晃去。他坐姿歪斜，腿脚发软，整个身体都失去了知觉，只剩下大脑尚在混乱地运转。

医生曾叮嘱他，以前的事能不想就不想，于是他也一直尽力避免回忆。终于到了此刻，那些画面和场景仿佛是密封过久的酒，在掀开盖子的瞬间，气味迎面冲出，熏得他半醉半醒，神志都不清了。

东湖的湖水连绵似海。李月驰坐在他身旁，手边立着一个黑色书包，拉链半开，露出一沓补习班广告。

他问李月驰："明天还发吗？"

李月驰说："发，一直发到下周二。"

他有点儿不高兴地问："能赚多少钱？"

李月驰腼腆地笑笑，没说话。

江汉路的 LIL 酒吧里，乐队演出结束，他收到女孩儿送的一大捧红玫瑰。那女孩儿既羞涩又急切地向他表白，他点头应着，目光却频频越过女孩儿望向角落。李月驰站在那里，也望着他，脸上带点儿袖手旁观的狡黠。他皱眉，李月驰便走过来，接过他肩上的吉他。

女孩儿问："这是谁？"

唐蘅说："助理。"

李月驰一本正经地点头说："同学，下次表白先在我这儿登记。"

2012 年 6 月，他去看守所，而李月驰拒绝和他见面。蒋亚进去了，没多久就出来了，然后用力揽住他的肩膀，像是怕他崩溃。

蒋亚说："李月驰叫我代他道歉，他说他不恨你，但是他爱田小沁。"

马路尽头一轮夕阳大得触手可及，红得如血，后来唐蘅总是在傍晚时犯病。

李月驰。记忆里所有关于他的碎片，像无数扇动着翅膀的蝴蝶拥上来。唐蘅神志模糊，分不清哪只蝴蝶是真实的，哪只会一触即散。所有曾经确信过的骗与恨，刹那间都不作数了。

越野车停下，司机说："领导，到了。"

雨下得更大了，唐蘅推开车门，径自走进漆黑的雨幕之中。他记得这条路，那天李月驰带他走过。山村的夜晚安静极了。此刻，他却浑身湿透，双脚踩在冰凉泥泞的地面上，像是去奔赴某种万劫不复的命运。

村长举着手电筒从李月驰家门口快步迎上来，唤道："唐……唐老师？"大概没想到他真的来了。

走近了，唐蘅问："李月驰在哪儿？"

"他……去办事了，"村长看着唐蘅，满脸惊愕，"唐老师您这是怎么了？走走走，先去村委会休息一下，我已经派人联系他了，他马上就到……"

"滚开。"

唐蘅推门迈进李家，目光撞上佝偻着身子的妇人。她双眼含泪，用口音很重的普通话乞求道："领导啊，你要给我家做主呀，月驰他什么都没干啊……"是李月驰的母亲。

"什么都没干？"村长又凑上来，怒气冲冲地说，"我告诉你，我们都调查清楚了！李月驰捅的老师啊，就是唐老师的大伯！唐老师不和你们计较，你们还敢找事？不识好歹——"

唐蘅问："李月驰的房间在哪儿？"

"月驰他是冤枉的啊，"妇人哭声更高，撕心裂肺的，"领导，他真是冤枉的，以前我去看他的时候他就和我说过，领导……"

"您告诉我，"唐蘅尽量让自己的声音显得温和，"李月驰的房间在哪儿？"

"里面，左手第一间……"

唐蘅向前走去，身上的雨水"啪嗒啪嗒"砸在水泥地上。水痕跟了他一路，他左转，推开门，拉灯绳，借着暗淡的白炽灯光，他看见李月驰的书架。

这房间小得一览无余，一张单人床、一个书架，再无其他。唐蘅用尽最后一点儿力气挪到书架前，从旧书和旧报纸之间取下那些深蓝色的文件夹。这时候他的思维已经停摆了，全凭感官，因为那些文件夹实在整齐得突兀。

他打开第一个文件夹，《〈知识社会学问题〉译本对照研究》，他的本科毕业论文。第二个文件夹，*Max Scheler's Individualism*，他的硕士毕业论文。第三个文件夹，*Michel Foucault and the politics of China*，他的博士毕业论文。第四个文件夹，很厚实，李月驰把他在期刊上发表过的所有论文一页一页打印出来，篇与篇之间用记号贴隔开——难以想象他是如何带着U盘到这个偏僻县城的某家打印店，打印出一张张与石江牛肉干没有半毛钱关系的英语论文。别人会笑话他吗？第五个文件夹，是李月驰的判决书，四年零九个月的有期徒刑。

唐蘅缓缓回头，看见李月驰站在屋门口，两个人对视，都不说话。

这是天崩地裂的一眼。

须臾，唐蘅跪倒在他面前。

难以描述那种感觉——唐蘅知道自己的思维异常清晰，身体却不听使唤地瘫软下去，像电影里被恶灵附身的尸体，在恶灵离去的瞬间柔软地倒下，又死了一次。

没错，又死了一次。六年前是第一次，现在是第二次。膝盖狠狠地砸在水泥地上，痛极了反而不觉得痛。唐蘅清晰地感知到自己的身体向前倾倒，心里竟然觉得有几分轻松，如果就这样倒下去，倒在李月驰面前，未尝不是一种谢罪。

然而下一秒，他就被李月驰稳稳地接住了。

李月驰半蹲在他面前，用了很大力气，一只手抓住他的肩膀，另一只手扶着他的脑袋："唐蘅，醒醒。"李月驰急切地说："站得起来吗？"

唐蘅想说"等等"，可是动了动嘴唇，发不出声音。他只觉得这一刻太熟悉了，熟悉得令他不敢相信这是真的。

李月驰换了个姿势，迅速把唐蘅放在床上。

他俯身望着唐蘅问："哪里不舒服？"

唐蘅仍是说不出话，却用力睁大眼睛，盯着他。

两人对视几秒，李月驰率先移开目光，望向桌上的文件夹。他走到桌前，把文件夹整整齐齐地放回原处，并没有说什么。唐蘅只好盯着他的背影，还是那件灰色夹克，遮住了他瘦削的腰身。这样一来，他的背影便更像六年前，那个在街头发传单的学生，那个站在逼仄的出租屋里，为自己煮一碗鸡蛋面的人。唐蘅觉得自己在做梦。

李月驰又走过来，伸手碰了碰唐蘅的额头，瞥见他脚上没穿鞋，然后走到床尾蹲下去，捧起他的脚。

"你……"他顿了顿，"在这儿别动。"

唐蘅便不动，仰面看着天花板。天花板也是猪肝色的旧木头，边缘处有不起眼的洞，不知道冬天会不会漏风。李月驰转身向外走，唐蘅的视线追着他，直到看不见。这时唐蘅才感觉到脚底有丝丝缕缕的痛意，大概是砸窗户的时候被玻璃划破了。

唐蘅视线向下，又落在床边的书架上。那书架有四层，中间位置是两个抽屉。什么都没想，他举起手臂，拉开了靠近自己的抽屉。

他看不见，只能用手摸索，然后抓出一个黑色塑料袋。他解开系着的结，从中掏出三个小密封袋，透明的。唐蘅把它们依次举起，不眨眼地看。他心想，像套娃一样，一只套一只，还以为是什么宝贝。

不是什么宝贝。只不过是六年前，他用过的吉他拨片。一枚墨绿色塑料拨片，大概是某次排练时忘记带拨片，于是到琴行随便买的。还有这个，想存钱也应该存到银行里吧？六年前那个下午，李月驰从他兜儿里摸走的52块8毛钱。52块8毛钱是由多少纸币和硬币组成的呢？他自己都忘了。原来是一张50元纸币，两枚一元硬币和八枚一角硬币，原封不动地在这里。最后掏出来的就更可笑了，几天前他给的中华，显然李月驰没抽过，还是沉甸甸的。

装烟盒的密封袋光洁平整，而其他两个密封袋皱皱巴巴的，不知被摩挲过多少次。新的密封袋加入了旧的密封袋，像一个新人挤在两个老人之间，如果不是唐蘅发现了它们，也许它们会永远被关在抽屉里，直到新的也慢慢变旧。而他永远也不知道，李月驰打量过它们多少次。

唐蘅闭上眼，两行泪从眼角流进鬓发。

不久李月驰就回来了，进屋时恰好与唐蘅对视，目光中似有几分诧异，紧接着他看见唐蘅手里的东西，瞬间变得面无表情。李月驰侧身让了让，对身后的中年男人说："他的脚划破了。"

"哎！怎么这样子，没穿鞋啊？"大夫打开药箱，从中取出酒精和纱布，"领导，可能有点儿疼，您忍忍吧！"

唐蘅"嗯"了一声，仍然望着李月驰。而李月驰像是有意回避似的，把脸侧过去了。

下一秒，尖锐的痛感从脚底直冲天灵盖，唐蘅闷哼一声，伸手抓住李月驰的被子。"伤口有点儿深啊，好像进了玻璃碴子，这个……领导您忍忍。"大夫话音未落，又一阵剧痛冲上来，唐蘅扯过被子的一角，张嘴咬住了。

"哎，小李，你帮我摁着领导，我怕他乱动。"

李月驰不声不响地走过来，双手摁住唐蘅的膝盖。

"哎哟，你看看，还真有！"唐蘅看不见大夫的表情，只听他连连叹气说，"还进了泥，麻烦了麻烦了，弄不干净要感染的。小李你摁紧了，我用酒精冲冲。"

李月驰没应声，过了几秒才说："您轻点儿。"

"再轻也要疼的，没办法呀。"

但是实在太痛了。唐蘅两眼发黑，额头也渗出汗来。慢慢地，他感觉身体变成了一张薄纸，被疼痛浸透了，连意识也渐渐模糊。

不知过去了多久，他听见李月驰的声音："好了。"

唐蘅恍惚地睁眼，才发现大夫已经走了。

李月驰说："你松口。"

唐蘅松口，李月驰把被角抽走，又说："放手。"

这次唐蘅没动，仍然双手抱着那个黑色塑料袋。

李月驰伸手拽了一下，没能拽走。他沉下声音，淡淡道："都是你的东西，正好，你拿走吧。"

唐蘅说："我都知道了。"

"你知道什么？"

"孙继豪受贿，传数据的时候他给我下了安眠药，我睡着——"

"我不是让你别喝酒？"

"下在牛奶里的。"

"……"

沉默片刻，唐蘅低声说："田小沁是被唐国木强暴的，对吗？"

"六年了，再说这些有什么用？"

“留着这些东西有什么用？”

“那你拿走吧。”

“李月驰，”唐蘅顿了顿，他用所有的力气说，“这次我信你。”

李月驰一声不响。唐蘅觉得自己被钉在十字架上，等他审判。

然而片刻后，李月驰笑了。这是个惨淡至极的笑，不是冷淡，也不是嘲讽，只是悲伤。唐蘅从未在他脸上见过这样的神情，仿佛下一刻他就会哭出来，但他没有哭。

屋外仍是瓢泼大雨，好像雨永远不会停了。人间浑浊如地狱，水汽顺着缝隙和孔洞，一丝一丝钻进来。

李月驰看着唐蘅，轻声说：“其实你不知道。”

唐蘅说：“不知道什么？”

李月驰摇摇头，没说话。他蹲了四年零六个月监狱，他羞辱唐蘅，赶唐蘅走，所做的一切，为的就是这辈子都不要等来这一天。

你不知道，我究竟，多想保护你，让你置身事外。

第三章
炽夏

　　武汉的夏天很难熬，准确来说，这个春秋短暂、冬夏漫长的城市，每一个季节都很难熬。今天已是最高气温 35℃以上的第十天，然而这才 7 月中旬，不知得热到什么时候。

　　长爱的冷气开了跟没开一样，也亏老板说得出"我这是洪山区最上档次的酒吧"。唱完最后一首 *Dancing in the Street*，唐蘅身上的 T 恤已经湿透了，一颗川久保玲的红心皱巴巴地贴在胸口。下台时安芸又把他俩拽住，叮嘱道："待会儿你俩给我悠着点儿啊！"

　　蒋亚打鼓，累得气喘吁吁了还要嘴贱两句："那我肯定没问题啊，我必让妹妹感觉春风拂面，如沐春风，春风十里扬……哎，我错了，是学姐！"

安芸收回脚，转而看着唐蘅："你也和蔼点儿知不知道？别拉着个脸像别人欠你钱似的！"

上台前唐蘅没吃晚饭，这会儿已经饿过劲儿了，整个人都很乏。他拖长了声音，懒懒地问："待会儿一起吃饭？"

安芸："对啊！"

蒋亚插嘴说："她到底漂不漂亮？"

唐蘅："你能不能闭嘴？"

安芸警告蒋亚："她真的就是普通学生，和你那些乱七八糟的前女友不一样，你别招惹她。"

蒋亚笑嘻嘻地说："别看咱安哥五大三粗的，那也是心有猛虎，细嗅——"

"你给我闭嘴！"安芸终于忍无可忍，抄起矿泉水瓶就往蒋亚脑袋上砸，蒋亚娴熟地躲闪，两人在狭小的休息室里你追我赶、拉拉扯扯，活像滚轮里两只打架的仓鼠。

唐蘅懒得搭理他们，独自坐在一边，把松散的马尾辫重新绑好。他从吉他包里掏出手机，开机，并没有未接来电，也没有短信。下午他和付姐——他亲妈付丽玲——吵了一架，然后摔门走了，连晚饭都没吃。吵的还是那些事，翻来覆去的车轱辘话。

蒋亚和安芸打够了，又一左一右坐到他身边。安芸大大咧咧地跷了个二郎腿，问他："阿姨过来啦？"

唐蘅"嗯"了一声。

蒋亚问："又吵架了？"

唐蘅没作声，算是默认。

"唉，消消气嘛。"蒋亚拍拍唐蘅的肩膀，"这么热的天，阿姨从上海飞过来也挺辛苦的，是吧？"

"她不是做学术的,哪分得清国内国外有什么区别,她肯定觉得你在国内好呀。"安芸也说,"你想想,从她的角度来看——你留在国内读研,唐老师能照应你,她呢,又会赚钱,你这日子不是爽死了?"

类似的话唐蘅已经从付姐嘴里听过不下五十遍,怎么又来了?

唐蘅烦躁地转移话题:"几点了?你同学还没到?"

"快了吧,我打个电话问——"安芸话没说完,手机就响了起来。

"喂,小沁……嗯嗯……好的哦,我们马上来……"

蒋亚蹙着眉头皱着鼻子,然后冲唐蘅做口型:"她——好——娘——啊——"

安芸挂了电话,喜上眉梢道:"他们到门口了!走吧!"

蒋亚问:"他们?还有别人啊?"

"还有个男生,也是唐老师的学生,对门师大保过来的,"安芸一边把贝斯装进包里,一边说,"我忘记他叫啥了,唐蘅知道吗?师大数学系第一,跨专业过来的呢。"

唐蘅正烦着,冷淡地说:"不知道,没听过。"

"行吧。"安芸耸肩,紧接着又叮嘱一遍,"待会儿你俩别乱说话!"

蒋亚说:"我们哥儿俩你还不相信?"

三人各自收拾好东西,走向酒吧后门。乐队刚成立的时候他们都是从正门进出,路过客人们的卡座时,经常能收获很多写了手机号码的小字条。蒋亚和安芸把字条瓜分一空,彼此都美滋滋的——虽然那些字条有一大半是递给唐蘅的。

直到有一次,某个不认识的女孩儿把他们堵在半路,泪眼汪汪地抱住唐蘅的胳膊不撒手,号啕着"你为什么不理我""你不是答应和我在一起了吗""可你要了我的电话"……唐蘅才忍无可忍地宣布，以后演出结束，走后门离场。蒋亚啧啧感慨："这些妹妹怎么净喜欢小白脸？我这款也不错啊！"

安芸补充道："可惜是个傻子。"

长爱位于八一路上，后门连接着汉阳大学的学生公寓，也有很多破旧的居民楼。晚上九点过，路上行人还不少。三人出了后门，站在路灯下。

"还没到啊？"蒋亚身材圆润，最怕热，"找得着吗？这地方曲里拐弯的。"

安芸捧着手机说："快了快了，待会儿请你吃巧乐兹。"

"滚，哄小孩儿呢？"

"你吃不吃？"

"我要可爱多。"

安芸："呕。"

唐蘅百无聊赖地抬头，看见无数细小的飞蛾扑向那亮黄色的路灯，仔细听，有"嗡——"的低鸣。电线杆上贴满了"东湖村一室一厅出租""专业维修热水器"之类的广告，一层覆着一层。不远处，某条水沟散发出隐隐的臭味。

这就是武汉的夏天了，他已经在这里待了七年，从初三到大三，早已厌倦了这座城市。为什么付姐不同意他出国？他自己也不知道。

"欸，他们来了！"安芸兴奋地喊，"小沁！"

唐蘅望过去，只见黑乎乎的巷口走来两个人影，一高一低。近了，他看见了那个女孩子的脸，长相不算很漂亮，但是眼睛又大又圆，挺可爱的。更显眼的是她那两条垂在胸口的麻花辫，正随着她的动作微微晃荡。

"小沁，你们做完问卷啦？"安芸迎上去，亲热地问，"吃晚饭没有？"

对方细声细气地说："还差五份，明天再做吧。我俩太累了，还没吃饭呢。"

"那正好，我们也没吃。走，今天我请客。"

"为什么啊？"

"今天我阴历生日！"

"啊？怎么之前不告诉我，我没有准备礼物……"

"你能来就是礼物了。"安芸笑嘻嘻道。

蒋亚凑到唐蘅耳边，小声说："这就是田小沁？长得也就那样吧。"

唐蘅没搭理他。

蒋亚早就习惯了，自顾自絮叨着："旁边那哥们儿还不错，欸，真的，你看看，和你有一拼……"

安芸还在和田小沁说话，蒋亚也继续说："老安这也太温柔了，原来她还能这么像个女的……"

这夜晚本就酷热难耐，蒋亚呼出的热气屡屡喷在脸上，汗津津的，唐蘅感到一阵恶心。他拧起眉，扭头低声道："你能不能闭嘴？"

蒋亚："干吗？咱俩孤家寡人，还不兴抱团取……"

唐蘅忽然变了脸色："那是阿珠乐队？"

蒋亚一愣，扭头向后看。

巷子的另一端，几个人影速度很快地向他们走来，手里各自掂着棍子和酒瓶。这一带聚集了大量高校，上到汉阳大学，下到某某职业技术学院，年轻人多，斗殴打架的也多，因此这场景并不罕见。

只是其中一个人影过于显眼，是个胖子，准确来说，是个大胖子，足有两个蒋亚那么宽。这不就是阿珠乐队的主唱？叫什么来着？唐蘅记不住了。只记得不久前这人曾放狠话说"你们给我等着"——说完就消失了好一阵子，这事儿在唐蘅心里早就翻篇了。

"怎么来了五个？还找外援啊！"蒋亚双脚微分，咬牙道，"来吧，爹的跆拳道不是白学的。"

"白学个屁！"唐蘅吼道，"安芸！跑！！！"

蒋亚一脸震惊地问："唐蘅，你怎么回事？"

这时安芸也反应过来，用力一拽田小沁说："快跑！"人已经蹿出五米远了，又吼道："蒋亚！吉他！！！"

蒋亚："……"

众人分成三拨：安芸、田小沁和那高个子男生跑在最前面；唐蘅和蒋亚紧随其后；而阿珠乐队的人也跑起来，嘴里嚷嚷着"都站住"。他们是有备而来，而唐蘅还背着吉他，跑了将近二十米，就被追上了。

"小沁你们先报警！"安芸停下脚步，嘴里蹦出一句武汉话，"我打死这帮苕货！"田小沁显然吓傻了，站着没动："安芸……"这时她身边的男生推了她一把，催促道："你快跑，别管我们。"

另一边，唐蘅和蒋亚已经被团团围住。小巷狭窄，一边是墙，一边是人，他们已然退无可退。为首的胖子扭了扭手腕，笑着说："你们不是牛得很吗？刚才你们说什么，吉他？"

蒋亚满脸堆笑说："这样吧兄弟，我请客，咱去喝一顿！你看咱也不是黑社会，没必要搞这么紧张……"

"确实，确实，"胖子还是笑着，冷冷道，"不过喝酒就算了。"

"那……"

"就你背的那把吉他，给我砸了。"他看着唐蘅说，"砸了，咱们就算两清。"

"他这吉他不值钱！"蒋亚冲安芸扬扬下巴说，"老安那贝斯才贵呢，砸贝斯吧？"

"吉他。"

下一秒，安芸举起贝斯，狠狠砸向其中一个黄毛。与此同时，蒋亚也冲上前去，一脚踹在胖子的大腿上。胖子被他踹翻在地，一骨碌爬起来吼道："别让他们跑了！！！"

众人开始混战，安芸已经练了两年泰拳，虽然力气不如男人，但身手十分灵活；而蒋亚自幼练习跆拳道，打起来也不吃亏；唯独唐蘅一躲再躲，硬生生挨了几拳，却并不与对方厮打——他要护着身后的吉他。

安芸和黄毛对打，蒋亚以一敌二，而那胖子和一个光头围住唐蘅，逗猫似的你一拳我一脚，仿佛以折磨他为乐。胖子说："我再给你一次机会啊，要么这样，你给我跪下，这事儿就算了。"

唐蘅说："你叫我一声'爹'，这事儿就算了。"

"那你别怪我们咯！"胖子和光头同时出手，唐蘅将将躲开胖子的拳头，却被光头手里的木棍儿击中肩膀，当即一个踉跄，半条手臂都麻了。

光头掂着木棍儿说："你不砸，我们帮你啊。"然后举起棍子，朝着唐蘅背后的吉他砸去！唐蘅连退几步，"嗡"的一声，吉他抵在了墙上。

他脑子里只有一个念头：今晚，吉他大概保不住了。

就在这时，黑暗中忽然蹿出一个人，挡在了唐蘅前面。他背对着唐蘅，只看得出个子挺高。唐蘅反应过来了，他是和田小沁同来的男生。

胖子举起酒瓶说："没你的事，滚开。"

男生站着不动，也不说话。

"你找死！"光头的木棍儿招呼上去，男生竟然一动不动，硬生生接下了。那光头也愣了，只一刹那，就被男生抓住木棍儿。他狠狠一甩，一捅，光头就松了手。

"跑啊！"男生低吼道。

唐蕖猛地回过神来，拔腿就跑。胖子还想追，又被男生拦住了。

十分钟后，学校保卫处的保安们骑着电动车呼啸而至。

五个人里跑了四个，剩下一个出于体重原因没能逃脱的胖子，被蒋亚狠狠压在地上。安芸的脸肿了，蒋亚的膝盖、手肘擦伤了，唐蕖喘着粗气问："那个人呢？"

安芸："哪个？"

"和你同学一起来的那个，刚才他……"

"你们哪个学院的？"保安打量着三人问，"报警吧，把辅导员叫来。"

"叫辅导员干吗？"安芸号道，"我们是被打的啊！"

保安看看地上的胖子问："你们，被打？"

"他们本来有五个！"蒋亚一脸冤枉地说，"跑了四个！不信你问他！"

"主要是，你们和校外人员发生冲突，我们管不了啊。"

"算了算了，"安芸摆摆手说，"我们也不是汉大的。"

保安感到莫名其妙，说："不是汉大的找我们干吗？"

"你们离得近啊！"安芸说，"我们仨是理工的。"

"那你们把他放了，可不能再打了，"保安叹了一口气说，"旁边就是我们学校……你们好歹换个地啊。"

"没问题。"蒋亚松开胖子，狠狠地说，"滚吧。"

胖子一溜烟跑了。

保安们也走了，剩下唐蕖、蒋亚和安芸，三人看着彼此，一阵沉默。

"其实我感觉他们也没想真打,"安芸说,"反正黄毛那哥们儿,下手挺轻的。"

蒋亚点头说:"我那边两个也还行……就是便宜死胖子了。"

"那个人呢?"唐蘅沉着脸问,"你们没看见他?"

"哪里顾得上啊!"蒋亚嚷道,"你能不能先关心一下你的安和你的亚?"

"他受了——"

身后传来一个男声:"我在这儿。"还是那种很平静的调子。

唐蘅转身,看见几米外的拐角走出一个人,姿势有些别扭。唐蘅跑过去,急切地问:"你怎么样?"

"没事,"对方顿了顿,"得去趟诊所。"

巷子里太黑,路灯又太高,唐蘅根本看不清他的脸庞,但能嗅到血的腥味儿。

唐蘅的声音有些颤抖:"哪里受伤了?"

对方说:"后背。"

唐蘅绕到他身后,举起手机——好在诺基亚禁摔——看向他的背。

蓝色 T 恤被血浸透了,已经贴在了他的背上。几道鲜红的血迹向下延伸着,直到他牛仔裤的裤脚。

唐蘅蓦地反应过来,对方的姿势之所以别扭,是因为佝着腰。

唐蘅急忙说:"我叫救护车。"

"不用,"对方摁住他的手说,"前面有诊所。"

"你都这样了去什么诊所!"

"不用你管。"

唐蘅暗骂一声,只好说:"我背你过去。"

"我自己去。"对方压低声音说，"如果之后学校调查这件事，别说我在。"

唐蘅愣了一下，忽然想到刚才保安过来的时候，这人躲起来了。

他躲什么？

"你们在校外聚众斗殴，"对方又强调道，"与我无关。"

唐蘅被噎得说不出话，这时蒋亚、安芸凌过来，也吓了一跳："快去六二七啊！"六二七医院就在珞喻路上，离此地很近。

他却一言不发，径自向前走了。

蒋亚问："什么情况？"

唐蘅沉默两秒，把肩上的吉他塞给蒋亚说："先帮我拿着！"然后飞快地追了上去。

两人并肩而行，路过方才打架的地方，唐蘅看见地上有一片亮闪闪的东西，踢了踢，发现是玻璃碴子。再走几步，看见破碎的酒瓶瓶颈。

"他们用这个……打你的？"

对方不说话，像是默认了。唐蘅咬牙道："是谁打的？那个胖子，还是光头？"

对方却仍旧不说话，哑巴似的。

唐蘅焦躁地说："我在问你！"

"安静点儿。"他总算开口了，"很疼。"

唐蘅沉默了，跟着他在巷子里拐了又拐，终于看见一家诊所。他似乎对这一带十分熟悉。

唐蘅跟在他身后走了进去。他活了二十一年，第一次走进这种诊所。门口的塑料帘子是灰黄色的，也不知是脏成这样的，还是原本就如此。这个点，诊所里只有一个老太太在输液，大夫坐在电视机前，手里捧碗热干面，白大褂敞着，露出滚圆的啤酒肚。见二人进来，大夫懒洋洋道："等一下哈，吃完这两口。"

"他出血很多！"唐蘅急道，"你给他看看。"

"哟，现在知道着急了？"大夫瞥了他一眼，说，"打架的时候干吗去了？"

"……"

"没关系。"身边的人说。

听见他的声音，唐蘅忽然想起，自己还没看到过他的脸。于是唐蘅扭头看过去，目光略略向上，视野里出现一张很狼狈的脸——汗水、血迹和灰尘在他脸颊上混成一片，已经干掉了，留下道道灰里发红的印子。他的皮肤是麦色的，看着看着，那些印子忽然变得异样，像某种古老图腾，散发出山林草木的气息。他是从书里走出来的吗？这样说好像太夸张了——是哪本呢？

唐蘅看得发愣，对方忽然侧过脸来，两人视线对上。他有一对漆黑的瞳仁，黑得干净。

唐蘅想起来了，克洛德·列维－斯特劳斯那本《忧郁的热带》。

他不说话，目光却似在问"有事吗"。

唐蘅鬼使神差地道："田小沁是你女朋友吗？"

"不是。"

"哦。"

他答得那么痛快，好像并不在意唐蘅为何这样问。也对，他连自己的伤都不在意。怪人。

这时大夫总算放下碗，走过来看了看他的后背，说："你这个好麻烦的嘞，还是去医院吧，我这儿没有麻药。"

"不用。"

"哎呀，会很痛的。"

"就在你这里，"他顿了顿说，"医院太贵。"

太贵？贵？唐蘅一时反应不过来，能有多贵？他家有家庭医生，所以他没去医院看过病。

大夫叹了口气说："那你忍着点儿啊。"

先前流出的血已经干了，牢牢地把T恤粘在他的后背上。大夫又说了一遍："忍着点儿啊。"而他不作声，只是背对着唐蘅坐在椅子上。

大夫举起手术剪，从T恤下摆剪起，直到把后背那片布料分离出来。

"你这头发染得不错啊，"大夫忽然瞥了唐蘅一眼说，"在哪儿弄的？我也去试试。"

"街道口的店，名字是……"可他分明是个秃顶啊！

"是什么？"

"绣绮……"

唐蘅话没说完，只见大夫猛地扬起手，一瞬间就掀掉了那块布料。

男生仍然没作声，但是身子颤了一下。

他的后背露出来了。血淋淋的，从凸起的肩胛骨到紧绷的腰线，很多道细长的伤口仍在渗血。

大夫叹了一口气说："怎么给酒瓶子打成这样，麻烦喽。"

唐蘅忙问："怎么麻烦了？"

"先消毒，再给他把碴子弄出来，然后包扎——这还没完呢，你看吧，他今晚准得发烧。"说着就用钳子夹起一团棉球，蘸了酒精说，"疼就说出来啊，我下手比较重。"

唐蘅喊道："那你轻点儿啊！"

大夫翻了个白眼："你当是绣花啊！轻了怎么消毒？"

浸透酒精的棉球被摁到伤口上。那一瞬间，唐蘅看见他脑袋后仰，身体前倾，像是想躲避后背的疼痛。然而也只是一瞬间的事，他便没再动了，尽管握拳握得手臂上青筋凸起。

很快，那团棉球变成了淡淡的红色，大夫丢掉了，又换了一团。当伤口被清理干净时，他脚边的垃圾桶里已经堆满了红色棉球。

而那些伤口也清晰地出现在唐蘅面前——他后背的皮肤原本是麦色，肩膀宽而平整，流畅的肌肉线条一路向下在腰部收紧。然而此刻，那些通红的伤口高高肿起来，仿佛是受了某种酷刑留下来的痕迹。

"你也别干看着啊，"大夫和唐蘅说，"你和他聊聊天儿，分散一下注意力嘛。"

"好……"唐蘅迟疑片刻，走到他面前，蹲下，"很疼吗？"

"你这不是废话？"大夫从后面探出脑袋说，"肯定疼死啦！"

唐蘅："……"

可他为什么不说呢？

又过了几秒，这人总算开口了，语调很平静："没关系。"

不是"还好"，不是"不疼"，是"没关系"，也就是说——确实很疼吧。

心仿佛被不轻不重地捏了一把，这感觉令唐蘅陌生。想了想，唐蘅伸出手："你攥着我的手吧。"也许能帮他分担些疼痛感。

然而他没动，只是垂眼看着。

片刻后唐蘅忽然意识到，自己是以一个怎样的姿势面对他。

蹲着，仰着脸，伸出手，简直像在乞求。唐蘅霍然起身，退了一步，尴尬道："渴不渴？我去买瓶水。"

"不用。"

"那你饿了吗？"唐蘅摸出手机说，"我去买点儿吧，包扎完就能吃了。"

"我不饿。"

"那你要什么？"唐蘅突然烦躁起来，"你要什么？我给你弄来。"

他的语气已经不耐烦了，然而对方还是那么轻描淡写："我没事，你回去吧。"

"你这样叫没事？"

"嗯。"

"你——"

"哎呀！"大夫打断两人说，"都听我的！"

两人对视一眼，不说话了。

"你，伤员，今晚肯定要发烧，得有人看着。"

大夫转而看向唐蘅："你，多给他弄点儿有营养的东西！别天天吃什么汉堡薯条的！藕汤排骨有没有？"

"有。"

"对嘛，多吃蛋白质！再搞点儿补血的！"

二十分钟后，大夫系好最后一条绷带，说："伤口不要沾水，回家就开空调——天气太热，更容易发炎的。"

男生稳稳地站起来："谢谢您！多少钱？"

"收你 70 块吧，好在没缝针呢。对了，明天来换药。"

唐蘅凑到大夫面前说："我来付。"他把手插进裤兜，愣住了，猛地想起钱包放在吉他包里，而吉他包塞给蒋亚了。

大夫："没零钱啊？100 块的也行！找得开！"

唐蘅："……"

"我来吧。"男生递去一大卷纸币，1 块的，5 块的，10 块的，大夫数了片刻才说："正好啊！明天换药 15 块！"

两人走出诊所时，男生身上还穿着那件只剩前半部分的蓝色

T恤，后背满是白花花的绷带，显得狼狈又滑稽。这时唐蓁才注意到，他T恤的胸口处印着"青文考研"四个小字。

唐蓁说："明天我把钱给你。"

他"嗯"了一声，倒没拒绝，只是说："不着急。"

唐蓁："那……"

"再见！"

"什么？"

"挺晚了，"他说，"你回去吧。"

唐蓁终于忍无可忍，低骂一声，语速很快地说："你以为我想跟着你？我不是怕你半夜发烧烧傻了？数学系第一就这么烧傻了，你不觉得怪可惜的？"

话音刚落，大夫掀开门帘把垃圾放在门口，应和道："那确实可惜。"

唐蓁怒气冲冲地盯着他，不知道这人脑子里在想什么——按照正常人的思维，既然自己是因为他才受伤，那么他照顾一下自己，不是理所应当的？

"人家也许等着女朋友关心呢，"大夫又探出脑袋，一副过来人的语气说，"那你就别当电灯泡啦！"

唐蓁："……"是这样吗？

两人站在小巷里僵持着，夏夜的热气无孔不入，只半分钟，唐蓁的额头上就全是汗了，他不知道对方的伤口处会不会出汗，那该多疼。

半晌，男生率先转过身去，声音变得有些无奈："我家很脏。"

唐蓁镇定地说："走吧。"

他跟着男生，复穿梭在巷子里。这一带挤满了破旧低矮的平房，走到小巷深处，连路灯都没有了。唐蓁用手机屏幕的光照路，避开了许多污水沟和堆放在路边的废品。

唐蘅原本有些疑惑，什么叫"我家很脏"——乱倒是可以想象，脏是怎么个脏法？这会儿多少反应过来，可能是房子本身很脏，这种过不了多久就会被拆迁的平房，确实是又脏又破的。

带路的人终于停下，他们面前是一幢二层小楼，唐蘅皱了皱鼻子。

楼道门口便是垃圾堆，连垃圾箱都没有，就这样露天堆着，苍蝇飞舞的声音清晰可闻。墙沿破了个洞，几块碎掉的红砖散落在附近。男生绕到侧面，踩着梯子爬上二楼，"噔噔噔"的。那铁梯也不甚结实的样子，每踏一步，唐蘅都怀疑梯子要垮下去了。

好在梯子没垮。男生掏出钥匙，开门，那木门很破旧，竟然没有发出"吱呀"的声音。

"不用换鞋，"他说，"随便坐吧。"

房间小得站在门口就能看见他的床，一张窄窄的铁丝床。唐蘅进屋，看见床的一侧叠放了两个整理箱，整理箱上又垫了一张塑料板，板子上有本翻开的书。床的另一侧，地上，是电磁炉和一把椅子。

唐蘅站着没坐，试探着问道："这是你租的房子？"

"嗯，"他拧动墙上的开关说，"还没开学，宿舍不能住。"

头顶传来"呜呜"的金属声，唐蘅抬头，蓦地发现竟然是吊扇。那吊扇迟缓地转起来，扇出的风是热的。

"别怕，"他说，"不会掉下来。"

"我……"唐蘅不知该说什么，"我叫外卖。"

"你不是没带钱吗？"

"你垫一下，明天我给你。"

唐蘅说完，他又不作声了。

"怎么了？"难道还怕他欠钱不还？

"我这里，"他脸上没什么表情，"没那么多现金。"

唐蘅难以置信地说："200 块就够。"

"本来有 100 块，刚才花了 70 块。"

"……"

唐蘅忽然明白了他为什么不让自己跟来。

跟来了有什么用？点外卖，没钱；照顾他，好像也没必要；甚至连回家就开空调也做不到——这破屋子里根本没有空调！

"帮我个忙，"他忽然说，"拽一下我的衣服……我举不起手。"

"哦，好。"

唐蘅走到他面前，攥住他 T 恤的下摆，慢慢将那 T 恤拽下来了。

男生问唐蘅："我做点儿吃的，你吃吗？"

唐蘅下意识地想拒绝，话到嘴边又咽了回去："谢谢你啊，我来帮忙吧。"

"那你拿那个锅去卫生间接水，然后放炉子上烧——会吧？"支使起人倒很痛快。

"会。"其实唐蘅第一次做这种事。他平时很少在家吃，而且家里有保姆做饭，用不着他自己动手。

卫生间里弥漫着一股霉味儿，唐蘅接了水，放到电磁炉上。他又说："打开上面那个整理箱，里面有吃的。"

"噢。"唐蘅先把塑料板端下来，然后掀开整理箱的盖子，里面确实有吃的——一包老坛酸菜牛肉面，一包香辣牛肉面，还有一颗鸡蛋。

唐蘅沉默两秒问："就这些？"

"我这儿没冰箱，只能存方便面。"

"那这鸡蛋……没坏吧？"

"应该没有。"

"……"

唐蘅坐在电磁炉旁边的椅子上，左手捏着两包方便面，右手托着一颗鸡蛋——小心翼翼的，生怕失手捏碎了。而男生坐在床边，打着赤膊，神情平静得近乎淡漠。

水还没开，眼下实在无事可做。各自安静了一会儿，唐蘅没话找话地问："这房子一个月多少钱？"

"200块。"

"那还……挺便宜。"

他"嗯"了一声，没接话。

又是这样。唐蘅很难描述这种感觉，但他知道，这人是抵触他的。虽然他还是跟着来了男生家，他们一起坐在这闷热的房间里等水烧开，待会儿还要一起吃泡面，但男生是抵触他的，他能感觉到。

为什么？因为自己害他受伤了？倒也的确是这样。

唐蘅低声说："今天谢谢你了！"

"不客气！"

"我说真的，如果你不在……我那吉他肯定被砸了。"

"嗯，下次小心。"

"你不问为什么吗？"

"什么为什么？"

"为什么我要护着吉他。"

"很贵吧？"

"不贵。"

"哦。"

"这是我爸留给我的，"不知为何，唐蘅觉得自己一定要告诉他，"我爸去世十一年了。"

对方默然，片刻后，难得主动地问了个问题："那些人为什么要打你们？"

　　"我们抢了他们的场子，就是今天那个酒吧，长爱。"

　　"抢场子？"

　　"之前他们乐队在那儿驻唱，现在换成我们了。"

　　"所以就要打架？"

　　"其实已经打过一次了，"唐蓉莫名有点儿心虚，"我把那个胖子打骨折了。"

　　"嗯——水开了。"

　　唐蓉扭头，看见锅里的水已经沸腾起来，热气被吊扇吹着，在屋子里散开。他撕开两包方便面，把面饼放进去，扭头问："酱料包也一起放吗？"

　　那不是串味儿了？

　　"放吧。"对方说。

　　唐蓉又把鸡蛋壳抠开，蛋清、蛋黄流进锅里。好在他见过家里的保姆打蛋，知道应该从中间抠开蛋壳。

　　面饼将散未散，唐蓉抄起筷子挑了挑。

　　"你干什么？"

　　"把面挑开，"唐蓉说，"这样受热均匀些。"

　　他走过来，瞥了一眼锅，又坐回去说："鸡蛋散了。"

　　唐蓉："啊？"

　　"你再挑挑吧，"他说，"直接煮成鸡蛋汤。"

　　几分钟后，两人各自手捧一碗老坛酸菜香辣牛肉味鸡蛋汤泡面，呼啦呼啦地吃着。这房间既不通风，又没空调，加上面汤热气腾腾的，唐蓉出了一头大汗，身上的白T恤也湿透了。但是折腾了这么一晚上，他竟然也顾不上这些，只觉得碗里的方便面前所未有的美味——简直邪门。

吃完面，喝完汤，唐蘅呆呆地看着那带缺口儿的碗。他从来没想到有一大自己会坐在这样一个房间里，和一个连名字都不知道的人，一起吃泡面。

"对了，你叫什么名字？"唐蘅说，"我叫唐蘅，唐朝的'唐'，草字头下面一个平衡的'衡'。"

"李月驰。"

"哪个 yue chi？"

"月亮的'月'，飞驰的'驰'。"

李月驰。原来他叫李月驰，唐蘅暗想，是个好听的名字，很配眼前这个人。

李月驰起身，站在窗前。这房间的窗户也很窄小，木框的，玻璃上结着陈年的垢。

"那是长爱吧？"他忽然问。

"嗯？"唐蘅走过去，将脑袋探出窗子。这一带平房居多，视野倒很好，一眼望去，黑暗中有星星点点的几处灯光，像宁静的海上有一些闪烁的渔火。

在右前方的某处，隐约可见一点儿粉红色，那确实是长爱招牌的一角。蒋亚经常吐槽老板的审美，说那粉红色招牌格外有少儿不宜的意味。

"是长爱，"唐蘅说，"你这里竟然能看见。"

"还能听见。有一天晚上，他们在外面唱歌。"

唐蘅扭头看着他问："什么时候？"

"半个月之前吧。"

"那天我也在。"

"是吗？"李月驰笑了，一缕温热的夜风把他的碎发拂向额后。

这是他们认识以来，他脸上第一次出现可以称之为"温柔"的表情。

"那天我去做家教，回来的时候很累很累，我就站在这里，忽然听见有人唱歌——"他轻轻哼了两句，"夏夜里的晚风，吹拂着你在我怀中。"然后又笑了一下，不好意思似的。

唐蓠的脸一下子烧了起来，整个人愣在原地。

"你知道这首歌叫什么吗？"李月驰问。

"《夏夜晚风》。"

"那天，是你唱的吗？"

唐蓠偏过脸去，飞快地说："不是！"

唐蓠不知道自己为什么要说谎，只觉得这太巧了。那天下午学校的保研夏令营结束，他又被安教授拉着聊了二十多分钟。等他和蒋亚、安芸匆匆吃过饭赶到长爱时，其他乐队已经唱起来了。

他们去得晚，只能等排在前面的乐队都唱完了再唱。就那么站着，被蚊子咬了满腿的包，所以他对那天晚上的印象格外深刻，他们唱了一首《夏夜晚风》。

李月驰"哦"了一声，用不大在意的样子说："那首歌挺好听。"

是唱得好听还是歌的调子好听？唐蓠无法细问，只好说："那首歌是伍佰的。"

李月驰点点头，转身拾起整理箱上的两只空碗，进了卫生间。唐蓠跟过去，见他蹲在水龙头前洗碗。那水龙头的高度只到他的腰，下面的水槽也小得可怜。也许是因为背上的伤口，他虽然蹲着，但脊背笔挺，以至于洗碗的姿势都无端带了些郑重。

唐蓠站在卫生间门口看他，走神了片刻，还是没法想象他究竟有多缺钱。

"你回去吧，"李月驰洗完碗又洗锅，背对着唐蓠说，"你看见了，我这里没有你睡的地方。"

确实没有，而且唐蕖也完全不想睡这儿。

"那你晚上发烧怎么办？"

"我有退烧药。"

"如果烧得严重呢？"

"不会的，"他顿了顿，"你如果不放心，可以把号码给我，烧起来了我打你电话。"

"那你也把你的号码给我。"

"好啊。"

唐蕖想了想，又说："明天我给你点外卖，你家这里的地址怎么写？"

"用不着。"

"大夫说了你要——"

"我白天不在家，得上班。"

"你这样上什么班？"

"辅导班讲课，不去不行。"

"那你什么时候下班？"

"不一定。"

"不一定？"

"下班了还得发广告。"

"你说一个你在家的时间，"唐蕖咬牙道，"我来还钱。"

这次，这次总不会再拒绝了吧？他这么缺钱，总不会大手一挥说不用你还钱吧？

"你不用特地来，"他仍然背对着唐蕖，声音平静又冷淡，"把钱给安芸，上课的时候她转交我就行了。"

"……"

刚才肯定是热得快中暑了，才会生出"这人还不错"的想法！

李月驰是不是有毛病？既然这么不想搭理他，为什么还要在他被围堵的时候凑过来？再说自己有什么值得他唯恐避之不及的？这人确实是有毛病吧？

　　唐蒹从嗓子眼儿里挤出个"行"，然后一把拧开门，头也不回地走了。

　　刚下楼梯，垃圾堆的酸臭味儿就扑面而来，熏得唐蒹想吐。他快步穿梭在巷子里，快得连那湿热的空气都被带起些风，身上的T恤湿了又干。唐蒹觉得自己身上尽是奇怪的味道，有泡面的辣味儿，有垃圾堆的臭味，甚至还有诊所里的消毒水味儿，这些味道混在一起，令他如芒在背。

　　一直走到长爱门口，唐蒹才放慢脚步，长长呼出一口气。

　　高远的夜空中，传来隐约的雷鸣。

　　手机响起来，是安芸。唐蒹忽然想到他没有给李月驰留号码，当然，他也没有李月驰的号码。

　　"喂？"

　　"你在哪儿？"

　　"长爱门口。"

　　"我和老蒋在一起，你等着，我们来接你。"

　　安芸说完就挂了，听得出不太愉快。唐蒹便站在长爱门前等，时不时瞟一眼那粉红色的亮闪闪的招牌。他想，李月驰不会真的发烧烧出个好歹吧？但他既然有退烧药，应该也不会烧得太厉害……从李月驰家能看见长爱的招牌，那么歌声呢？能听得多清楚？

　　唐蒹有些心烦意乱，但又觉得自己没必要为一个怪人费心——他已经做得仁至义尽，对方不接受，他也没办法。

　　很快，有一辆出租车停在巷口，蒋亚的声音随之传来："儿——子——"

唐蘅在心里回了一句"傻×"，然后走过去，上了车。

"人齐啦，师傅，去卓刀泉夜市。"蒋亚说完，看看唐蘅问，"你今晚也不回去了？"

唐蘅朝副驾驶位看了一眼，安芸不声不响，这是正在气头上。

"不回了吧。"唐蘅说。

"OK，"蒋亚欢呼道，"去我那儿斗地主！我新买了扑克！"

蒋亚是内蒙古人，家里生意做得很大。他到武汉读大学，他爸直接给他买了套房子，位置就在卓刀泉地铁站附近。平时闲着无聊的时候，他们三个就聚在蒋亚家里看电影，偶尔斗地主。

出租车到达夜市，这会儿正是热闹的时候，本就不宽敞的路上坐满了人，到处是炒洋芋和小龙虾的味道。三人在常吃的烧烤摊坐下，灯一照，唐蘅才发现安芸左边脸的颧骨上涂了紫药水，有点儿肿。

"你们去医院了？"唐蘅问。

"啊，就这点儿小伤，去医院不够麻烦的。"蒋亚冲唐蘅使个眼色，"我们……嗯……去安哥家了。"

安芸垮着脸说："你的吉他先放我家了。"

唐蘅："嗯，又吵架了？"

蒋亚叹气道："阿姨看我俩受了伤，这不是担心嘛。"

"她那是担心？"安芸一拍桌子说，"蒋亚你摸着良心说她那是担心？她就是看不起咱俩呢！"

"她更年期嘛，更年期都是这样的，"蒋亚安慰道，"你左耳朵进右耳朵出就行啦。"

"'天天和不三不四的人混在一起''哪有一点儿学生的样子''说出去谁相信你是大学教授的女儿'——我真是服了！"安芸道，"不知道的还以为我干了什么十恶不赦的事呢？大学教授的女儿？她以为我想当啊？"

"算了算了，安哥，算了，阿姨就是说话难听嘛，你看她还给咱俩涂了紫药水……"

"还拿那个谁，李什么来着，拿那个人给我做榜样呢，蒋亚你听见了吧？"安芸气得武汉腔儿都出来了，"说他还没开学就去给老师干活儿了！勤快！会来事儿！我就一天天地瞎混！她怎么想的啊，拿我和他比，我就不懂了，我又没穷成他那样！"

"是是是，确实没必要，大家情况不一样嘛，具体问题具体分析……"

"谁？"唐蘅忽然开口问，"李月驰？"

安芸没好气地"嗯"了一声。

"他'勤快''会来事儿'？"唐蘅心想，勤快倒是勤快，但是会来事儿——可真看不出来，明明长了张"离我远点儿"的脸。

"你没听唐老师讲啊？"安芸说，"人家积极着呢，这研究生还没开学，他就在跟着唐老师做项目了。"

"什么项目？"

"一个什么武汉贫困人口分布的调查，他和田小沁在做，我没去掺和。"

蒋亚插嘴道："你怎么不去啊？今年唐老师不就收了你们三个学生吗？"

"我不想去！"安芸又一拍桌子，"还没开学呢，我去什么去！再说我不也是想多分点儿时间给乐队？"

唐蘅又问："他很缺钱？"

"缺啊，家是农村的，听说他当年那高考分数，汉大的专业随便挑。"

"那为什么——"

"师大有免费师范生，"安芸从兜儿里摸出一支烟，点燃了，"免学费，每个月还给 600 块钱补助。"

蒋亚咋舌道："就为了这点儿钱？汉大和师大的分数线可差着二三十分呢。"

"可能确实缺钱吧，"安芸耸耸肩说，"我听说他是大三的时候违约的，违约要补学费和生活费呀，这么一想他得打多少工。不过违约之后他就能读研了，好像原本能保到汉大数学系，结果他运气不好，那边的名额都被内定完了。"

"所以就流落到你们社会学了？"

"嗯，唐老师对他可满意了，还跟我和小沁夸过他呢——人家数学系出身，会处理数据！哪像我们连 SPSS 都弄不清楚。"

"这哥们儿可以啊，"蒋亚若有所思，"人也不错，今晚得亏有他。"

"嗯，对了，"安芸看向唐蘅问，"他伤得严重吗？"

唐蘅第一反应是严重，话到嘴边，想起李月驰那张淡漠的脸，又改成："还行吧。"也不知道改给谁听。

安芸骂道："阿珠乐队那帮傻 ×，别让我再碰着他们。"

"可不！"蒋亚道，"你要安抚一下妹妹啊，吓着了吧？"

安芸抬脚踹过去，蒋亚连忙改口说："是学姐，学姐！"

"我已经给她发短信说了，"安芸的表情总算柔和几分，"后天晚上我请客。"

"把李月驰叫上。"

"啊？"安芸和蒋亚同时看过来。

"谢谢他今天帮忙。"

"得了吧！他不会来的。"

"为什么？"

"你没听他说嘛，叫咱们别把他帮忙的事儿说出去，"安芸弹弹烟灰，语气有点儿酸，"校外斗殴，学校知道了要给处分的！人家还要拿奖学金呢，可不想掺和咱们这些事！"

哦，原来如此。

唐蘅沉默片刻问："研究生的奖学金有多少钱？"

安芸："8000块？好像是8000块吧。"

8000块，也就是付姐给他买一双鞋的价格。这个价格的鞋在他家鞋柜里最少有10双。

唐蘅又想起李月驰的泡面、铁丝床、没有空调的房间。8000块钱对他来说是一笔巨款吧？

这时，空中紫光一闪，紧接着，雷声在不远处响起，要下雨了。武汉这个城市总是在夜里下雨，绵绵细雨没完没了。唐蘅不喜欢下雨，但是莫名其妙地，他突然觉得下雨也不错。那些没有空调的房间，或许能因为下雨而凉爽几分。

"唐蘅！儿子！"蒋亚喊道，"是你手机在响吗？"

唐蘅猛地回过神来，掏出手机，看见屏幕上的"付姐"两个字。

他皱了皱眉，按下接听键："妈，怎么了？"

"你在哪儿？"付丽玲怒气冲冲地说，"这都几点了还不回家？"

"你没回上海？"

"就等着我回去了没人管你，是吧？"付丽玲拔高声音说，"安芸她妈妈都和我说了！你们三个又打架了？你受伤没有？"

唐蘅在心里默默叹了口气说："没有，我没事。"

"你现在给我回来。"

"我今晚住蒋亚那儿。"

"我叫你回来，让我看看你被打成什么样了！"

"我真的，"唐蘅皱起眉说，"真的没事。"

"唐蘅！"

"……"

"我现在管不了你了，是吧？那你觉得你能管好你自己吗？"付丽玲的语速越来越快，唐蘅听了几句，就直接把手机甩到了桌子上。他面如寒霜地盯着手机，付丽玲的声音从里面飞快地传出来。

"你要出国，你觉得国外的学术环境好，行啊，那你倒是拿出点儿钻研学术的样子啊！你看看你整天都在干些什么？在你大伯眼皮子底下还能惹出这么多麻烦，你自己去国外还不得玩疯了？唐蘅！"

唐蘅垂着眼，低声说："我在听。"

"你已经二十多岁了，唐蘅。"她叹一口气，换上副语重心长的调子，"你不是十五六岁的小孩儿，打架就打架了。你已经成年了，懂吗？你说万一你被别人打出个好歹，或者你把别人打出个好歹，你怎么办？还有我，我怎么办？我辛苦赚钱就是为了你，只有你活得健康开心，我做这些才有意义呀。唐蘅，你……"

"妈，"唐蘅深吸一口气说，"我知道。"

"知道还这么气我？叫你来上海你又不来，我好不容易腾出时间回来了，就是回来受你的气？！"

"妈，你的愿望就是我健康开心？"

"当然了，妈妈也不要求你有什么大出息，你这辈子只要健健康康、开开心心的，比什么都强。"

"你接受那件事，我才开心。"

"什么？"

唐蘅沉默了。旁边的安芸和蒋亚却是满脸惊恐，一个摇头一个摆手，同时做着"别！""别啊！"的口型。

唐蘅说："我不可能接手公司。"

电话那头一下没了声音。

蒋亚和安芸也像被定住似的，不动了。

唐蘅继续说："我对做生意没兴趣，对你的公司也没兴趣。妈，别逼我了行吗？"

电话那头仍然没声音。唐蘅抱着手臂，平静地等。

半晌，付丽玲勉强地笑了："你还小，现在说这些干吗呀……宝宝，再过几年你懂事了，想法会变的。"

"这和年龄没关系，我说过，妈，你的人生是你的，我的是我——"

"胡说！"付丽玲打断唐蘅，"那我辛辛苦苦是为了谁？唐蘅？你知道我为你付出了多少吗？你怎么能这样对我，你根本就是恨我，对不对？这么多年你都觉得是我害死了你爸是吧，你——"

其实已经料到会是这个结果，他根本不该抱有希望，毕竟也不是第一次了。唐蘅冷笑两声："那就当我什么都没说吧。我今晚不回家，妈，拜拜！"

"唐蘅你给我回来！"

唐蘅直接挂了电话，手机关机。

蒋亚和安芸目瞪口呆。

唐蘅也不说话，脸色很难看。

周围人声鼎沸，唯独他们这桌静得像灵堂现场。好一会儿，蒋亚才抬手抹了把汗，拍拍胸脯说："妈呀，阿姨还是这么……泼辣。"

安芸瞪他一眼问："会不会说话？"

蒋亚连忙改口道："还是这么心直口快。"

安芸扶额："算了，你还是闭嘴吧……"

"哎，不是，这也太那个了吧。"蒋亚凑近唐蘅，满脸迷惑，"蘅啊……那你，你真的觉得当年你爸出事，是因为阿姨？"

唐蘅低声说："我没有怪她。"

"啊？这……"

"你没有怪她，但你确实认为是她的责任，对吗？"安芸吸了一口烟，幽幽道，"你们家这笔账，算不清。"

蒋亚仍然很迷惑："啥意思？"

"算了，"安芸说，"先解决现在的问题吧，毕竟你出国念书，还要花她的钱。"

"哦，是哦……"蒋亚忽然捧起唐蘅的手，动情道，"儿，你别担心，她如果真的不给你钱，我给啊。"

"滚，"唐蘅甩开他的手说，"吃你的烤韭菜。"

蒋亚抓起几串烤韭菜，分给安芸一半，说："来吧老安，一起壮阳。"嚼了几口，又说："那阿姨这不是自欺欺人嘛，难道以后她要把你绑在家里不成？"

安芸叹道："是啊。"

"没关系啦！"蒋亚翘起小指，尖声道，"如果蘅宝被绑架了，我第一个英雄救美！"

"还是我去吧，"安芸撸了一把头发，"你这智商指望不上。"

这两个活宝。

唐蘅无奈地笑骂："滚吧你们。"

三人吃完烧烤，冒着淅沥的小雨来到蒋亚家。他们经常在蒋亚家留宿，所以衣柜里一直备着几套他们的衣服。待唐蘅穿着和安芸差不多的T恤、短裤走出浴室，蒋亚也冲了澡，换上了一套新衣服。

三人玩了会儿斗地主，又听完两张CD，才躺下休息。蒋亚家是复式楼，客厅大得出奇，摆了三张长沙发。蒋亚睡在中间的沙发上，唐蘅和安芸一左一右。

不久，蒋亚就打起鼾了。隔着乱七八糟的茶几，安芸小声问：

"那你还出国吗？"

"不知道，"想起这事唐蘅就心烦，"能去就去吧。"

"去美国啊？"

"嗯。"

安芸不说话了。唐蘅本以为她会追问一句"你走了乐队怎么办"——怎么办呢？也许换一个主唱，也许解散。他们这乐队纯粹是玩票性质的，谁都没打算以此为职业。他和安芸以后大概是会一直做学术的，而蒋亚也随口提过自己要继承家业。

"其实蒋亚说得也有道理，"安芸又说，"你妈总不能真把你绑在家里。如果你执意要出国，她也拦不住你吧。"

"我不想伤害她。"

"唉，你现在就没伤害她吗？"

"……"

"我错了，"安芸叹了口气，"这事儿不怪你。"

唐蘅不作声，算是默认了她的话。

没过多久，安芸也睡着了，呼吸变得又轻又长。窗外雨声不止，房间里因为开了空调，反而格外凉爽。

满室寂静，唐蘅又想起李月驰的脸。片刻后他摸黑起身，借着外面模糊的灯光，找到手机。

开机，有四个付丽玲的未接来电，一个大伯的未接来电。

此外就什么都没有了。他根本没把自己的号码留给李月驰，就算李月驰想打给他也打不了。

第二天上午，唐蘅是被手机铃声吵醒的。他睡意正酣，闭着眼摸起手机："喂？"

"唐蘅，你是不是报了 GRE？"付丽玲的声音有些嘶哑，大概又喝酒了。

"你查我银行卡？"

"你的？我不赚钱你哪儿来的银行卡？"付丽玲说着，竟然有些哽咽，"你不要妈妈了是吗？唐蘅，妈妈只有你了，现在你也不要我了？"

又是这套。唐蘅瞬间烦躁起来："我出国读几年书，又不是移民！"

"我不同意，"付丽玲吼道，"要么你就别花我的钱！"

"好，如果我不花你的钱，你就——"

"宝宝，妈妈求你了，"她的声音忽然低下去，乞求似的，"只要你留在国内，你做什么妈妈都支持。"

"我玩一辈子乐队你也支持？"

那头沉默了几秒："宝宝，你还小……"

唐蘅直接挂了电话。

此时已经将近十一点，蒋亚和安芸睡得很熟——这两个人是不到中午不起床的。唐蘅独自爬起来洗漱一番，从洗衣机里拿出已经烘干了的衣裤。他穿戴整齐，走到沙发边踢踢蒋亚："别睡了，借我点儿钱。"

"嗯……书房，抽屉，"蒋亚含糊道，"卡。"

"要现金。"

"我兜儿里……"

唐蘅捡起他丢在角落的牛仔裤："不够。"

"你怎么这么多事儿啊！"蒋亚欲哭无泪地坐起来说，"卧室衣柜最下面的抽屉里！拿着我的钱，滚！"

"区区 5000 万就想羞辱我们的爱情吗……"安芸也醒了，眼睛还没睁开，嘴皮子倒是利索得不行，"唐蘅你去哪儿？顺便带点儿饭回来，我想吃鸭掌煲。"

蒋亚瞬间清醒道："我也想吃！"

"接着睡吧，"唐蘅拿了钱，面无表情地说，"梦里什么都有。"

又是一个大晴天，双脚踏在地面上，能隐隐感觉到蒸腾的热气，这哪里像昨晚才下过雨的样子。唐蘅被付丽玲的电话搅得心烦意乱，加上天气热，实在没有胃口。他在地铁站里坐了一会儿，又接到了大伯的电话，大伯叫他少和他妈吵架，以及明天去项目组报到。

唐蘅漫不经心地应了，挂掉电话时恰好一列地铁进站，他随着人流走进去。二号线永远人满为患，好在虎泉到街道口只有两站。唐蘅在创意城买了一瓶薰香，然后打车去东湖村。

他要去找李月驰，但是想到李月驰家楼下的垃圾堆……就顺手买了一瓶薰香，希望有点儿用。

路过诊所，唐蘅走进去问大夫："他今天来换药了吗？"

"来了啊，"大夫又在吃热干面，"一大早就来了，看着还蛮精神的。"

"好，谢谢！"

"那小子昨晚发烧了没？"

"没有……"

"身体不错嘛。"

唐蘅心想，应该没发烧吧？如果发烧了，今早怎么能神采奕奕地去换药呢？怎么去辅导班上课呢？怎么去发传单呢？那家伙就是想发烧也不敢吧？

唐蘅在巷子里百无聊赖地溜达着，正午的阳光堪称毒辣，他有些渴，便在一家早餐店买了米酒。像北京有酸梅汤，广州有奶茶，武汉的早餐店里有的是米酒。冰镇过的米酒酸中带着清甜，凉丝丝的，配热干面最好不过。

只是唐蘅仍旧没胃口。他明知道这会儿李月驰是不会在家的——也许他来找李月驰，只是想给自己找点儿事儿做。哪怕只是漫无目地地等待，也能令他暂时不去想那些烦心的事。

一路晃到李月驰家楼下，垃圾堆还在那里，雨水泡过，太阳一晒，臭味儿更加浓烈了。唐蘅皱着眉爬楼梯，昨夜没看清楚的，此时也都看得分明。那铁梯子上的绿漆已经斑驳了，泛出片片棕黄的铁锈。一直爬到他家门口，唐蘅看见一把雨伞挂在门外的栏杆上，是那种老式的长柄雨伞，伞柄上印了四个小字：青文考研。

和那 T 恤是一套的？这辅导班倒出了不少周边。

等等——雨伞在这儿。

唐蘅愣了两秒，抬手敲门。

没人应。

可能是早晨出门没带伞吧。

他又敲了两下，还是没人应。

算了，那家伙也不像怕淋雨的人。

唐蘅转身欲走，刚迈出一步，听见身后隐约的脚步声。

拖长了的，很慢的脚步声。

门开了，李月驰站在唐蘅面前，像是刚睡醒的样子。

唐蘅讶然地问："你没去打工？"

李月驰扣上扣子，语速很慢地问："有事吗？"

"我来还钱。"

"嗯，麻烦了。"人却站着没动，并没有邀请唐蘅进屋的意思。

唐蘅从兜儿里摸出几张百元纸币，递过去。

李月驰低头瞟了一眼，没接："太多了。"

"你拿着吧。"唐蘅说。其实他自己都不知道这是多少钱，懒得数。

李月驰不作声，伸手抽出两张。

唐蘅无奈，问他："你的伤怎么样？"

"没事。"

"昨晚发烧了吗？"

"没。"

"那就好。"

"嗯。"

李月驰看着唐蘅，竟然很慢很慢地笑了一下。那笑容像慢放的特写镜头很快又消失了。唐蘅愣住了，下一秒，就见对方直直地向自己倒过来！

他的额头很烫，浑身都烫，躺在床上时却小声说："我有点儿冷。"

唐蘅疾声问他："退烧药放在哪儿？"

"吃完了。"

"你……"唐蘅说，"等着！"

"别走。"

"我去给你买药！"

"我想喝水。"

"水在哪儿？"

"……"

唐蘅四处寻找，只在床脚旁发现一个富光塑料水杯，空的。唐蘅又骂了一句，道："我真的服了。"

李月驰黑漆漆的眼睛盯着他，目光笔直，像某种动物。

唐蘅迟疑刹那，说："米酒喝不喝？"

他说："喝。"

唐蘅一只手环住他的肩膀，帮他把上半身撑起来，另一只手把米酒送到他嘴边。

他悄无声息地衔住吸管，随即开始大口吞咽，速度快到胸腔剧烈地起伏着。似乎房间里除了他吞咽的声音，就什么声音都没有了。唐蘅越发觉得他像某种动物，目光像，喝米酒时也像。

他直接把一大杯米酒喝完了。

唐蘅忍不住问："你多久没喝水了？"

李月驰又躺下，翻了个身背对着唐蘅。他身上缠满了乱七八糟的绷带，露在外面的伤口仍然肿着。唐蘅问他话，他不应，竟是直接睡过去了。也许是烧得难受，他的呼吸很急促，两片肩胛骨随着呼吸轻轻颤动。

原来是马。唐蘅想起来了，不是马场里那些高大壮实、养来供人驾驭的马。是山间的野马，脊背如刀，瘦骨嶙峋，只要不死，就在尘埃中奔跑；哪怕死了，也是一具坚硬的骨架。

当然，他没有诅咒李月驰的意思。

唐蘅从李月驰桌上拿了钥匙，去诊所为他买药。退烧药、退热贴、消炎药……能买的都买了。又去旁边的小卖部买了十来瓶矿泉水。中午的时候最热，T恤很快被汗水浸透。

回到他家，唐蘅拍拍他的手臂说："起来吃药。"

此时的李月驰倒是很配合，乖乖吃了药，喝了水，然后直勾勾地盯着唐蘅，仿佛反应不过来发生了什么。

唐蘅试着问他："你知道我是谁吧？"希望他别把脑子烧坏了。

"我知道，"李月驰却对他笑了一下，口齿异常清晰地说，"你是唱《夏夜晚风》的那个人。"

唐蘅险些从椅子上蹦起来，定了定神，才问："你怎么知道是我？"

李月驰坦诚地说："听啊。"语气还有些不耐烦，仿佛唐蘅问了个很蠢的问题。

"你记得……我唱歌的声音？"

"当然记得。"

李月驰说完就闭上双眼，再度沉沉睡去了。他还发着烧，唐蘅只好憋下一肚子疑问，俯身在他额头上贴了一张退热贴。也许是为了隔绝楼下垃圾堆的臭味，窗户紧紧关着，房间里闷热无风。而那吊扇不急不缓地打着转，也没什么效果。

太热了，热得脸颊、耳朵都在发烫。唐蘅坐着愣了片刻，然后撕开一片退热贴，贴在自己的额头上。

他忍不住回忆起那天晚上的细节——他唱歌的声音很大吗？应该不是。音响的音量由老板提前调好，因为这一带住户很多，老板不敢扰民，所以总是把音量调得很低。

可李月驰家和长爱隔着那么远的距离。这人不仅清楚地听到了他的歌声，还清楚地记了下来，半个多月后再和他说话的声音对应上。狗耳朵吗这是？唐蘅想着，便看向李月驰的耳朵，他的耳廓薄薄的，因为高烧，边缘有些发红。唐蘅想，此人大概真的听觉超群。

紧接着他又有点儿不爽。既然李月驰知道那首歌是他唱的，为什么还明知故问？他有理由怀疑这种数学学得好的人，大脑发育不太平衡。

唐蘅垮着脸为李月驰换了一张退热贴，心想，干脆就这么烧着好了，虽然这人即便发烧也还是那副"离我远点儿"的欠揍德行，但他闭眼沉睡的样子，至少比他醒着时顺眼一些。

T恤粘在后背，发丝粘在颈间，直到被手机铃声吵醒，唐蘅才发现自己趴在李月驰的床边睡着了。

唐蘅眯着眼走进卫生间，接起电话："大伯？"

"下午有空不？"唐国木笑呵呵地说，"明天我要去荆州开会，你待会儿就过来吧。"

"过去干什么？"

"你这小子！不是说好了跟我做项目吗？我让研究生带你，你先来见见他们。"

"过两天吧，今天我没空儿。"毕竟屋里还躺着一个，烧得昏睡不醒的。

"你就来见一面，打个招呼嘛。"

"今天真的没空儿。"

"算了，就你最忙！"唐国木顿了一下，又叮嘱道，"别和你妈吵架了啊，这么大人了，乖点儿。"

唐蘅说："知道了。"

唐蘅甩甩发麻的手臂，洗了把冷水脸。他刚走出卫生间，就猛地对上一道目光，李月驰坐在床上正朝他这边看。

"醒了啊，"唐蘅有些莫名的尴尬，"感觉怎么样？"

李月驰冲他点头说："好多了。"

"那就好。"

"今天麻烦你了。"

"没事……本来也是因为我。"

李月驰笑了一下，很礼貌的那种笑，唐蘅知道这又准备下逐客令了。果然，他从床上爬起来，抓起床角的 T 恤套在身上。

唐蘅皱起眉，问他："你还要去打工？"

"不是打工，同学叫我去学校。"

"你这样哪儿都不能去。"

"不去不行。"

"为什么？"

"有个草包要跟着我们做项目，"李月驰把手机揣进兜，轻描淡写道，"得去见见他。"

唐蘅："什么草包？"

"导师的亲戚，开组会从没来过。"

"可能，他也不想来。"

"这样最好。"

"……"

你知道你刚被草包救了狗命吗？

更重要的是你说谁是草包？从大一到大三，唐蘅的学分绩排名从没掉出过年级前五名，科研立项也申过，省级课题也做过，顺风顺水到现在，最差也能保研到本校本专业——你说谁是草包？

李月驰飞快地收拾好自己，衣服穿得整齐，碎发捋得伏贴，哪儿还有半分高烧方退的样子。他拎起塑料板上的纸袋，递向唐蘅："是你的吧？"

唐蘅咬牙切齿道："是草包的。"

李月驰皱了皱眉，目光有些不解，又隐隐带了点儿不耐烦。

唐蘅瞥了他一眼，冷声说："我走了，你随便吧。"然后把兜儿里的钱扔在他的桌子上，几张粉色钞票凌乱地散开，甚至有一张飘到了地上。唐蘅侧身避开李月驰，快步出门。

唐蘅一直走，烈日下也顾不上热，直到进了汉阳大学，才稍微冷静几分。唐蘅拨通了安芸的电话："你在哪儿？"

"还在蒋亚这儿啊，"安芸莫名其妙地问，"我惹你了？火气这么大。"

"你没给田小沁他们说过我的事吧？"

"你啥事？"

"我和唐老师的关系。"

"那还用得着我说啊，早晚的事，"安芸满不在乎地说，"不过他们现在还不知道吧？毕竟本科不是咱学校的。"

"嗯，不知道。"不过马上就知道了。

"你又听见什么啦？"安芸早已习惯了，一副不疼不痒的语气，"是不是又说咱两家利益交换啊？我读你大伯的研究生，你读我爸的研究生……嗐，说也说不出新花样。"

唐蘅一字一句道："我不读安老师的研究生。"

"强烈支持，省得我妈天天夸你损我。"

"我的意思是我不会在国内读研，"唐蘅烦躁道，"绝对不。"

安芸不说话了，片刻后才问："定了？你……你怎么突然就定了？"语气小心翼翼的。

唐蘅虽然早就开始准备出国，托福考了，材料写了，但这事儿一直拖着没定。原因当然是他妈付丽玲坚决不同意，怕儿子在国外吃苦受罪。之前说起出国的事情，唐蘅的态度一直是"再说吧"，眼下却忽然就决定了不在国内读研。

"没什么，"唐蘅淡淡地说，"在武汉待腻了。"

"噢，是有点儿腻……你不是还能保外校吗？"

"国内的学校都差不多。"

"那阿姨那边……"

"见面再说吧，"唐蘅打断她说，"别忘了晚上有演出。"

空气潮得像一滴一滴水悬浮在空中，加上汉阳大学植被覆盖率高，走在小径上，鼻息间满是湿润的青苔的味道，有点儿像草腥味儿，又多几分干净的霉味儿。唐蘅实在太熟悉了，印象里每个在武汉度过的夏天都被这种味道填满。

但是他确实待够了，准确来说武汉并不是他的家。付丽玲是苏州人，他爸是石家庄人。但他既不熟悉苏州，也不熟悉石家庄，他爸去世前在北京的一个高校工作，他便在北京度过了人生的前十一年。后来他爸出差时遇到车祸走了，那时付丽玲的生意已经做得很大，便带着他离开了北京这个伤心地。那几年他们频繁地搬家，郑州、深圳、上海、无锡……最后还是大伯说："孩子要念高中了，来我这儿吧，我管他。"于是高一那年唐蘅来到武汉，一待就是六年。

六年了，他厌倦了那些老师看他时慈祥又怜爱的目光，潜台词那么明显——这个孩子是很可怜的，从小没了爸爸，妈妈又不在身边。因为他可怜，因为他是唐国木的侄子，所以他应该受照顾，所以他取得的成绩都是受照顾的成绩——可笑不可笑？

当然他听过太多类似的流言，早已无所谓了。只是不知道为什么，当他听到李月驰说出"草包"两个字的时候，脸上仿佛被人狠狠打了一巴掌。唐蘅想，也许因为那是李月驰，一个从农村走出来、摸爬滚打坚持到今天的人，似乎这种人的不屑总比其他人的更有冲击力一些。

唐蘅来到社会学院，乘电梯上四楼，他轻车熟路地推门进去。

"大伯，怎么还在写？"唐蘅走到书桌前，看见桌上一张雪白的宣纸已经写了一半。

"欸，你这话怎么说的？"唐国木瞪了他一眼，"我昨晚作的赋，你看看怎么样？我打算把这个裱好了送老安……"

"人家要吗？"

"不要也得要！"唐国木有点儿气恼，"我昨天刚听他说的，他家新房子快装修好了！"

唐蘅一阵无语。他大伯虽然做社会学研究，却对这些琴棋书画的事格外感兴趣，且自我感觉良好，谁劝都没用。

"你不是说下午有事吗？"唐国木抿一口茶水，"正好帮我看看，这句话用'览'还是'望'？我琢磨半天了。"

"都差不多。"唐蘅说，"把您学生叫来吧。"

"你说你不来，我刚让田小沁回去了！"

"那李月驰呢？"

"哟，"唐国木笑了，"你也听说那孩子了？"

"是啊，"唐蘅面无表情地说，"数学系第一。"

"那孩子做事很靠谱儿，你跟着他，多学学怎么处理数据。"

唐蘅冷着脸，没说话。

唐国木美滋滋地写他的书法，唐蘅则随手从书架上抽了本书坐在椅子上翻看。没过多久，办公室的门被敲响，唐国木一边写字，一边说："进来！"

李月驰走进办公室的一瞬间，表情就凝固了。

"月驰，来了呀，"唐国木放下笔，"我介绍一下啊，这是唐蘅，咱们学院的大四本科生。唐蘅，这是我今年新招的硕士，你的师兄。"

唐蘅坐着没动，皮笑肉不笑地应了句："你好啊。"

李月驰顿了几秒，垂下眼低声说："你好！"

"行啦，唐蘅，快带你师兄去教研室。"唐国木说着，冲李月驰笑了一下说，"今天太热了，你们拿点儿喝的过去。"

李月驰仍旧垂着眼，神情似乎有些不知所措。唐蘅则还是那副皮笑肉不笑的表情，他拉开唐国木办公桌的抽屉，拿了教研室的钥匙，又从办公室的小冰箱里捞出两瓶可乐。然后他一言不发地往外走，李月驰默默跟上。

进了教研室，唐蘅把可乐放在桌子上，自己坐进唯一的皮质沙发，长腿一伸，说："你去开空调。"

李月驰走到前门的空调前，按了两次开关，空调没有反应。他绕到空调后面，蹲下，把插头拔出来又插回去，但那空调还是没有反应，最后他垂下手臂站在空调前面，打量着控制面板——像是没办法了。唐蘅心想，这个人是在拖延时间吧？就这么不想和他说话？

"你看不出来吗？那个是坏的。去开后面的，24℃。"

李月驰一言不发，走过去开了空调，然后他在会议桌的同一侧坐下。教研室里只有他们两人，中间隔了四把椅子，显得空旷又疏远。唐蘅换了个更随意的坐姿——这沙发他都坐了四年了，高中的时候，他和安芸经常在这间教研室做作业。

两人坐着，都不说话。半晌，李月驰总算抬起眼，脸上没有表情地说："师弟，"他的声音也很平静，"对不起！"

为什么他连道歉的时候都这么欠揍？

"没什么对不起的，"唐蘅语气轻快地说，"你说得对，我就是来混个名额，算是……窃取你们的劳动成果？坐享其成？"

李月驰沉默两秒说："好。"

好个屁啊好。唐蘅拧开可乐，另一瓶丢给他，冷声说："那你开始讲吧。"

李月驰从书包里取出一个文件夹，看着很厚实。他打开文件夹，竟然真的开始讲了："我们的调查范围是洪山区和青山区，采取走访和问卷相结合的方式，以走访为主，问卷为辅……"他的声音不急不缓，像在背书。唐蘅抱着手臂，两条长腿交叠，整个人陷在沙发里，面前的桌子上空无一物。这样子哪像是他向李月驰请教项目的情况，倒像是李月驰在给他汇报工作。唐蘅懒洋洋地眯起眼，忽然觉得有些热。

"停，"唐蘅说，"把空调调低1℃。"

李月驰干脆地起身，脸上丝毫没有因为被打断而不满。很快他回到座位上，继续像机器人似的讲解。

唐蘅觉得挺有意思，原来李月驰也有这么忍气吞声的一面？不过想想也正常，他只是个在武汉无依无靠的学生，好不容易凭努力保研到汉大，结果还没开学，先把导师的侄子得罪了。

他会不会已经觉得自己完了？唐蘅又想，不至于吧。

唐蘅没再打断他，但也没听。其实这些东西根本不用李月驰讲，他看看项目计划书自然就明白，况且类似的项目他在大二时就做过了。只不过，这一次，李月驰总算避不开他了，更不能像昨晚那样客客气气地赶他走。

手机振了两下，唐蘅迅速挂断了。几分钟后，蒋亚发来短信：你干吗呢？咱不是下午排练吗？

唐蘅：我要晚到一会儿。

蒋亚：出啥事了？

唐蘅：见面再说。

蒋亚：你别吓我啊！到底啥事？用我过去帮忙不？

唐蘅直接把手机调成了静音模式，倒扣在桌子上。

他们在汉阳音乐学院附近租了一间排练室，平时排练时，总是唐蘅或安芸先到，蒋亚最后。蒋亚这家伙每次都有理由，不是堵车就是和女朋友吵架，而唐蘅向来准点。

不过今天，唐蘅觉得晚一点儿也没关系，他想多在这里耗费一些时间。

"师弟，这是调查问卷，"李月驰走到唐蘅面前，递去一张薄薄的纸，"你可以看一下。"

这就讲完了？唐蘅接过那张纸，低声说："别叫我'师弟'。"

"为什么？"

"因为我不是你师门的，我不是唐老师的学生，"唐蒧顿了顿说，"咱俩不熟吧？"

李月驰不作声，脸上也还是没有表情。好像无论唐蒧说什么他都不会反驳，就这样默认了。至于吗？就这么怕？就这么怕自己报复他？

唐蒧忽然觉得索然无味，他和李月驰较什么劲？李月驰有哪一点儿是他比不过的吗？没有吧。

唐蒧低头扫了一眼问卷，问："你们现在正在做洪山区的？"

"嗯，快做完了。"

"贫困人口调查，"唐蒧笑了一下说，"那你也要填这份问卷吗？"

教研室寂静得像一片旷野，什么声音都消失了。

一秒，两秒，三秒——唐蒧默念到第四秒时，他听见李月驰平静地说："不，我没有武汉户口。"

唐蒧把问卷折了几折，塞进裤兜。

"就到这儿吧，"他说，"我还有事，先走了。"他迅速把手机揣进兜儿里，大步朝门口走去。说不出为什么，突然就后悔了，也许刚才那个问题确实问得过分。尽管李月驰没有如他预料的那样发火，但他还是后悔了。他决定不招惹李月驰了，李月驰说他是草包，他说李月驰是贫困人口，算是扯平了吧？

"唐蒧！"

他脚步一顿，头也没回地问："还有事儿吗？"

李月驰的声音从身后传来："刚才我不知道是你。"

"哦。"可这有什么区别？

"你不是草包，对不起！"

"算了，"唐蒧说，"我确实考不了数学系第一。"

身后的人却不说话了。

"哧——"是拧开可乐瓶盖的声音。唐蒥回头，看见无数细小的气泡涌向瓶口，他好像可以听见那些气泡毕毕剥剥的爆裂声。

李月驰握着那瓶可乐，认真地说："考第一、第二、第三，没有本质的区别，只是我运气好一点儿。"

"……"

这人还谦虚起来了？唐蒥认真地想了一下，觉得如果自己在数学系，大概是考不了第三名的。

"但是你……"可乐瓶子的表面湿漉漉的，把李月驰的手心也沾湿了。

唐蒥问："我什么？"

李月驰轻声说："你唱歌，比他们都好听。"

唐蒥沉默片刻，没接他的话，只是说："把你手机号给我吧。"

第四章

殊途

　　这天晚上是长爱的摇滚专场，六支乐队站在一起，发色能凑出一道彩虹——相比之下，唐蘅蒋亚他们已经很像正常人了。

　　他们排在第四位，上场时正是气氛最热烈的时候。台下密密麻麻挤满了人，一个个跟着节奏摇头晃脑。安芸用发胶把一头短发抓得又黑又亮；蒋亚则戴了一对金属耳钉，一边奋力打鼓，一边冲台下的女孩儿们抛媚眼。他们的第一首歌是改编过的 *All the Young Dudes*，鼓点密集，声嘶力竭，还带着华丽摇滚的那股颓靡劲儿。

　　唐蘅唱得整件 T 恤都湿透了，嘴唇发白，在一波接一波的"安可"声中，他们下了台，每个人都像是从水里捞出来的。

"今晚得劲啊，"蒋亚气喘吁吁地说，"唐蘅，你很反常。"

安芸点点头，又摆摆手，仰头灌下一整瓶矿泉水，才说："绝对有事。"

蒋亚凑到唐蘅身边问："今儿下午，你去哪儿了？"

唐蘅捞起T恤下摆擦汗，没理他。

"你别装啊，"安芸也说，"唱得跟上了发条似的，不知道的还以为你被哈佛录取了呢。"

"哎，不会是……阿姨同意你出国了？"

唐蘅瞥了他们一眼，心知今天不给一个答案，这两人绝对没完。想了想，唐蘅说："我做了个决定。"

"是决定出国吗？下午说了。"安芸小声嘀咕，"你妈那边过得去？"

"不是这件事。"

"那是什么？"

"我们把专辑做出来吧。"

蒋亚怔了几秒，然后一把搂住唐蘅说："好啊！！！"

安芸却没笑，眉头蹙起来问："真要做啊？"

他们早就有过做专辑的想法，毕竟作为一个玩票性质的乐队，若能做出一张专辑，可以说是对乐队最好的留念了。然而专辑这东西并不是有钱就能做好的，虽然安芸擅长编曲，且他们又不缺钱，足以租到全武汉最好的录音棚。

但是做专辑——做什么专辑呢？他们的乐队名叫"湖士脱"，是Woodstock的音译，也就是1969年那场40多万人参加的音乐节。除此之外，"湖"是乐队成立在东湖边，"士"是"士为知己者死"，"脱"是蒋亚起的，原本是"托"，他嫌这字太正经，表现不出他浪荡滥情的气质——安芸说，这乐队有蒋亚，算是脏了。

总之，他们成立乐队的时候没想太多，起名的时候也没想太多，一致通过的发展理念是"意思意思得了"，反正开心最重要。

那应该做什么专辑呢？摇滚精神讲的是叛逆和反抗。

安芸说："要么咱先写首反抗极右思潮的？"

蒋亚反驳道："你能不能搞点儿我能听懂的东西？还是写首关于留守儿童的，我小时候就是留守儿童啊，一年到头见不着爹妈。"

安芸冷笑道："对，住在400平方米的别墅里，身边围着五个保姆的留守儿童。"

他们就这样提过几次做专辑的事，都以插科打诨和拳脚相加结束了。

"你真的想做啊？"安芸疑惑道，"怎么突然想起来了？"

唐蘅把汗湿的马尾辫绕了几圈，胡乱团成个丸子头说："因为我唱歌好听。"

安芸："……"

蒋亚一拍大腿："有道理！唐蘅你快想想，咱第一首歌写什么主题的？"

唐蘅沉默片刻，认真地说："你就不要写歌词了吧。"

"干吗？什么意思？"蒋亚瞪眼，"歧视二本学生呗？"

"我不是针对你们学校……"唐蘅顿了一下，"我就是针对你。"

蒋亚："能不能聊了！"

安芸在旁边笑得飞出眼泪，好不容易收住了，把蒋亚拽到自己身旁。

"你就别在这儿添乱了，听我的，他——"

"我怎么就添乱了？"

"听我说！"安芸挤眉弄眼，"绝对有情况。"

蒋亚问："什么情况？"

他扭头看向唐蘅："你要带我们冲击娱乐圈啦？"

安芸"啧"了一声，一副恨铁不成钢的表情。

唐蘅没理他们的话，只是背起吉他包，说："走吧。"

蒋亚："走什么啊，待会儿老板请吃小龙虾！"

"那你们吃，明天我还有事，"唐蘅看了一眼手机说，"今晚得早点儿睡。"

明天，唐蘅要和李月驰他们去做走访调查。其实一开始他根本没想参加大伯的项目，当然也没打算坐享别人的劳动成果。反正大伯对他一向宽容，他搪塞搪塞，这事儿也就算了。但是不得不承认，李月驰那句"你唱歌，比他们都好听"精准地讨好了他，精准到令他脑子一热，整个晚上都很亢奋，唱歌也唱得格外卖力。

夏天的晚风拂在唐蘅湿润的脸上，他掏出手机，给李月驰发了条短信：明天在哪儿集合？

李月驰没回，他也不着急。从酒吧慢慢溜达到汉阳大学南门，买了一杯甜滋滋的米酒。这个时间的街道口，到处是情侣，你侬我侬的。唐蘅就坐在学校门口的石墩子上啜饮米酒，漫不经心地打量着来往行人。当然也有人打量他。

夜色明明暗暗，这样一个男生，背着吉他，丸子头松散成一个低低的马尾辫落在颈间。这样一个男生，总会令很多人挪不开目光。然而唐蘅并不理会这些目光，他很慢很慢地啜饮米酒，像是为了多吹一会儿暖洋洋的风，或是闻一闻旁边正大鸡排炸鸡的香气。

直到手机屏幕亮起来，李月驰的短信：早上八点半，社会学院门口。

唐蘅回：知道了。又在心里默默接了下半句，明天见。然后他起身把空掉的塑料杯丢进垃圾桶。他要回家睡觉了。

他家就住在汉阳大学里某一栋有些老旧的教师公寓，是他大一那年付丽玲买下的。唐蘅一边走，一边看手机地图，发现如果他和李月驰约在东湖边见面，距离反倒比在社会学院见面更近一些。他们学校就在东湖边上，有一道门叫冷波门，出了冷波门，眼前便是东湖的碧波万顷。不过大清早的，两个人去湖边做什么？这个提议还是不提为好，否则更显得他像个游手好闲、坐享其成的草包。奇怪，现在想起"草包"这个词，他竟然一点儿都不愤怒了。

走到公寓楼下，手机响了，是安芸。

唐蘅接了起来，问她："你们吃完了？"本以为他们一群人会闹到凌晨两三点。

"没呢，我出来买水喝。"

"哦。"

"唐蘅，我……你等一下，"安芸那边闹哄哄的，片刻后，安静了，她说，"我要和你说一件事。"

"什么事？"

"就是，我听说，你要跟李月驰一起做项目了？"

唐蘅愣了一下："嗯，怎么了？"

"就是，那个李月驰吧，他这人挺复杂的，你长点心眼儿。"

安芸的语气有些迟疑："就……你别看他那么穷，我听小沁说，他本科的时候就挺招女孩子喜欢的。"

唐蘅说："关我什么事？"

"还有呢，"安芸叹了口气，"他现在非常缺钱，好像是因为他女朋友病了。"

"……"

"他天天玩儿命赚钱，据说钱都给他女朋友治病了。"

"田小沁的眼睛安在他身上？二十四小时看着？"唐蘅轻哂道，"再说他缺钱是他的事，和我没关系。"

安芸静了几秒，说："反正我提醒你了，悠着点儿啊。"

"行了，"唐蘅应道，"去吃你的小龙虾吧。"

挂掉电话时，恰巧路过汉大的田径场。正值暑假，田径场上只有寥寥几人悠闲地散着步，树影黑漆漆的。唐蘅就坐在一棵树下，看着来往的人。

他想李月驰大概没有这样的时间和心情来散步，或者发呆。那么此刻他在做什么呢？这么晚了，想必不会在外面打工——也许正和女朋友依偎在一起？

唐蘅懒得多想，起身，慢悠悠地回了家。

夜半时分，武汉又开始下雨。这场雨落得安静极了，仿佛观音拈花的手轻轻拂过。唐蘅醒了一次，窗外天还黑着。

凌晨三点二十一分。

他又睡去，再醒来时，天光已经大亮。

阳光从落地窗无遮无拦地照进来，明亮得刺眼。唐蘅愣怔两秒，然后迅速抓起手机——此时已经上午九点三十二分。也就是说，他睡过了约定的时间。

然而手机上只有一条未读短信，早晨六点多蒋亚发来的，问他今晚去不去四十——江滩那边新开的一家 Livehouse。这说明什么？说明他的手机功能正常，没有进水，没有欠费；说明他迟到了，但是李月驰没找他。

唐蘅点进"时钟"，发现"08:00"的闹铃确实响了，却没把他闹醒。简直邪门，他不知道自己怎么会睡得这么沉，就像身体自动避开了李月驰一样。

唐蘅飞速地洗漱穿衣，抓着钱包手机冲出家门。楼下停着他的变速自行车，唐蘅长腿一迈跨上去，一只手掌握车把，另一只手拨了安芸的电话。

前方是个长长的下坡，自行车的速度越来越快，唐薰仍旧单手握车把，这时安芸总算接了电话。

"你把田小沁的号码发过来。"唐薰说。

"干吗？"

"我找他们有事。"

"他们？"安芸顿了一下，却没有追问，"等着啊，我发你。"

二十分钟后，自行车停在汉大南门。唐薰举着手机说："抱歉！我起晚了。"

"没事的，师弟，"田小沁的声音温温柔柔，没有丝毫不快，"你如果有事就先去忙吧，我们俩也 OK 的。"

"我没事，你们在哪儿？"

"我们在南湖这边……"田小沁笑了一下，"哎，让月驰和你说吧。"

唐薰不应，那头已经换了人。

"你来农大北门吧，"李月驰语气淡淡的，"二十分钟之后，我们在那儿等你。"

唐薰说："知道了。"

李月驰反问："真的知道了？"

"真的。"

对方就直接挂了电话。

唐薰听着忙音，好一会儿才想起来，昨晚李月驰说八点半集合，他回的也是一句"知道了"。

二十七分钟后，出租车停在农大北门。武汉的城市地面交通向来以堵闻名，哪怕上午十点也堵得水泄不通。唐薰在出租车上催了两句，又被脾气火暴的司机忿了回去："搞什么！赶时间就早点儿起呀！"

唐蘅下车，远远看见李月驰和田小沁站在阴凉处。田小沁手里拎着遮阳伞，李月驰背了个黑色双肩包，手上又提了一个白色的。

　　唐蘅双手插兜走过去说："不好意思，我睡过头了。"

　　"没事没事，"田小沁关切地问，"是不是太累了？"

　　"不是，就是睡过了。"

　　"欸。"田小沁轻声笑了笑。

　　李月驰则一言不发地站在旁边，脸上也没有表情，好像唐蘅只是个无关的人。

　　田小沁说："师弟，那咱们继续出发喽！"

　　唐蘅说："好。"

　　田小沁转身，向李月驰伸出手："我自己背吧。"

　　李月驰摇头说："我拿着就行。"

　　田小沁又笑了笑，一双眼睛弯起来，有点儿无奈的样子："那好吧。"

　　李月驰走在前面，田小沁和唐蘅并排走。走了几步，唐蘅问："早上你们等了很久吗？"

　　"还好啦，"田小沁说，"也就一刻钟，不算很久。"

　　"怎么不给我打电话？"

　　"啊？我们没你手机号啊！"

　　"……"

　　唐蘅停下脚步，唤道："李月驰。"

　　李月驰的语气还是那么淡淡的："我怕打扰你睡觉。"

　　"你怕打扰我睡觉？"

　　"毕竟我不知道你来不来。"

　　"不来和你约什么时间？"

　　"但是你看，"李月驰竟然笑了一下说，"早上你确实没来。"

唐蕖整个人像霜打的茄子，蔫儿了。

　　李月驰继续说："其实你不来也没问题，我和小沁两个人足够了。反正最后都会写你名字的，你可以去忙你自己的事情。"他的表情竟然很认真，仿佛是真心诚意说出这番话的。田小沁冲他使了个眼色，他回以一个安抚的笑，似乎在说"没事的，别怕"。

　　有那么一瞬间，唐蕖竟然觉得他说得很有道理。他干吗这么巴巴儿地凑上来？这天气又闷，又热，又晒。他何不在空调屋里坐着弹弹吉他看看书，哪怕背背单词也好。反正无论他来不来，最后都会带上他的名字。

　　唐蕖说："那我回去了。"

　　田小沁忙道："欸！师弟！我们还是……"

　　真是脑子被门挤了才跑来自讨没趣！唐蕖不理会田小沁，双手插兜，大步向前。他只想快点儿离开这个鬼地方，找一个有空调的房间。太热了。

　　身后没有脚步声。唐蕖渐渐放慢步伐，一边走路，一边思索接下来去哪儿。也许应该回家，叫王医生来简单处理一下伤口，然后可以去图书馆，有两本书快到期了……直到急促的脚步声传来，肩膀被人抓了一下，又很快放开手。

　　李月驰的呼吸有些快，他看着唐蕖，面露无奈地问："这就走了啊？"

　　唐蕖不看他，也不作声。

　　"我等了你半个小时，"李月驰低声说，"热死了。"

　　"不是一刻钟吗？"

　　"我提前一刻钟到的。"

　　"……"

　　"刚刚是我态度不好。"

"算了。"唐蘅侧过脸去。

唐蘅以为这事儿算是翻篇了，然而李月驰却忽然凑近，抓住他的右手手腕。唐蘅皱眉问："怎么了？"

李月驰轻轻地把他的右手从裤兜儿里拔出来。在他右手的掌心上有一片长长短短的伤痕，已经不流血了。

李月驰低头看了几秒，问："怎么弄的？"

"骑车摔了。"单手握把确实是危险驾驶。

"下次别着急了，"李月驰低叹一口气，像拿他没办法了似的，"我等你，行吗？"

一连几天，唐蘅跟着李月驰和田小沁走访。三伏天的武汉又热又闷，随便在太阳下面走几步，T恤就湿得能拧出水来，再加上他们去的地方大都是城中村，或是摇摇欲坠的老旧居民楼，到处破破烂烂的，空气里都是灰尘的味道。

又热又累也就算了，关键是上门走访时频频吃闭门羹。武汉人都是暴脾气，经常没说几句就吼起来，隔着一道门，叫他们"滚滚滚"——好不容易爬上七楼，这情形别提多令人挫败了。

好在也不是唐蘅去沟通，原因很简单，他和田小沁都不会武汉话。唐蘅虽然在武汉待了六年，但身处学校，大家都讲普通话，况且大伯一家也没有武汉人。田小沁是湖南人，在武汉读了四年本科，也没学会什么武汉话。最神奇的还是李月驰——他一个贵州人，竟然都能把武汉话听得八九不离十。

唐蘅问："你在哪儿学的？"

他说："打工时学的。"

唐蘅又问他："后背上的伤口怎么样了？"

他说："好得差不多了。"

似乎也的确如此，这几天，李月驰永远是到得最早、出力最多的那个，甚至每次走访结束后，他还能背着背包去辅导班讲课——这是什么身体素质，什么精神状态？简直不可思议，唐蘅此时也明白了大伯为什么叫自己跟他"多学学"了。

田小沁感慨地说："月驰太厉害了。"

唐蘅看着李月驰背包远去的背影，问："他这么急着赚钱，要干什么？"

田小沁："读书要花钱的呀。"

"现在有助学贷款，还有奖学金，不至于吧？"

"那我也不清楚了，不过他好像……交了女朋友，"田小沁眨眨眼说，"我不确定哦。"

明天是周末，总算可以休息两天。晚上安芸请客吃饭，他们在小民大排档吃蟹脚热干面，红焖小龙虾，还有软糯得嘴巴一抿肉就掉下来的鸡爪。晚上的大排档总是人满为患，嘈杂而热闹。安芸和田小沁聊天儿，蒋亚便百无聊赖地打量起唐蘅："你最近，真跟他们干活儿呢啊？"

唐蘅说："不然呢？"

"老实交代，"蒋亚压低声音说，"是不是有非分之想？"

唐蘅："什么？"

"她啊！"蒋亚飞快地瞥一眼田小沁，贼眉鼠眼地问，"你是不是看上人家了？"

唐蘅无语道："想多了。"

"她有对象吗？"

"好像没有。"

"那就是有戏。"

"……"

唐蘅眼前一下子浮现出李月驰帮田小沁拎着背包的画面，还有田小沁唤他"月驰"时的语调。虽然这并不能说明什么——他和安芸还睡过一张床呢——但的确有些不一样，说不好。

蒋亚吃饱喝足，坐不住了，跑去搭讪邻桌的女孩儿。另一边安芸舌绽莲花，邀请田小沁去看他们的演出。唐蘅对着一盘七零八落的炒花甲，忽然之间，心情就不大好。

因为他意识到自己又想起了李月驰。一些无聊的念头。譬如现在已经晚上八点多了，日理万机的李老师下班了没？譬如他后背上的伤究竟好得怎么样了？会不会白天精神抖擞，晚上高烧不退？再譬如，再譬如李月驰这种人会找个什么样的女朋友？实在想象不出来，什么奇女子能受得了他那张写满"离我远点儿别碍事"的脸啊。

四人吃完饭，到江汉路的Livehouse看演出。武汉又飘起夜雨，从出租车的窗玻璃望出去，能看见地面上一片片五彩斑斓的积水。江汉路一带算是武汉很繁华的地方，但是下起雨来，路面还是特别泥泞的。武汉这地方，不愧为学生口中的"全国最大县城"，所有来了的人都想离开它，唐蘅也不例外。

晚上的演出乐队是SMZB（生命之饼），一支老牌朋克乐队。舞台上挂了鲜红大横幅：摇滚娱乐了你和我，中国娱乐着，ROCK & ROLL！演出尚未开始，一众乐迷已经摇头晃脑地嗨起来，虽然开着空调，还是能嗅到沸腾的汗味儿。

田小沁第一次来Livehouse，面露新奇地看着眼前的一切，对安芸说："你们平时演出也这样吗？"人群太吵闹，非得大声喊出来才可以。

"我们没这么多粉丝！"安芸笑道。

"但也这么热闹吗？"

"还行吧！也看唱什么歌！"

"你们有自己的歌吗？"

"还没呢！"安芸扭头看看唐蘅和蒋亚，"在写了！"

乐队登场时，蒋亚已经牵着个马尾辫女孩儿的手一起摇摆了。那女孩儿令唐蘅感觉有点儿眼熟，一时间又想不出在哪儿见过。不过这年头，摇滚乐已经成了小众爱好，热衷看演出的总共就那么些人，觉得眼熟也不奇怪。

音乐声响彻耳畔，贝斯、鼓、吉他，还有一段清扬的风笛，白色镁光灯随着节奏一闪一闪，这是今晚的第一首歌《大武汉》——

> 我出生在这里，这个最热的城市
>
> 八百多万人民生活在这里
>
> 武昌起义打响第一枪在这里
>
> 孙中山的名字永远记在我心里
>
> ……
>
> 她会得到自由，她会变得美丽
>
> 这里不会永远像一个监狱
>
> 打破黑暗就不会再有哭泣
>
> 一颗种子已经埋在心里……

"她会得到自由，她会变得美丽，这里不会永远像一个监狱……"乐迷们的声音如流水般汇集在一起。唐蘅也跟着他们唱，这种感觉有点儿像酒酣耳热，除了听歌和唱歌就什么都不想，明明出了很多汗，身体却像要飘飞起来。

晚上十点过，演出结束。雨已经停了，路面上仍有积水。他们一行人从四个变成五个——蒋亚已经搂住那个马尾辫姑娘了。唐蘅的嗓子有点儿哑，整个人也倦了，酣畅淋漓之后只想睡觉。

他们在路边打车，安芸和田小沁先上了一辆的士，去师大南门，田小沁租的房子在那里。蒋亚搂着姑娘冲唐蘅挑眉："那什么，咱也不顺路吧？"

"我回家。"唐蘅说。

"那你回啊，"蒋亚贼兮兮地笑着，"露露，你呢，你想去哪儿？"

名叫露露的姑娘仰起脸，飞速在蒋亚下巴上亲了一口。虽然已经过了十点，但江汉路这边向来热闹，加上不远处就是中心医院，人流量也很大。

唐蘅默默后退几步，掏出手机胡乱摁着，装作和他们不认识。

眼睁睁地看着屏幕上的时间从"22：24"变成"22：29"，唐蘅终于忍无可忍，抬头："好了没？"他只想提醒蒋亚明天中午排练，别睡过头。

蒋亚仍和姑娘黏在一处，没回答。唐蘅却猛地睁圆眼睛，他的目光越过蒋亚，直达不远处的丁字路口——那是个很小的路口，没有红绿灯，连路灯都暗暗的。

几个男人推搡着一个人，直把那人推到墙角，围住他。

然后他们很快打起来，尽管隔着一段距离，但唐蘅似乎能听见那个被打的人的闷哼声。

"哎哟，"蒋亚也看见了，搂搂姑娘的肩膀说，"咱去前面打车吧。"

姑娘小鸟依人地缩在他怀里说："好……"

"唐蘅！别看啦！"蒋亚说，"走到前面报个警吧。"

"不……那个人，"唐蘅一边说，一边跑起来，倦意陡然散去了，"那个人是李月驰！"

距离他们还有不到十米的时候，唐蘅停下脚步。

他确定那就是李月驰,却忽然不知道自己应不应该冲上去。也直到此刻他才明白,原来那天他们被阿珠乐队的人堵在巷子里的时候,李月驰根本没使出十成的力气——大概连一半都不到。

唐蘅从未见过李月驰如此狠戾,四个男人围着他,却只能勉强和他打个平手——他们根本压制不住他。那完全是种不要命的打法,只见李月驰一把勒住某个瘦高个儿的脖子,然后狠狠一抡。

"咚!"是身体砸在地面上的声音。

又有两个人同时扑上去,一个去扭李月驰的胳膊,另一个扬起拳头直冲他的面门——只见李月驰身子一歪避开了,而那个扭他胳膊的人反被他扼住喉咙。

当然还是有数不清的拳脚落在他身上,他像一棵被狂风肆虐的树,即便被撼动,却没有倒下。直到某个男人从背后扑向他,又一声闷响,他跪在了地上,双手被人反剪住。

"给脸不要脸的,你再打啊!打啊!"瘦高个儿踹了他一脚说,"老子今天弄不死你!"

瘦高个儿从腰包里掏出个东西,夜色中银光一闪。唐蘅就是在这时冲上去的,他学李月驰用胳膊勒住某人的脖子,拖着对方飞快后退。没了身后的钳制,李月驰猛地蹿了起来,一把夺了瘦高个儿的匕首!

蒋亚大喊:"就是在那边!对对对,你们警车往前开!马上就看见了!"

此时也有两三个路人停下脚步围观,举着手机,不知是在录像还是在报警。唐蘅挨了两拳,听那瘦高个儿用武汉话骂了一句,四个男人随即后撤,很快就跑远了,看不见踪影。

"哎,好啦好啦,谢谢大家帮忙啊!"蒋亚冲路人们打哈哈,"谢谢,谢谢!"

李月驰坐在地上不动。

唐蘅走过去，看见他满脸是血。

"别怕，"李月驰低声说，"是鼻血。"

蒋亚也凑过来说："哎！我打120吧！"

"不用，"李月驰垂着脑袋，似乎不想被人看见自己的狼狈，"我直接去中心医院，今天谢谢你们了！"

"啊，都是哥们儿嘛，不过你这……"蒋亚扭头看看身后花容失色的女孩儿，问李月驰，"你一个人，可以吗？"

李月驰说："可以。"

"哦，那我们——"

"蒋亚你先走吧，"唐蘅说，"我和他一起去。"

"对对，唐蘅你陪他去，多个人多个照应。"

李月驰不应声，像是默认了。

围观的路人都散去了，蒋亚也搂着女孩儿上了的士。唐蘅递去一包餐巾纸，李月驰胡乱扯出几张，堵住自己的鼻子。他还坐在地上，身上又是血迹又是泥水，脑袋垂下去，狼狈又疲惫。

好一会儿，李月驰把被血染透的餐巾纸拿开。唐蘅说："不流了？"

"嗯，"李月驰的声音很轻很轻，大概是没力气了，"谢谢你！"

唐蘅站在他面前，向他伸出手问："能起来吗？"

李月驰短促地笑了一下，抓住他的手，站起来。

唐蘅的手上沾了他的血，有一点儿黏。

"去医院。"唐蘅说。

"真用不着，"李月驰扯了扯自己的T恤，"你手机有电吗？"

"干什么？"

"我要找东西，你帮我打个灯。"

唐蘅知道，这个人不愿做的事，谁说都没用。他只好打开手机的手电筒，问李月驰："找什么？"

"一个袋子。"李月驰向前走，"你跟着我，应该不难找。"

两人就这样弯腰低头地走在一起，一个打灯，一个寻觅。李月驰找得专心极了，即便有水坑，也看都不看，直接踩进去。这一带店铺林立，各色的招牌映在水面上，一块一块，像斑斓而恍惚的梦境。沿途迎面而来的路人，都被李月驰那满身血迹吓得脚步一顿，频频回头。

转过两个路口，总算在某条小巷的巷口，李月驰拾起一只白色塑胶袋。

袋子上印着"武汉市中心医院"几个大字，李月驰抖抖上面的水，小心地从里面取出一张X光片。他举起那张片子，对着路灯看了看，忽然低骂一声。

唐蘅好像没听他爆过粗口，哪怕是被受访者拒之门外，或是被打得浑身是血的时候。

那是一张人骨的X光片，看不出是哪里的骨头。

"坏了？"

"嗯，"但李月驰还是把上面的水渍轻轻拭去，然后转身看着唐蘅，认真地说，"今晚的事不要说出去，好吗？"

"好，但是……为什么？"

"校外斗殴嘛，"李月驰说，"要背处分的。"

"我不是问这个。"

"那你问什么？"

"李月驰。"

"好吧，"他又笑了一下，语气有点儿无奈，"找个地方坐着说吧。"

他们这样子自然没法进餐厅。唐蘅走进一家小超市，买了酒精湿巾和两瓶冰可乐。结账时他忽然看见李月驰站在超市门口，微微佝偻着腰，像是在走神。他猛地想起那天晚上，李月驰的后背被酒瓶划伤了，也是这样佝偻着腰。李月驰经常受伤吗？

老板慢吞吞地装袋，递来几枚找零的硬币。

"李月驰，"唐蘅喊道，"你过来。"

李月驰站着没动，指指自己的T恤，意思是：我这样还是算了吧。

唐蘅又喊了一声："你过来。"

李月驰便掀帘走进去了，老板双眼一瞪，表情警惕起来。唐蘅不管他，只问李月驰："你饿不饿？"

"还行。"

那就是饿了。

唐蘅走到摆放零食的货架前，除了膨化食品和果干之类的东西，就只剩两个肉松面包。唐蘅说："面包吃吗？"

李月驰点头，超市的白炽灯照着他，唐蘅才发现他的脸色很苍白。

最终两人买了两个肉松面包、一袋牛肉火腿肠，以及一盒烟。唐蘅自己不抽烟，以为李月驰也不抽——他大概是舍不得花钱买烟的。然而李月驰从兜儿里摸出一张五元纸币，外加一枚铜黄色的五角硬币说："来包黄果树。"

两人走出超市，李月驰点燃了一支烟。他抽烟时微微低着头，慢慢地吸入，慢慢地呼出，是一副专注的神情。唐蘅想起夜色中那把银光一闪的匕首，仍然心有余悸。

两人一直走到长江边，走下堤坝，坐在湿润的台阶上。再向下几步，便是黑色的江水。李月驰像是疲惫极了，他把双肘支在膝盖上，左手撑着下巴，右手捏着烟，随着他的呼吸，烟头在夜色中闪烁。

"当时……很危险，"唐蘅迟疑地开口，"他们带了刀。"

"我知道，他们不敢真的怎么样。"

"为什么？"

"他们只是想要钱。"

"要钱？你借了钱？"

"嗯，"李月驰沉默片刻，"高利贷。"

"可你为什么……"

"治病，你看见了，那张片子。"

"给谁治病？"

李月驰不说话了，好一会儿，他把手中的烟头摁灭，轻声说："我女朋友。"

漆黑的江面上有货轮缓慢行驶，发出呜咽般的悠长鸣笛声。太慢了，深夜的货轮那样慢，连江水的流动也变得缓慢，好像一切都慢下来了。空气中弥散着潮湿的水腥味儿和干燥的烟味儿，似乎还有一些来自李月驰身上的腥味儿，那是已经凝固的血的味道。

唐蘅侧过脸去看李月驰，看不清他的脸，只看到他又点了一支烟。

"你有女朋友啊，"唐蘅说，"之前没听你提过。"

"她一直在住院，也没什么好提的。"

"是什么病？"

"癌症，"李月驰的声音几乎要被鸣笛声掩盖，"已经扩散了。"

唐蘅说不出话来。他有太多问题想问，譬如年纪轻轻的怎么会得癌症？譬如李月驰怎么会找一个得癌症的女朋友，他们在一起多久了？但这些问题又都不用问了，原来李月驰发疯般打工赚钱是为了给她治病，他不惜去借高利贷，不惜挨打，也要救她。他一定很爱她。

李月驰抽完第二支烟，从塑料袋里拿出肉松面包，大口大口吃起来。面包就冰可乐他也吃得很快，唐蕃想，他一定没有吃晚饭。

他吃完了，笑着对唐蕃说："今天真的谢谢你！"

"你要回去了？"

"嗯？"

"回医院陪你女朋友。"

"不……她家人陪着她。"

"哦。"

"今天的事别说出去，行吗？"

"刚才答应过你了。"

"谢谢！"

"你借了多少钱？"

"怎么？"

"多少钱？"

"8万。"

"我以为是80万，"唐蕃望着漆黑的江面，一时间不知道自己在想什么，"我给你钱，你去把高利贷还了吧。"

李月驰沉默几秒，问道："给我还是借我？"

"借你。"

"几分利？"

"不要利息。"

"为什么？"

"因为我有钱，"唐蕃语气轻松地说，"8万块钱，也不算很多吧。"

"对我来说已经很多了，这样不合适。"李月驰说着站起身，"不早了，回去吧。"

"你不要？"唐蕃有些难以置信。

"我说了，不合适。"

"有什么不合适？"

"咱们是什么关系？"

唐蘅一下子被噎住了，答不上来。的确，他和李月驰连朋友都算不上，但至少他们都是社会学系的，勉强算是……

"你看，你也不是我师弟，"李月驰耐心地说，"我不能就这么拿你的钱。"

对了，师兄弟也不是，这还是唐蘅自己亲口否认的。

唐蘅咬咬牙说："你是我学长啊。"

"学长？"李月驰又笑了一声，好像听到了很新奇的词，"没听你这么叫过。"

唐蘅两颊发热，喉结动了动，开不了口。他算是知道什么叫搬起石头砸自己的脚了。

其实只是一个普通的称呼罢了，他也被别人叫过"学长"，并不觉得有什么，况且他是能在几百人的注视下声嘶力竭的乐队主唱啊！怎么现在黑黢黢的，只对着李月驰，却开不了口了？

李月驰只当开个玩笑，说："好了，我们走吧。"

唐蘅也站起来，却没动。几秒后，他从喉咙里硬挤出两个字："学长。"

李月驰抱着手臂，声音似笑非笑地问："学弟，你就这么想送钱给我？"

"我有钱，"唐蘅垂眼不去看他，只盯着他模糊的影子说，"闲着无聊做慈善，行不行？"

"哦。"

"你要不要？"

"不要。"

"你——"

"我有办法赚钱，她家人也在筹钱，"李月驰低声说，"所以真的不需要，但还是谢谢你了！"

又是这样，又是。为什么他总是在拒绝他，每一次，都拒绝。

"等你们凑够钱——你觉得你能等到那一天？"唐蘅怒道，"今天如果没有碰上我和蒋亚，你还能站在这儿？你别说你不知道那个人掏了匕首，就算他没想真弄死你，在你胳膊上、腿上划几刀，你还能站在这儿吗？你还能去赚钱吗？"

"其实我——"

"我是借给你又不是白给，而且你这样三天两头儿地挨打，真的不影响我们的项目吗？"唐蘅的语速越来越快，"你就当我花钱消灾行不行？我马上就要申请出国，这个项目我要写到简历里面，不想它出岔子。"

一口气说完这些，唐蘅的心跳有些加速。他知道自己说谎了，但是不说谎又能怎么办呢？低声下气地恳求李月驰接受他的钱？那未免也太荒谬了。而且李月驰这个人，低声下气大概对他没用。

远处又传来货轮悠长的鸣笛声，还有"轰隆隆"的响声，或许是火车从长江大桥上驶过。

唐蘅想，李月驰为什么不说话，被气着了，被吓着了，还是正在认真考虑接受他的钱？

江风轻轻拂过唐蘅汗湿的手心，是什么时候出的汗，他也不清楚。

半晌，李月驰说："唐蘅……我们不是一路人。"声音很轻。

唐蘅愣了一下问："什么意思？"

"你的人情太大了，"李月驰的语气有些迟疑，仿佛他很抱歉似的，"我欠不起。"

唐蘅愣怔地凝视着江面，四周仿佛忽然暗了，如同电影放映结束的一刹那，屏幕骤然黑下去。然后无边无际的黑色漫上来……

唐蘅后退一步，说："我走了。"他的声音又轻又低，几乎被此起彼伏的江水声掩盖。

李月驰还是那么平静地说："今天谢谢你们！"

不是"你"，而是"你们"。

唐蘅转身欲跑，李月驰又说："那个调研你不用来了，会加上你的名字的。"

唐蘅背对着他，身体又僵了一下。

当唐蘅反应过来的时候，他已经坐在了出租车上。车开出很远了，隔着车窗，还能隐约看见熠熠生辉的长江大桥。唐蘅只望了一眼就迅速收回目光，他恍惚地想着自己和李月驰的关系怎么就成了这样？他们之间像是隔着一条没有尽头的河。

最要命的是唐蘅不知道自己做错了什么，自己没有看不起他，没想向他索取，只是想借给他一笔钱，让他不用再挨打。原来在这个世界上，对一个人好，也会成为罪过吗？

出租车停下，启动，转弯，驶上横跨长江的武汉大道。夜色中看不见江水，只能看见货轮上的点点灯火。唐蘅不知道李月驰去了哪里，也许是回医院了。他知道在此之后，他大概不会再见到李月驰了，其实他们才认识了不到十天而已，这些时间像武汉雾蒙蒙的月光一样，散落在漆黑的江面上，都成了碎片。

唐蘅捂着胃，额头渗出些汗珠。他对司机说："师傅，停车。"

"你怎么了？"司机立刻紧张起来，"是不是喝多了？"

"没，但我……"晕车的毛病犯了。

"你等等啊，前面就能停了！"

唐蘅不说话，紧紧按住自己的胃。平时出门他都尽量坐地铁，或者贴了晕车贴再打车，而今天原本可以坐二号线回汉大，但是太晚了，地铁已经停运了。

　　出租车总算停下，唐蘅打开车门冲出去，蹲在草丛边干呕。胃里翻江倒海的，偏偏又吐不出来，眼泪涌出来糊了满脸，别提有多狼狈了。

　　司机等了一会儿，走过来关切地问："没事吧？要不要我把你送医院去？"

　　唐蘅低声说："没事，"最终也没吐出来，他掏出钱包，"就到这里吧，我走回去。"

　　"啊？"司机说，"那还远得很嘞。"

　　唐蘅摇头，示意不要紧。

　　这一晚，唐蘅从岳家嘴走回了汉阳大学，他不知道自己走了多久，只看着路上的车越来越少，很多店铺都打烊了，唯独剩下24小时便利店还亮着灯。他在一家7-11便利店买了瓶矿泉水，喝一半，剩下一半浇在脸上。然后他继续走，脚上磨出了血泡，一身大汗，T恤都湿透了。

　　到家时手机电量早已耗尽，唐蘅看都不看，精疲力竭地扑在沙发上，沉沉睡去。

　　也许是太累了，他什么梦都没有做。

　　一觉睡到阳光明媚的下午，唐蘅被保姆的开门声吵醒。

　　他摁了摁手机，没反应，才想起来还没给它充电。

　　"王阿姨，"唐蘅皱眉问，"几点了？"

　　"四点多啦！"王阿姨连忙接了杯水递给唐蘅，"怎么搞的嘛，嗓子哑成这样，上火了？"

　　"可能是吧……"嗓子确实沙哑得厉害，不只是嗓子，整个人都很迟钝。

"我给你熬点儿绿豆粥，解暑去火的。"

"好，谢谢您！"

"你这孩子，三天两头儿地在外面吃，能不上火吗？"王阿姨一边收拾房间，一边说，"今晚就在家吃吧，阿姨给你做好吃的啊。"

唐蘅起身去卫生间冲了个澡，他把水温调得很低，洗完整个人清爽许多。王阿姨已经把房间收拾干净了，此时正在厨房准备晚饭。

唐蘅把手机开机，立刻收到一连串消息：有同班同学的，问他过几天去不去长沙旅游；有玩乐队认识的朋友的，邀他去看他们的专场演出；当然安芸和蒋亚的最多，这两人约好了似的，从中午开始，一个短信轰炸，另一个电话轰炸。

唐蘅拨了蒋亚的号码问："怎么了？"

"你还活着啊！"蒋亚骂道，"我俩就差报警了！"

"滚吧，你还有空管我？"

"这话说的，咱是那种见色忘友的人吗？"蒋亚紧接着又问，"你嗓子哑了？"

"嗯，"唐蘅说，"吹空调吹的。"

"不是吧？"安芸的声音传过来，"明天晚上有演出啊！"

"能不能改成后天？"

"后天周一！"

"周一不行？"

"倒也可以，但你不是要和小沁他们走访吗？"

唐蘅沉默了两秒，低声说："我不去了，以后都不去了。"

"啊？"安芸愣道，"为什么？"

"不想去了。"

"那……唐老师同意啊？"

"再说吧，"唐蘅有些烦躁地转移话题，"你俩今晚有安排吗？"

蒋亚说："这不等您指示呢。"

"来我家吃饭吧，吃完看电影，斗地主也可以。"

"没问题！"蒋亚欢呼，"我想死王阿姨的粉蒸肉了！"

自那天之后，唐蘅删掉了李月驰的手机号码，也不再去参加大伯的项目，也再没见过李月驰。生活骤然回到了认识李月驰之前的状态——不知道为什么，唐蘅觉得那是很久之前的事了，久得令他感到陌生。

进入 8 月，暑假还剩整整一个月，武汉的夏天仿佛没有尽头。唐蘅考了一次托福，成绩足够他申请所有理想的学校，留学的计划算是又进了一步。此后他彻底闲下来，天气太热，他只在傍晚时出门，要么去排练，要么去演出，要么和蒋亚、安芸坐在 Livehouse 或酒吧里听歌。

唐蘅又见过田小沁几次，他不知道李月驰是怎么向她解释的，总之两人见面时，田小沁从没有问过"你怎么不来走访了"之类的问题，她总是那样温温柔柔的，好像什么都没有发生。

也许对她来说，的确算不上发生了什么。也许对李月驰来说，同样如此。

8 月初的一个夏夜，他们三个又和田小沁聚在一起吃饭，照旧是大排档：小龙虾、热干面、炒花甲和一盘一盘的烧烤。四人都吃得汗津津的，一半因为热，一半因为辣。

桌上的饮料喝完了，安芸要去买新的，蒋亚假惺惺地说："这种事哪能让女孩子去啊，我来我来！"屁股却牢牢地粘在椅子上，一动不动。

安芸看不下去，道："还是我去吧，你们想喝什么？"

"我要可乐！"蒋亚说，"冰的啊！"

安芸冲他翻了个白眼，然后语气温柔地问："那小沁呢？"

"冰红茶就好，"田小沁温声说，"辛苦你啦。"

"唐蘅你呢？"

"雪碧吧。"

"唐蘅你叛变了！"蒋亚怒目圆睁，"以前不都和我一起喝可乐的吗？"

"可乐杀精啊，"安芸调侃道，"你还是悠着点儿吧。"

蒋亚一时没反应过来："啊？真的？"

唐蘅说："没什么，我就是喝够可乐了。"

唐蘅本不是话多的人，现在比以前更沉默了。安芸去买饮料，桌上只剩下蒋亚和田小沁在聊天儿。

蒋亚嘀咕道："安哥这一天天阴阳怪气的呢。"

田小沁笑眼弯弯地看着他："其实我早就想问了……"

"什么？"

"为什么叫安芸'安哥'啊？"

"啊，她比我大一岁嘛，我和唐蘅一级的。"

"那为什么是'哥'？"

"嗐，说来话长，"蒋亚抓起一串烤牛油，"我们仨认识的时候，唐蘅和安哥准备组乐队，招一个贝斯手，我就去了。"

"欸，你不是打鼓的？"

"我当时就想碰碰运气，没准儿他们也招鼓手呢？"蒋亚笑得有点儿憨，"我就去了，然后安哥说不招鼓手，她打鼓。我当时就嘴欠了一句，没见过女孩儿打鼓能打好的。安哥急了，要和我比solo，我说比就比啊，安哥说谁输了谁给对方鞠躬道歉，叫对方哥。"

田小沁大笑说："怎么这么幼稚的。"

"真的特傻，"蒋亚也笑，"后来我输了，就给她道歉，哥也叫了……再后来，我们仨就组乐队了，安哥让我打鼓，她换成了贝斯。"

"你们这样真好，"田小沁语带羡慕，"我的朋友都毕业了。"

"你是说本科的朋友？"

田小沁点点头："对呀，一个回家当老师了，一个去深圳上班了，只有我留在武汉。"

蒋亚立即说："那你以后就跟我们玩啊，安哥老和我们说你呢。还有你那个同学，李什么来着？"

"李月驰？"

"对，那哥们儿也不错。"蒋亚豪爽道，"回头我过生日，叫他一起来啊！"

唐蘅垂着眼听他们聊天儿，并不搭话。

田小沁说："好啊，不过李月驰最近也很忙。"

"他忙什么？"安芸拎着饮料回来了，"还是唐老师那个项目吗？"

"不是，我们走访结束后，月驰就退出项目组了。"

"嗯？"安芸瞟了唐蘅一眼问，"为什么？"

"他说他有别的事，就去跟唐老师请假了。"

"那现在就你一个人在做啊？"

"我和经济学院的两个硕士，现在主要是处理数据了，他们比较擅长。"

"嗯，"安芸把饮料分发给众人，"经济学院的啊，那确实。"

唐蘅握着冰凉的雪碧，淡淡地说："李月驰不是也会处理数据吗？"

"是的，但他说他没空儿。"田小沁的表情略微有些疑惑，"其实现在退出，是挺可惜的。"

唐蘅没再说什么。

吃完饭，三人先把田小沁送回家，然后去了蒋亚家。他们原本打算到长爱坐一会儿，然而夜空中响起几声闷雷，大概又要下雨了。果然，蒋亚刚把投影打开，雨点就"噼里啪啦"地砸在玻璃上。

他们看的是王家卫的《蓝莓之夜》，慢镜头一个接一个，调子非常闷。电影不到一半，蒋亚便倒在沙发上睡着了。窗外的雨小了一些，但仍然淅淅沥沥的，令唐蘅有些心烦。

蒋亚打起鼾，安芸把音量调小了些，忽然问："你和李月驰怎么样了？"

唐蘅盯着荧幕上诺拉·琼斯的脸，低声说："什么怎么样？"

"就是，你俩……闹掰了？"

"本来也不熟。"

安芸轻哼一声，没说话。又过一会儿，当音箱里响起爵士乐插曲的时候，安芸开口道："你还是别掺和他的事儿。"

"为什么？"

"不是一路人。"

"哦。"

"真的……你看他，活得累不累啊。咱也帮不上什么忙，别添乱就好了。"

唐蘅扭头看向安芸问："你什么意思？"

安芸耸耸肩说："反正你别管他的事儿了。"

"你到底想说什么？"

"我……"安芸轻叹一声，"算了，到时候你就知道了。"

因为安芸的话，唐蘅有了一些心理准备，但他还是没想到这个"到时候"来得这么快——两天之后，唐蘅被唐国木叫到了办公室。

他到的时候，办公室里已经坐了两个男生：一个瘦高个儿，戴眼镜，长相斯文；另一个矮小得多，同样戴眼镜，脑门儿上有颗很显眼的痣。瘦高个儿叫潘鹏，有痣的叫张白园，他俩便是后加入项目组的经济学院的硕士生。

"唐蘅，你就跟着你这两个师兄做数据啊，"唐国木笑眯眯地说，"不会的多问问他们。"

"是我们要请教师弟，"张白园抿了抿唇，谦虚道，"很多社会学专业的知识我们都不懂。"

"独学无友嘛，你们年轻人聊得来，也用不着我唠叨啦。"唐国木转身，从柜子里取出一只纸袋，"白园，你帮我把这个转交给张院长，这是上次我答应给他写的《过零丁洋》，哈哈。"

"没问题，"张白园语气里透着惊喜，"那您能给我也题个字吗？下次我带书来。"

"当然可以，"唐国木笑道，"反正我是到处献丑啦。"

唐蘅一面听他们寒暄，一面思量着张院长是谁。然而思来想去，也没个结果。毕竟"张"这个姓实在太常见了。

待他们说完，两个硕士生先回去了。

办公室里只剩下唐国木和唐蘅，唐蘅问："哪个张院长？"

"刚调到经济学院的张剑龙，"唐国木说，"那个张白园是他儿子。"

"他们经济学院的干吗来做我们的项目？"

"是咱们给人家做！这个项目之后就放在张院长名下。"

唐蘅沉默片刻问："所以把李月驰踢出去了？"

"你这臭小子！"唐国木手一拍桌子，佯怒道，"你把你大伯当什么人了？"

"那他怎么退出了？"

"你问我干吗？你问他去！"

"是他自己要退的？"

"可不是吗？"唐国木有些无奈地说，"真不知道你们这些孩子在想什么，多好的机会啊，说不要就不要了。"

所以真的是李月驰主动退出的？为什么？唐蘅回想起田小沁的话，她说李月驰太忙了——忙着赚钱给他女朋友治病吗？

但是这些也都和他没有关系了。

"那我回去了。"唐蘅说。

"等等，急什么！"唐国木起身把办公室的门关紧了，略略压低声音，"我和你说啊唐蘅，张白园那孩子不错，张院长跟我关系也挺好的，这次的项目你就多上点儿心。"

唐蘅说："知道了。"

"别光嘴上答应啊，"唐国木有些无奈，"你当我不知道？前期走访你总共去了几次？不过那些活儿也没太大的技术含量，又辛苦，你不去也就罢了。"

没太大技术含量吗？唐蘅想起那些挥汗如雨、"噔噔噔"爬楼的日子，眼前又出现李月驰大汗淋漓的脸。

唐蘅站着，没说话。他知道大伯为他好——大伯和伯母是丁克，视他如己出——所以不想他干辛苦受累的活儿。这是人之常情。

唐国木拍拍唐蘅的肩膀，意味深长道："你也快毕业了，明年读研，就算是步入这个圈子了，经验啊，人脉啊，都要留心积累。"

类似的说辞唐蘅已经听过不知多少遍，他漫不经心地点点头说："嗯，好。"

"行啦，那你回去和张白园联系一下。"唐国木笑着说，"这周末回家吃饭，你伯母想你了。"

唐蘅出了办公室，没急着下楼，而是走到走廊尽头的阳台上。他莫名地感到有些烦躁，觉得自己应该冷静一会儿。

至于为什么烦躁呢？唐蘅想，可能是因为这个项目。令人猝不及防地，他接手了这个项目，将要处理李月驰收集到的数据——李月驰这人怎么就阴魂不散呢？他原本都计划好了，等暑假结束就申请学校的交换项目，社会学院有个专门针对大三、大四学生的交换计划，去东京八个月。倒也不是为了躲避李月驰，只是他受够了武汉，顺便能避开李月驰貌似也不错，这样大家就都不会尴尬了。八个月后他回国，忙一忙毕业的事情，和安芸他们玩玩乐队，就又该出国读研了。

他计划得条理分明，此刻突然被打乱，他很难不烦躁。

好在，李月驰已经退出了项目组。

唐蘅在阳台上站了一会儿，被蚊子咬出两个包。蒋亚发来短信，问他晚上去不去长爱凑热闹，来了新乐队。唐蘅回复"不去"，蒋亚的电话就打过来问："你晚上有事啊？"

"嗯，"其实没事，唐蘅胡乱搪塞道，"和留学中介约好了。"

蒋亚咋呼起来："不是吧，现在的中介这么敬业？晚上谈工作？"

"他们晚上加班。"

"换个时间行不行啊，蘅啊，"蒋亚说，"安哥去蹦迪了，咱俩孤家寡人搭个伴呗，难道你忍心看我一个人……"

唐蘅一边下楼梯，一边皱着眉听蒋亚絮叨。其实他不是不想和蒋亚一起去看演出，他只是不想去长爱。至于原因，他又没法向蒋亚解释。

"那你和中介谈快点儿，八点咱俩过去，来得及不？"

"来不及，我们要修改……"一道身影从旁边掠过，唐蘅猛地停下了脚步。

"你们要修改啥啊？"

唐蘅举着手机，没了动静。

对方也停下来，转身，看向唐蘅。

他仍然穿着"青文考研"的T恤，一条深蓝色窄腿牛仔裤，衬得他瘦削而挺拔。

时近傍晚，光线暗了，走廊的灯又还未亮起来。唐蘅是低度近视，不大看得清他的神情。

两人对视了两三秒，李月驰先开口，声音很平静地说："学弟。"

学弟？没错，那天晚上是他先叫了声"学长"——本以为那样李月驰就会收下他的钱。

唐蘅转身欲走，李月驰又说："学弟，等一下。"然后他快步走过来，近了，唐蘅陡然想起那天晚上李月驰说"我们不是一路人"的情形，忍不住后退了一步。

李月驰却是一副什么都没发生过的样子，认真地说："你处理数据的时候有个地方需要留意一下，洪山区南湖珞鑫小区，里面有一部分居民是回迁户，他们的收入标准还要按照农村——"

"你为什么不做了？"唐蘅打断他。

"我有别的事。"

"什么事？"

李月驰顿了顿说："私事，"又很客气地说，"给大家添麻烦了。"

他这副神情真的像什么都没发生过，从一开始就没有帮唐蘅打架，后背没有被酒瓶划伤，也没有在那闷热似蒸笼的小房间里和唐蘅脸对着脸吃泡面；他没说过"我等你"，没说过"你唱歌，比他们都好听"，没问过《夏夜晚风》是不是唐蘅唱的；当然，他更没在被围殴的时候撞上唐蘅，没吃那个超市里买的肉松面包，没喝可乐，也没拒绝借唐蘅的钱。

唐蘅冷笑一声，转身大步离开，李月驰没有追。

唐蘅和张白园、潘鹏约在教研室。才上午十点，张白园已经叫了三趟外卖，分别是星巴克的咖啡、仟吉的甜点和某家法式餐厅的正餐。他虽然带了电脑，但屏幕上只开着 Word 文档，装模作样地记了几个疑似有问题的数据。倒是潘鹏靠谱儿得多，计算公式提前准备好了，又很仔细地核对着问卷扫描件上的数字。

"老潘，师弟，你俩别忙了，"张白园热情招呼道，"吃点儿东西休息一下吧！"

唐蘅淡淡地说："我还不饿。"他已经确定张白园就是个凑数的草包，什么都不会。

潘鹏拈起一颗泡芙说："师弟，下午我和白园去游泳，一起吗？"

"对啊对啊，师弟一起来呗，"张白园说，"反正包场了，地方大着呢。"

唐蘅盯着屏幕："你们去吧，我继续弄这些问卷。"

"急什么嘛，"张白园抿一口咖啡，慢悠悠地说，"10 月初才做第一次成果汇报，来得及。再说咱还有老潘呢，他弄这些快得很。"

潘鹏笑了笑，有些不好意思似的："对啊，反正我也没有别的事情了。"

唐蘅摇头道："我赶时间。"

他的语气不是很好，但张白园大概没听出来，还在那儿高高兴兴地吃东西。潘鹏显然感觉到了，于是没再闲聊别的，擦干净手指，干起活儿来。

下午一点多，张白园先走了，说要回去睡一会儿，下午才有精神游泳。他走前又点了四杯果汁，叫唐蘅和潘鹏喝着玩——说是纯鲜果现榨，没有添加剂。

教研室里只剩下潘鹏和唐蘅。潘鹏长嘘一口气，轻声说："师弟，辛苦你了啊。"

"没什么辛苦的，"唐蘅面无表情地说，"尽快弄完吧。"

"白园他就这样，虽然干活儿指望不上，但他的心眼儿是很好的，"潘鹏挠挠头说，"你别生气啊。"

"我没生气。"确实没有，更准确地说，这种低气压只是从昨晚持续到现在罢了。

"我本来以为又是我自己干活儿呢，"潘鹏继续道，"你能和我一起，太好了。"

唐蘅心说，好个屁。

"原本是李月驰，对吧？"潘鹏敲敲键盘说，"还好他嫌钱少，不干了。"

唐蘅停下动作，扭过头看向潘鹏："李月驰是因为钱少才退出的？"

"是啊，这种活儿，一个月只有 800 块的补助嘛。"

"所以他就撒手不管了？"

"你不了解他那个人，"潘鹏笑了一下，"我和他是本科同学，我是知道他的。"

"那你说说吧，"唐蘅拿过一杯橙汁，"正好有点儿累了。"

"这不太好吧……欸，你别说出去啊，反正我就私下提醒你，小心这个人。"

"为什么？"

"他这个人吧，见钱眼开，为了钱什么都干得出来，我们本科的时候他还替考呢，体测 1500 米长跑，他为了赚钱能一天替跑三场——你说他是不是穷疯了？"

"是吗？"唐蘅低头看着手里黄澄澄的果汁，"他还挺拼的。"

"农村人没见过钱！"潘鹏耸肩说，"这种人我真的看不上，格

170

局太小了。"

教研室里只剩下唐蘅一个人，他起身把门关紧，然后坐下，拨了李月驰的号码。

这串号码他早就删掉了，但又毫不意外地记着，像一枚放在抽屉里的吉他拨片，平日里不用，需要的时候却能精准地找到。这念头令唐蘅感到挫败，所以当电话接通的时候，他的语气里就带了点儿不痛快，显得凶巴巴的："李月驰，你在哪儿？"

李月驰沉默两秒说："我在学校。"

"你来教研室，就是上次那个教研室。"

"有事吗？"

"对，有事，"唐蘅的语速有些快，他想是因为紧张，"你现在就来。"

"电话里不能说？"

"不能。"

李月驰"嗯"了一声，就挂掉电话。唐蘅盯着电脑屏幕上的Excel表格，心想他"嗯"了一声算什么意思？究竟来还是不来？但是无论如何，他要见到李月驰。

十四分钟后，有人敲响了教研室的门。唐蘅开门，迎面对上李月驰的目光。他额头上有密密麻麻的汗珠，嘴唇也起皮了，有干裂的趋势。唐蘅收回目光，说："把门关上。"

李月驰十分配合地关了门，问道："有什么事？"

他背着双肩包，连坐都没坐，一副听完话马上就走的样子。唐蘅反问："你赶时间？"

"对，"李月驰说，"我去上课。"

"那个辅导班？"

"嗯。"

"他们一个月给你多少钱？"

"按课时算，"李月驰皱了一下眉头问，"到底有什么事？"

"你别去上课了，我给你开三倍工资，你把这个项目做完。"

"……"

"潘鹏你认识吧？他说你退出项目组是因为嫌工资太少。"

李月驰站着没动，也不说话，仿佛默认了。

"本来就是你的工作，你说退出就退出？我给你钱，你来做完。"唐蘅说着就拎起椅子上的 VANS 帆布包，里面散落着一些纸币和硬币，还有一张银行卡。唐蘅把纸币抓出来，50 的、100 的……一张张丢在桌子上说："这些先付明天的工资，你看够不够？"

李月驰望着那些花花绿绿的纸币，面无表情。

"不够吗？"唐蘅摸出银行卡说，"那你跟我去取钱吧，学校里就能取。"

"学弟，"他总算开口了，"你这样没意思。"

"我就是不想接这个烂摊子，什么有意思没意思的。"唐蘅淡淡道，"不是白给你送钱，也不是借钱，就是雇你干活儿，懂吗？"

"你女朋友那边不是急着用钱吗？"唐蘅继续说，"这样对咱们都好。"

李月驰又沉默了。

唐蘅拈起一支碳素笔，在指间慢悠悠地转动，就这样等了一会儿，他听见李月驰低声说："我回去想想。"

"给你两天时间考虑啊，现在是下午两点十七分，别超时。"唐蘅的语气几乎是愉快的。

李月驰直接走了。

关门的声音有点儿大。

李月驰一走，便把那为数不多的愉快也带走了。唐蘅关掉电脑，拎起帆布包，下楼。午后日光正盛，他站在树荫里拨通了田小沁的号码。

"师姐，我想问你件事。"

"啊？那你……你稍等哦。"田小沁有些意外似的轻声说。

过了大概半分钟，电话那头却传来安芸的声音："唐蘅你干吗？"

"你们在一起？"

"刚刚看画展呢，"安芸顿了一下，"你吃炮仗了啊，这么凶？"

很凶吗？唐蘅说："我找田小沁。"

"你干吗？你别吓唬小沁啊！"

"我问点儿事儿。"

"你——"

"我说，我找田小沁。"

安芸低骂一声，把手机给了田小沁。

"师姐，你实话告诉我，李月驰为什么退出？"

"就是……他好像说这边工资太低……"

"工资低？"很好，看来提前统一了口径。

"嗯，一个月只有 800 块嘛。"

"你不说实话我就去问唐老师，或者张院长——张剑龙是吧？"唐蘅笑了一下说，"我现在就在学校，马上去经济学院。"

"唐蘅！"

"那你告诉我。"

"我们……我们也没办法，"田小沁的声音一下子低下来了，透出几分茫然地说，"原本做得好好的，项目突然就给了经济学院，那边只分了我们两个名额……"

"你和李月驰不是正好两个人？"

"他说你需要这个名额，你申请出国的时候要把项目写进简历里面……"

这次轮到唐蘅低骂一声。

那只是他为了让李月驰接受他的钱，随意诌出的借口罢了。一个项目的挂名，对他来说实在算不上什么。

他没想到李月驰会当真。

"高兴了？满意了？"安芸又把手机抢过来说，"这事儿已经这样了，您可别再折腾了！"

"我不需要这个，"唐蘅的语气缓和了几分，"名额本来就是李月驰的。"

"你……哎，你等着，明天我和你当面说。"安芸叹了口气，"这事儿不是你想的那么简单。"

唐蘅回了一句"好"，干脆地挂了电话。他忽然就感到闷热，阳光照在皮肤上，蒸出一滴滴汗珠。

唐蘅轻快地走到自己家楼下，骑上变速车，向李月驰的出租屋驶去。他也说不清为什么要去，明明这个时间李月驰不在家——辅导班上课呢。但是不要紧，他想，他可以等。

半路上又接到安芸的电话，像是不大放心他："唐蘅，你没惹事吧？"

"暂时没有，"唐蘅慢悠悠地蹬着车说，"但你最好给我个合理的解释。"

"不是，你……你怎么知道的？"

"很难猜吗？"唐蘅轻哂，眼前浮现出潘鹏那副貌似诚恳的神情，"有个傻×跟我说李月驰见钱眼开，说他嫌钱少才不干了，你觉得可能吗？"

"李月驰确实缺钱，"安芸无奈道，"是潘鹏说的吧。"

174

"他是缺钱，但他如果真的做什么都为了钱……"

"啊？"

他就不会一次次拒绝我的钱了，唐蘅想。

"没什么，明天见了面再说。"

"你千万别冲动啊！"安芸又重复了一遍，"这事儿不是你想的那么简单。"

唐蘅连声应下，态度相当敷衍。其实他现在根本没有惹事的心思，也不急着找潘鹏算账。因为他已经看见李月驰那栋破破烂烂的小楼了。门口的垃圾堆还在，也还臭着。唐蘅停了车，"噔噔噔"爬上那处处生锈的铁梯。

挂在门外的伞不见了，却多出一双黑色帆布鞋，有点儿滑稽地用鞋带拴在栏杆上。黑色的鞋面已经被刷得泛白，但是很干净，鞋舌翻开来，露出两枚模糊不清的标签，勉强辨认出是回力牌，43码。鞋子内侧靠近鞋底的位置已经磨出一道裂口，都这样了竟然还在穿，还在洗？唐蘅后退一步靠在门上，觉得刚刚的自己像个变态。

其实唐蘅也说不清自己为什么要来这里，好像是急于见到李月驰——就是哪怕知道他不在，也想等着他。但是见了李月驰又该说什么呢？说谢谢你为我着想？以李月驰那副德行，没准儿会回一句"因为你是唐老师的侄子"，然后再恭恭敬敬地接一句"学弟你还有别的事吗"，真是能把死人气活。

这时已经下午四点过，太阳慢慢地西沉。站在二楼门口，可以看见一片片高高低低的平房，有些人家从窗户里支出两根杆子，上面晾着汗衫和内裤。余晖给那些衣服镀上一层淡淡的橙红色，武汉这地方虽然"不修边幅"，但至少日落很好看，明艳得像漫画里的场景。

这场景李月驰看到过吗？不知道。他每天都那么忙，有没有看日落的心情呢？

唐蘅站累了，又靠在门上，耳机里循环着达达乐队的《南方》。

唐蘅侧过身，换成肩膀抵着门。李月驰讲课要讲这么久？不会讲完又去发传单了吧？其实可以打个电话问问，但唐蘅不想。他转个身，换另一边肩膀抵门。

几秒后，唐蘅听见"咔嚓"一声——不是他身体里发出来的。

紧接着，又一声。

唐蘅直起身子，疑惑地抓住门把手，用力一推。

门开了。

门锁的锁芯掉在他脚边，"叮叮当当"一阵脆响。

唐蘅："……"

这下是真得一直等下去了。

唐蘅对天发誓他没想往屋里瞅——怪就怪李月驰租的这房子实在太小，哪怕只是站在门口，也能将屋里的摆设尽收眼底。床尾搭了件皱巴巴的灰色T恤，整理箱上摆着只磕出一个缺口的饭碗，饭碗旁边是个墨绿色的瓶子——唐蘅愣了两秒，才想起那是他买的蜡烛薰香。上一次来李月驰家，他嫌楼下的垃圾堆太臭，所以买了这个薰香。

多少天了？李月驰竟然没有点燃那瓶薰香，他只是把它立在那里。

唐蘅走进去，见薰香下面压着一本书，是费孝通的《乡土中国》，他知道这样做不对，但还是鬼使神差地翻开那本书。书是学校图书馆的，里面夹了许多小字条，想必是用来做书签的。李月驰在读这本书？

唐蘅好像看到他坐在两个叠放的整理箱前，略微佝着背，一页一页地翻过去，时不时夹进一张字条。在他手边就是那瓶蜡烛薰香，没有点燃，但还是能嗅到很淡很淡的香味儿，那是鼠尾草的味道。

唐蒨把书和薰香放回原处，转身向门口走去。然而就在转身的一瞬间，他又看见墙上挂着的白色塑料袋——是那个下雨的晚上，他和李月驰从水坑里捡回来的塑料袋。他知道里面装着中心医院的X光片，李月驰女朋友的X光片。

唐蒨怔怔地盯着那只袋子。屋里光线昏暗，所以那时他没有发现，原来袋子上写了病人的基本信息：姓名赵雪兰，性别女，年龄32岁。

唐蒨愣愣地盯着那行圆珠笔写的字，大概不是医生写的——他虽然没怎么去过医院，但也见过家庭医生写字，张牙舞爪，根本看不清内容。

那行字是一笔一画写下来的，算不上工整优美，只像是下了很大力气，所以格外清晰。尤其是"岁"字的最后一撇，直直斜向下去，收束时在柔软的塑料袋上挑出一个小小的洞。

唐蒨默念，三十二岁，三十二。

李月驰今年大学毕业，不出意外是二十二岁，这也就意味着，他的女朋友比他大了整整十岁。当然，十岁的年龄差也不算离谱儿，只不过——思绪一下子断了，紧接着，唐蒨转身冲向门外。

他站在门口，李月驰站在楼梯上，两人隔着几级台阶，面面相觑。

他怎么现在就回来了？

李月驰看着唐蒨，好像也愣了一刹那，然后他扬扬眉毛问："学弟，你又找我有事？"

"我……对啊，我又找你有事……"唐蒨瞪圆眼睛，盯着李月驰一级一级登上台阶，距离自己越来越近。几秒后他猛地反应过来，向下一跨拦住李月驰的路。

"我……我要和你说个事情，"唐蒄口干舌燥，"刚才出了点儿意外。"

李月驰平静地问："什么意外？"

"就是……你家的锁，坏了。"

李月驰："什么？"

"锁坏了！"唐蒄真是百口莫辩，"我就在门上靠了一下，那个锁芯就突然掉出来了！"

李月驰沉默了。

唐蒄侧开身子，小声说："真的，不信你看。"

锁芯还在地上，已经锈得不成样子。李月驰弯腰捡起来，看了看锁芯，又看了看唐蒄。他脸上的表情非常一言难尽，如果非要形容一下，大概就是同时混合了"唐蒄你可真行"和"编吧你接着编"两种意味。

唐蒄觉得自己简直冤死了——谁能想到这破房子的破锁就赶得这么巧？早不坏晚不坏，偏偏被他撞上。

唐蒄见李月驰不说话，只好低声说："待会儿我就找换锁的来……真的是它自己坏的。"

李月驰把锁芯丢到一边说："我知道了。"

你知道什么你就知道了！

唐蒄闷沉沉地说："我现在就去，今晚一定弄好。"说完便转身下楼。然而刚刚走下两级台阶，就听李月驰在身后说："等等。"

唐蒄转身，望着他。

"你饿不饿？"李月驰说，"我买了炒面。"

唐蒄"噔噔"两声跑了回去。

李月驰洗了手，打开电扇，插上电磁炉的插头。唐蒄坐在整理箱旁边的椅子上看着，他不知从哪儿变出一块菜板，又打开整理箱，取出一把红辣椒和一罐花椒。

唐蘅忍不住问："你这么能吃辣？"

"我家那边都这么吃。"李月驰把菜板垫在一只纸盒子上，蹲在那里，"咔咔咔"地切起辣椒来。他背对着唐蘅，抬臂切辣椒的时候肩胛骨也跟着颤动，好像鸟类颤动的双翼。唐蘅想到他背上被酒瓶划破的伤口——不知留下伤疤没有。

李月驰动作娴熟，很快就将一把鲜红的辣椒切成碎末。然后他把那只有缺口的碗塞进唐蘅手里，又递给他一双筷子说："你吃多少炒面，自己夹出来。"

"哦，"唐蘅看着那撮辣椒末儿，"那这是干什么的？"

"吃。"

"……"

"很辣，"李月驰顿了顿，迎上唐蘅的目光问，"你要试试吗？"

唐蘅心想，我起码在武汉待了六年，看不起谁啊！

"来点儿吧。"唐蘅说。

片刻后，李月驰找来一只大碗——唐蘅认得，就是那天晚上吃泡面用的碗。他把炒面从一次性饭盒里倒出来，面满满地在碗里堆出一个尖。他又把辣椒末儿和花椒堆在最上面。然后他将锅烧热，倒油，很快油也热了，飘来一股花生的香味儿。李月驰端起锅，说："你站我后面。"唐蘅便后退两步，心想这是什么大阵仗，满汉全席吗？

李月驰把热油淋在辣椒末儿和花椒上，"欻啦"一声，辣味儿和麻味儿直冲鼻腔，唐蘅没忍住，咳了起来。

"学弟，你没事吧？"李月驰像是故意这样问的，因为他的声音拖得有些长，仿佛带点儿笑意，"我说了很辣。"

"我没事……"唐蘅揩了揩眼角的泪，"你等我一下。"

说完他便转身跑出去，骑上变速车，到巷口的小吃店买了两大杯米酒。待唐蘅拎着米酒进屋，李月驰已经把两人的炒面弄好了。唐蘅那碗没有辣椒和花椒，但也被热油淋过，红通通的。李月驰接过米酒，轻声说："吃不惯就别勉强。"

他们俩还像那晚吃泡面的时候，一个坐椅子，一个坐床边。逼仄的小房间也还是热得人难耐，加上辣椒的辣味儿，没一会儿唐蘅就汗流浃背了，马尾辫也粘在后颈上。李月驰买的炒面实在算不上好吃，那面条硬邦邦的，似乎已经放了很久。碗里除了面条，就只有几块更硬的白菜帮子，和几片淀粉做的火腿肠。

唐蘅吃了几口就不想吃了，但李月驰就坐在对面，他垂着眼睛，一筷子面条就一口辣椒，动作仔细，神情认真，像在吃什么山珍海味。

"好吃吗？"唐蘅问他。

"还可以，"李月驰看看唐蘅的碗问，"你是不是吃不下了？"

"没……我歇会儿，歇会儿再吃。"

"吃不下给我。"

唐蘅愣了愣问："给你吃？"

"浪费了可惜。"

"那我给你分一点儿啊。"

唐蘅从碗里挑出一大筷子面条，颤颤巍巍地夹到李月驰碗里。李月驰若无其事地继续吃他碗里的炒面，不时喝一口米酒。说实话唐蘅有些惊讶，他没想到李月驰竟然会吃他碗里的东西。别说是李月驰，就是他和他妈，也不会帮对方解决吃不完的饭菜。

李月驰放下碗筷，忽然说："快点儿。"

唐蘅回过神来："啊？"

"吃得快一点儿，"李月驰摁亮手机屏幕，"待会儿我要去医院。"

唐蘅抠着碗沿儿，犹豫了几秒才鼓足勇气说："我可以问你个事儿吗？"

"什么？"

"我看见那个袋子上写的……"唐蘅把目光投向墙上的塑料袋，"你女朋友，今年三十二岁？"他说完了，还想解释一句"我是不小心看见的"，但是话没说出口，就被李月驰打断了。

"对，她三十二了，"李月驰的声音骤然冷了下去，目光也冷了，几乎透出寒意，"这和你没什么关系吧？"

"我没有别的意思，"唐蘅连忙解释，"我就随便问一下……"

"唐蘅，"李月驰起身，把米酒杯丢进垃圾桶，他背对着唐蘅淡淡地说，"我真的没时间陪你玩，别折腾了。"

第五章
朋友

　　唐蓊把变速车蹬得飞快，快到空气在耳边发出低低的鸣响。

　　最后他在蒋亚家楼下刹车，气喘吁吁的，汗珠一颗连着一颗地从额头滚落，甚至模糊了他的视线。他坐在变速车上，一只脚支地，另一只脚踩着车蹬，整个人呆呆的。

　　路过的人都在看他，他什么都看不见。

　　这时夕阳已经落入城市高楼中，唐蓊觉得自己的心也像夕阳似的渐渐沉了下去，沉入一个冰冷的黑夜。

　　李月驰说"别折腾了"的时候唐蓊就盯着自己手里的碗，碗里还有几根焦黄的炒面和两块白菜帮子，他觉得自己像一个不速之客，被永远地下了逐客令。

这次是彻底、彻底完了吧。

唐蘅上楼，敲门，开门的是个满头小卷的阿姨："欸，你找谁？"

"我……不好意思，我走错了。"唐蘅反应过来，他走错了楼层。

阿姨嘀咕了一句，把门关上了。

唐蘅又上两层，到蒋亚家门口。

"蒋亚。"唐蘅敲门，没人应。

也许蒋亚出去了。唐蘅并不着急，而是慢慢地蹲下，后背抵住冰凉的墙壁。他骑得太着急，此刻竟然有种虚脱般的感觉。

"来了来了！"门却忽然开了，蒋亚探出头来说，"你可真会挑时候！"

唐蘅抬头看着他："不方便吗？"

蒋亚露出个贼兮兮的笑："露露在呢——你来都来了，咱仨斗地主吧。"

唐蘅进屋，看见一个女孩儿抱着膝盖坐在沙发上，原来是他们在江汉路的 Livehouse 看演出的那个晚上和蒋亚相携而去的那个女孩子。

没想到他们还有联系，谈恋爱了？如果在平时，唐蘅肯定扭头就走了，他可没有做电灯泡的爱好。只是今天，此刻，他迫切地需要和人说说话，以转移自己的注意力。否则他也不知道自己会干出什么事。

"这是唐蘅，我们的主唱，你认识吧？"蒋亚向露露介绍道。

"啊，第一次离这么近！"露露的声音很清脆，"你好啊帅哥。"

"干吗啊？"蒋亚佯作吃醋，捏捏露露的下巴示意她看向自己，"帅哥在这儿呢。"

三人就真的打了一晚上斗地主。直到晚上九点多，露露打着呵欠说困了，蒋亚叫她先去楼上睡觉。蒋亚从柜子里取出一瓶威士忌，递给唐蘅一个玻璃杯，为他斟了浅浅一杯底。

为了保护嗓子，唐蘅不抽烟，也极少饮烈酒，所以威士忌的苦味在舌尖爆裂开来的时候，他忍不住皱了眉。

蒋亚自饮一口，问道："谁惹你了？"

唐蘅说："没人惹我。"

"得了吧，你找个镜子照照你这德行，跟被人打了似的。"蒋亚揽住唐蘅的肩膀，"跟爸爸说，爸爸给你出头。"

"滚蛋。"

"说正经的，你最近是不是遇上什么事了？"

"怎么这么问？"

"男人的直觉嘛，又和你妈吵架了？"

"不是我妈。"

"那是什么？"

唐蘅迟疑片刻，说："有一个人，我很想……很想和他交朋友，但是他不理我，他说我们不是一路人。"

"啥？"蒋亚的语气变得茫然，"那为什么？呃，为什么不是一路人啊？"

"他……很穷。"

"有多穷啊？"

"家是农村的，女朋友得了癌症。"

"谁啊？没听你说过。"

唐蘅停顿了两秒说："算了，就这样吧。"

"就你毛病多，"蒋亚嘀咕道，"不过人家女朋友生了那么严重的病……可能的确没心思和你玩吧。喀，交朋友这种事也要讲缘分的……"

唐蘅默然，半晌，他低声说："我知道。"

离开蒋亚家，唐蘅没骑他的变速车。此时地铁尚在运营，站里也还是熙熙攘攘的。好像二号线永远是这么拥挤，唐蘅站在两节车厢连接的地方，身边有垂着脑袋满脸倦意的上班族，也有身穿校服叽叽喳喳的高中生，他甚至隐隐闻到一股热干面的味道。

江汉路到了，唐蘅有些恍惚地跟着人群走出地铁站，没一会儿他就到了中心医院住院部的大门口。此时晚上九点四十二分。门卫冲他吆喝一声，有点儿不耐烦的样子："看好时间啊！十点就不让探视了！"

"哦，好。"唐蘅连忙加快脚步，没走几步又折回去问，"您知道肿瘤病区在哪栋吗？"

"后面那栋！"门卫的目光在他身上打量了一圈，似乎在好奇这个年轻人为何这么晚了才来探病，又两手空空。

唐蘅谢过他，快步走进住院大楼。这个时间病房里的很多病人已经休息了，他们的陪床家属就聚集在走廊尽头闲聊。而走廊里还有一些打地铺的人——有穿着病号服，还在输液的；有穿着自己的衣服，大概是陪床的。唐蘅站着愣了一会儿，难以想象在人来人往的医院走廊里打地铺是什么感觉。这场景令他大为震惊。

"您好，我想问一下，赵雪兰在哪个病房？"

"赵雪兰——7025，"护士的声音里透着倦意，"你往前走就到了。"

"好，谢谢！"

其实直到此时唐蘅仍是恍惚的，赵雪兰，也就是李月驰的女朋友，就在前面的病房里。

唐蘅心里乱糟糟的，他就这么一直走，很快看见了"7025"的牌子。

7025 病房关着门，但没有关紧，敞了一条缝。

唐蘅知道自己根本不会推开这扇门，但他还是鬼使神差地走上前去，仿佛冥冥之中有某种感应。

通过那条缝隙，唐蘅看见一个穿着病号服的光头女人，背对着门口坐在病床上。是做化疗的缘故吗？她的背影过于纤瘦，显得脆弱不堪。

而李月驰站在她对面，递给她一颗削好的苹果。她摇摇头，李月驰便把苹果放进一旁桌子上的碗碟里。

唐蘅想，李月驰自己舍得买水果吃吗？可能舍不得吧。

几秒后，她的身体渐渐向前倾，像一片落叶飘落在李月驰的身上，而李月驰一动也不动，仿佛一尊塑像。

唐蘅目不转睛地看着他们，通过窄窄的门缝。

李月驰垂着头，唐蘅看不清他的神情。唯一能确定的是接下来的很长一段时间，李月驰一直都没有动，就那样任她倚靠着。

翌日下午，三人在排练室相聚。唐蘅没有提项目的事情，安芸好像也忘了似的，什么都没说。就这样排练了整整一个下午，到傍晚时，三人均是浑身大汗，蒋亚打鼓打得胳膊都快抬不起来了，唐蘅也觉得力气都被抽空一般，格外疲惫，又格外痛快。

"不行了，不行了，"蒋亚靠在墙角，气喘吁吁地说，"你们抽风啊？累死老子了。"

安芸抹一把额头的汗珠说："吃饭去吧。"

唐蘅没搭话，只是把吉他装进了包里。三人走出排练室，安芸问："想吃什么？"

"烧烤！"蒋亚喊道，"老子非得吃它 50 串羊腰子。"

安芸翻个白眼没搭理他，转而问唐蓂："你想吃什么？"

"我随便，"唐蓂顿了顿说，"找个安静点儿的地方吧。"

最后去了一家有雅间的烧烤店，蒋亚嘟嘟囔囔地说："吃烧烤来什么雅间啊，都没感觉了。"安芸拍了下他的脑袋叫他闭嘴，而唐蓂神情淡然，没什么反应。

直到他们点的烤串都被送上来，蒋亚才后知后觉地问："儿子，你不高兴？"

安芸看看唐蓂，无奈地说："这不很明显吗？——因为李月驰？"

唐蓂没说话，算是默认了。片刻后他抓起一串烤面筋，满不在乎地说："他没空儿搭理我，就这样吧。"

安芸轻叹："我给你说个事儿，你就明白了。你知道这次的项目为什么突然给了经济学院吗？其实就是咱们送给人家的。"

唐蓂愣了愣问："为什么送给他们？"

"我听我爸说之后有个大项目，原本没咱们的事儿。咱们院想和经院合作，这不就得拉关系嘛，所以唐老师才拿个小点儿的项目送给张白园，做人情呢。"

"你确定？"

"八九不离十吧。"

唐蓂一时无语。他倒不是特别意外——类似的事情他从大伯那儿听说过不少，无非是利益交换。他只是不明白大伯为什么不告诉他，是故意的，还是忘记了？

"你也别多想，唐老师可能是觉得这事儿未必能成，所以不想说太多。"安芸喝了口啤酒，继续说，"你们做的那项目现在不就送给张白园了嘛，张白园又和潘鹏关系很好，你知道吧？潘鹏和李月驰都是师大毕业的，听说本科的时候有点儿矛盾。"

蒋亚插话："这么复杂啊？"

"所以潘鹏让张白园把李月驰踢出去？"

"嗯，好像是潘鹏追过的妹子喜欢李月驰吧，就那些事儿。"

"我知道了……"唐蘅一时间有些语塞，竟然是这样。怪不得李月驰那么干脆地退出了项目组，他还真的以为全是为了他，原来还有更深的原因。

"你想啊，你如果为了李月驰闹事，等于是把唐老师和张院长对立起来了，唐老师多难做。"安芸苦口婆心地劝道，"所以要我说，李月驰的事儿你一点儿都别掺和。"

"那哥们儿也够惨的，"蒋亚边听边摇头说，"辛辛苦苦做的项目，这下白送给别人了。"

"其实唐老师也算在保护他吧，他不和潘鹏他们接触，就不会出别的事。"

"多憋屈啊——你们文化人也太阴了。"

"关我屁事，"安芸瞪他一眼说，"这项目我沾都没沾。"

"按你这说法，那个潘鹏真损啊。"

"反正不是什么好东西。"

"那你可叫田小沁小心点儿！"

"嗯，我和她说了……"

唐蘅默默听着他们的话，心思却根本不在上面，甚至，他一点儿都不感到愤怒。他只是不可避免地想到李月驰——李月驰被潘鹏他们踢出项目组的时候，是什么心情呢？挫败，无助，或者愤怒？唐蘅发现自己竟然想象不出来。他总觉得李月驰骨子里是个傲气的人，毕竟在这个世界上，兼具聪明和勤奋的人并不多，而聪明勤奋且英俊的人，就更少了。

李月驰遭遇的这种事，令唐蘅感到恶心，不是替李月驰恶心，而是作为旁观者单纯地恶心，这感觉类似于看见某人在断臂维纳斯雕像前吐了一口痰。

当然安芸说得也对，从实际情况来看，李月驰退出项目组其实是最好的解决方式，李月驰一定也明白。归根结底这事儿轮不到他唐蘅来打抱不平。

这天之后，唐蘅决定不再思考关于李月驰的事情。也许蒋亚说得对，人与人之间是需要一点儿缘分的。

再之后就开学了，唐蘅和蒋亚升入大四，安芸开始念硕士。按说她和李月驰都是大伯的学生，应该经常一起上课。但唐蘅从未听她提起过李月驰，想必是故意的。其实唐蘅觉得无所谓，他没那么矫情。

9月初社会学院举办讲座，主讲人是芝加哥大学来的教授，恰好是唐蘅有意申请的学校。那场讲座他当然去听了，意外地碰见了李月驰——其实也不意外，毕竟都是一个系的。

唐蘅去得晚，坐在演讲厅中间的位置，而李月驰坐在他的右前方正数第三排。隔着一个个乌黑的或是秃顶的脑袋，唐蘅安静地打量李月驰。近一个月不见，李月驰好像瘦了一点儿，总的来说变化不大。唐蘅以为自己会很尴尬，结果也没有，只是有些说不清道不明的情绪像蜻蜓点水似的掠过心头，不提也罢。

讲座结束后嘉宾先离场了，然后学生们拥向前后门，一大群人挤牙膏似的慢慢挪出去。这时唐蘅看见了李月驰，李月驰也看见了他。

李月驰的语气既客气又疏离："学弟，你也来听讲座？"说了句废话。

唐蘅说："嗯，他讲得不错。"也是废话。

李月驰说："是的。"还是废话。

然后他们就没再说话，出了门，各自走了。

唐蘅和两个同班同学溜达到社会学院门口，晚上八点过，武汉又下起雨来。两个同学商量着是冒雨跑回宿舍，还是在这里等等再走，又问唐蘅要不要去他们宿舍涮火锅。唐蘅无可无不可地说："行啊。"话音刚落，手机振了两下，其中一条是蒋亚的短信：周黑鸭办了个校园乐队大赛，你想参加不？

　　再往前翻，竟然是辅导员的短信：恭喜你呀，唐蘅，你通过国际交流中心的选拔了！下个月初去东京！

　　到了9月下旬，天气仍然没有转凉的趋势。武汉就是这样一个城市，夏天长，冬天长，春秋两季被挤在漫长的炎热和湿寒中，一晃就不见了。唐蘅已经把赴日交换的事准备得七七八八，然后才告诉付丽玲。母子俩自然又吵了一架。

　　但是事已至此，付丽玲就是再不愿意唐蘅出国，也拦不住他了。总不能真把人锁在屋里。

　　又是一个雨天，傍晚时雨总算停了。唐蘅和安芸、蒋亚在卓刀泉夜市吃烧烤，也许是下了一天雨的缘故，烧烤摊的食客比平时少很多，总共只坐了三四桌客人，显得稀稀落落的。唐蘅和蒋亚各吃各的，一个低着头喝海鲜粥，小口小口地抿；一个闷头儿啃猪蹄，啃得龇牙咧嘴以至脑门儿青筋都鼓起来了，仿佛猪蹄是他上辈子的仇人。

　　安芸拍拍桌子说："你俩差不多行了啊。"

　　唐蘅不应，蒋亚轻哼一声。

　　"我说句公道话啊，唐蘅去东京这事儿，确实是没考虑到咱们乐队。但他这不是为了学业嘛，蒋亚你就担待担待。"说完转过脸，看着唐蘅："蒋亚嘛说话不过脑子，有口无心，唐蘅你也别记仇了，啊？"

唐蘅一字一句地说：“再重复一遍，我不是因为李月驰才去交换的。”

“放屁，”蒋亚翻个白眼说，“你不就是为了躲他的吗？”

“他算什么东西，配我躲到东京？”

“哦，那你就是纯粹不想跟我们一起玩了呗，”蒋亚阴阳怪气起来，“那确实，您可是要出国留学的高端人才哈，我们这小破乐队配不上您。”

唐蘅咬牙道：“你又开始了是吧？”

“好了！！！”安芸又拍一下桌子，满脸抓狂的表情，“这对话你俩重复了20遍了！有完没完啊？”

“老安你评评理，他要是去美国交换我也认了，毕竟他想去美国读研嘛。去日本——小日本有什么好去的啊？行，你去，一两个月也成——八个月！等他回来我儿子都会打酱油了！你说他是不是无情无义，无理取闹？”

“你才无情无义，无理取闹，《武林外传》看多了吧？”

“你不无情无义，无理取闹？你这一走，专辑也做不成了，比赛也参加不了了，什么都完蛋了！”

“我说了，这期间我可以回来……”

“算了，”蒋亚放下手里的猪蹄，忽然很挫败地说，“你去吧，反正早晚都要……出国的。”

有那么一瞬间，唐蘅觉得蒋亚原本想说的不是出国，而是散伙。

上周他把去日本交换的事告诉了蒋亚，本以为蒋亚会和安芸一样为他高兴，没想到当时蒋亚的脸就黑了——这家伙向来喜怒形于色，那架势，简直像要动手揍人。

“你好端端的去什么日本？咱不是说好了趁这一年做张专辑吗？啊？还有周黑鸭那个比赛，我连报名表都填好了！你去日本那还比什么啊？"

唐蘅被他连环炮似的问题吵得发蒙，想说自己报名的时候没想那么多，却又说不出口。

就这样你一句我一句吵了一个多星期，好在有安芸看着，否则早就打起来了。

"欸，长爱又要搞草地派对，邀请咱们了，"安芸戳戳唐蘅的胳膊，又顶顶蒋亚的膝盖，"这周五，去不去？"

"我都可以。"蒋亚闷沉沉地说。

"我也是。"唐蘅说。

于是三人又凑在一起排练，他们准备了两首歌：一首枪花的 *Don't Cry*，一首迪克牛仔的《三万英尺》，都是蒋亚选的。选歌时安芸表示什么都行，唐蘅好不容易才和蒋亚达成和解，便说那就蒋亚来选吧。

结果就选了这两首。唐蘅深感蒋亚这王八蛋是故意的。

尤其是《三万英尺》，每当他唱到"逃开了你，我躲在三万英尺的云底"，蒋亚的鼓点就亢奋得离谱儿，到了"要飞向哪里能飞向哪里"时，那鼓点简直也跟着飞起来了，怎么听怎么觉得阴阳怪气的。

唐蘅放下麦克风，冷眼瞪着蒋亚说："要么你来唱？"

"哎哟，那可不敢，"蒋亚欠兮兮地说，"我五大三粗的，唱不出那种细腻的感情。"

唐蘅深呼吸一口气，心想不和这王八蛋计较。

偏偏安芸还来火上浇油："蒋亚！你说你，干吗非要戳唐蘅的痛处呢？"

"哎哟，冤枉啊，"蒋亚把汗津津的胳膊搭在唐蘅肩膀上说，"我真的是随便选的啦。"

唐蘅说："滚。"

蒋亚笑嘻嘻道："我就不。"

周五的傍晚，他们如约来到长爱。老板在草坪上立了一块 LED 牌子，上面粉色小灯串起来，拼成"最爱的夏天"五个花体字。舞台就是一张防水塑料膜，踩上去"咯吱咯吱"响。四周摆满了小马扎，已经有几个观众坐在那里等候了。

其他相熟的乐队也来了，几人打过招呼，一个吉他手溜到唐蘅身旁，小声说："蒋亚今天好骚。"

唐蘅表示认同。

蒋亚烫染了头，他现在是满脑袋红色小卷，仿佛顶着一碗红油方便面，一副大蛤蟆镜挂在脸上。三人刚见面的时候安芸震惊地问："蒋亚你受什么刺激了？"

蒋亚说："时尚，你懂个屁。"

其实唐蘅似乎有点儿明白蒋亚的想法。这大概是今年他们最后一次合体演出，下一次，就不知道是什么时候了。唐蘅穿了川久保玲的白 T 恤，就是被阿珠乐队围殴的那个晚上，他穿的那件 T 恤。他知道，或许这也是他最后一次在长爱唱歌。

演出开始时草坪上已经坐满了人，现在学生开学了，比暑期热闹许多。天色彻底暗下去，LED 牌子上粉灯光一闪一闪的。不断有乐迷赶过来，没有位置坐了，就围成一圈站着看。老板准备了啤酒和零食，观众们伴着音乐又吃又唱，空气中啤酒的香味儿、零食的咸味儿，还有隐约的汗味儿，被歌声糅成一团。

唐蘅手心攥着吉他拨片，坐在嘈杂的人群中，有些走神。竟然真的要离开这里了。来武汉六年，这是他第一次要离开武汉那么长时间。他早就厌烦了武汉，厌烦这里的酷寒和酷暑，厌烦夏天雨后的脏水，厌烦没完没了的细雨，厌烦黑漆漆没有路灯的巷子，厌烦……太多太多。但其实他报名交换生项目的时候并没有想到这些，就像他也没有想到乐队的专辑和要报名的比赛。他唯一的念头是，这样就见不到李月驰了——尽管他不愿承认这件事。

当唐蘅他们上台的时候，气氛已经彻底 high 起来了，原本坐在马扎上的观众也都站起来了，一个个连蹦带跳，摇头晃脑的。唐蘅把松散的马尾辫绑紧，拍拍麦克风，高声说："大家好，我们是——湖士脱！"

"啊！！！"露露大叫道，"唐蘅你好帅！！！"

观众开始起哄，唐蘅笑着说："她男朋友不是我啊。"

蒋亚抢过麦克风说："你男人在这儿呢！！！"

音乐响起来，第一首歌是 *Don't Cry*，唐蘅唱到一半，看见台下真的有两个女孩儿哭了，泪光在她们眼睛里闪烁，像不远处东湖的波光。唱第二首《三万英尺》时，唐蘅闭上了双眼，他听见众人和着他的声音，很多种不同的音色融合在一起，那么响亮，以至这首歌都不那么悲伤了，这令唐蘅想到飞机起飞时的轰鸣声。

李月驰如果在家，大概也会听见吧。

第二首歌结束，露露大喊道："再来一首！"

"再来一首！"也有许多观众跟着她一起喊。

唐蘅的声音里带了些沙哑："你们想听什么？"

"都行！"

"《夏夜晚风》好不好？"

"好！"

唐蘅抱着吉他席地而坐，轻声说："这首歌送给一个人，尽管他不知道。"

然后音乐声响起，唐蘅难得唱得如此温柔。其实这首歌最适合在夏天的海边唱，咸涩的海风从台湾海峡吹来，轻拂在脸颊上；月光明亮，在海面洒上一层薄薄的银色。但是没有海也无所谓，唐蘅想，东湖宽得像海一样，一眼望不到头。没有月光也无所谓，人造光同样洒进眼睛，洒进人群。

唱完了，三人向观众鞠躬。唐蘅什么都没说，径直下台。他拨开重重人群，只想离开这里，离开那些回忆。

唐蘅打算去长爱取他的吉他包，才走了几步，就陡然停在原地。

有个人站在不远处的树下，一动不动的。若不是灯牌的光恰好照亮了他的黑色帆布鞋，唐蘅一定不会注意到那里站着个人。他在看演出吗？那他为什么站在人群之外，像故意躲在树影下？可是，他为什么会来看演出？

唐蘅深吸一口气，走上前去，以镇定的语气问："李月驰，你在干什么？"

李月驰的脑袋很慢很慢地转向唐蘅，他的声音有些粗哑："我来听歌。"

喝酒了？唐蘅说："在你家不是能听见吗？"

"不能，"李月驰低笑一下说，"我骗你的。"

"……"

"上次你唱《夏夜晚风》的时候，我也站在这儿。"他带着醉意说，语速很慢，"我不知道走过去听歌要不要收费，所以我，站在这里听。"

唐蘅沉默几秒，低声说："免费的。"

"嗯……我知道了。"他话音刚落，忽然向唐蘅倒去。他沉甸甸地压在唐蘅身上，不远处，人群还在欢呼，他的指尖碰到唐蘅背着的吉他，发出低沉的声响，那么低，一定是六弦。

"你……你怎么了？"

李月驰不说话。

半晌，李月驰说："唐蘅，我很难受。"

唐蘅低声问："哪里难受？"

李月驰没有回答，只是轻轻地摇了摇头。唐蘅能感觉到他的呼吸，很重，仿佛每一次换气都耗去了他很大的力气。

"我送你回去吧，"唐蘅说，"你喝醉了。"

"不。"

"……"

"陪我走一走，"李月驰强调似的说，"你陪我。"

唐蘅只好问："你想去哪儿？"

"随便。"

唐蘅说："那你先起来。"

李月驰很听话地站直了。这个人即便喝醉了，身姿也还是笔挺的。

唐蘅带着李月驰绕过人群，走进黑漆漆的巷子里。音乐的声音渐渐小了，路上没有行人，只听得见他俩交错的脚步声。李月驰究竟醉到什么程度？唐蘅不知道。因为他不仅身姿笔挺，走路也很稳。唐蘅甚至觉得，如果现在自己叫李月驰回宿舍，他也能安然无恙地走回去。

"我第一次见到你的时候，你在唱歌。"李月驰的声音低沉，"你在那里唱歌，周围的人都看着你，我也看着你。"

"是上次办草地音乐派对的时候？"

"嗯，那天我做完家教回来，路过那儿。"

"……"

"你扎着辫子，穿个黑 T 恤，站在那儿唱歌，没想到后来会认识你。"黑暗中，李月驰似乎笑了一下。

唐蘅低声道："很惊讶吗？"

"我有什么很特别的地方吗？"李月驰自顾自地说，"我没有钱，还欠了高利贷，我这个人也很没意思，你为什么想认识我？"

"我……"

"你这么好，不缺朋友吧？"

唐蘅想说这些事一码归一码，都不沾边，但话到嘴边又憋回去了。现在李月驰醉成这样，和他能讲通什么道理？

李月驰继续说："我不知道你为什么对我这么好，唐蘅。"

原因很重要吗？唐蘅不应他的话，只随着他默默向前走。两人很快就走出蜿蜒的巷子，来到珞喻路上。路灯一团一团地亮着，夜色有些朦胧。

"我觉得这个世界上，一切一切，都有代价。你明白吗？"李月驰的声音变得更低更轻，像是说给自己听的，"我得到什么，就要付出相应的代价，它们都是等式。"

唐蘅沉默地听着，其实并不十分明白他的话。

"什么都不是白给我的，我念书的代价，是我爸在外面打工。我来武汉读大学的代价，是我妈卖了家里的牛……什么都有代价，就像吃饭一样，要付钱的。我不知道你对我好的代价是什么？"

唐蘅停下脚步，忽然有些啼笑皆非。他想到潘鹏的话，或许潘鹏说得没错，李月驰这个人的确是掉钱眼儿里了，但这并不是说他有多么爱钱。

他只是习惯了用代价衡量一切。怎么会有人是这样的？难道他在每一个"得到"的瞬间，就已经开始测算自己将要付出的代价？

唐蘅转身看着李月驰。李月驰的目光中流露出几分茫然，不是错愕，只是茫然。路灯的白光洒在他身上，他像一匹误入城市的野马，茫然地打量着一切。

唐蘅说："我对你好，是免费的。"

李月驰直勾勾地看着唐蘅，仿佛一时无法理解这句话的含义。唐蘅补充道："就是……我对你好，是因为我自己愿意，不需要你付出代价。明白吗？"

李月驰轻声问："真的？"

唐蘅说："真的。"其实他还是不太明白李月驰口中的"代价"，就像他说他爸打工供他上学。但天底下的父母，有哪个不是为了养家糊口而操劳的？

李月驰弯起嘴角，双眼漆黑发亮，他在笑。

李月驰说："真的是免费的？"

"真的。"

"谢谢你。"接着李月驰问："你以前经常走珞喻路吗？"

唐蘅回答说："经常。"

出了汉大南门便是珞喻路，有商圈，有地铁站。春夏之交的时候，还有老婆婆挑着扁担卖栀子花。

"我也经常走，本科的时候我做家教，走着去，走着回。"李月驰低叹一声说，"我想听你唱歌。"

"在这儿？"

"去我家吧。"

于是两人并肩而去，回到东湖村漆黑的巷子里。

李月驰开门，房间里黑漆漆的，有淡淡的花椒的味道。李月驰低声喊道："学弟。"

唐蘅"嗯"了一声。

待唐蘅准备好后，李月驰说："你唱吧。"

又是《夏夜晚风》。今晚他坐在草地上唱这首歌的时候，以为是最后一次。

唐蘅的声音有些颤，好像嗓子不是自己的。李月驰盯着他看，房间里闷热极了，可李月驰的眼睛亮晶晶的。

唐蘅唱完后，问："你还难受吗？"

"难受，"李月驰放慢了语速说，"我喝得太多了，头疼。"

"她爸爸请我喝酒，说这一年多辛苦我了。"李月驰的声音变得很低很低，"她病危了。"

唐蘅不知该说些什么，一时陷入沉默。

"其实不是第一次了，之前也下过病危通知书，但是这次……可能挺不过来了。"李月驰吐出一口气，又仰起脸说，"你看我说得对吧，一切都有代价。"

"她也是代价？"

李月驰摇摇头，不说话了。

这天晚上，唐蘅留宿在李月驰的出租屋，两个人挤一张单人床。李月驰很快就睡着了，呼吸沉沉的，似乎格外疲惫。唐蘅则睁着眼望着那方狭窄的窗户，原来站在窗前并不能听见从长爱传出来的歌声，原来李月驰早就见过他。唐蘅就这样望着，一直望到了后半夜。

早上唐蘅醒来的时候，李月驰已经不见了。吊扇有气无力地转着，窗户也被推开，暗绿色的纱窗在晨风中微微颤动。

手机上有一大串未接来电和短信，没有一个来自李月驰。唐蘅起身洗了把脸，有点儿茫然地站在房间里，他甚至不知道李月驰是什么时候走的，也不知道他走了多久。自己买的薰香还在桌子上，唐蘅目光一顿，看见薰香下面压着一张字条。

是李月驰的字迹，有些潦草：我去医院了，整理箱里有方便面。

唐蘅把字条压回去，沉默片刻，又抽出来，折成一枚小小的方片放进口袋里。

这是个碧空如洗的早晨，到底是入了秋，晨风清清凉凉的，阳光也明亮干净，好像昨夜的一切都如露水似的，被晨风吹过，被阳光晒过，已经蒸发干净了。

唐蘅背起吉他，关好李月驰家的门——上次被他弄坏的门锁也已经换成了新的。

早晨八点整，巷子里静悄悄的。路过长爱，门自然没开。草地上干干净净的，也看不出昨晚开过音乐派对的痕迹。唐蘅到巷口吃了一碗襄阳牛肉粉，配一杯冰镇米酒，又加了一颗卤蛋。他知道自己下一次来这里，也许是很久很久以后了。

吃完早饭，唐蘅拨了蒋亚的电话："喂，是我。"

"你谁……你，你死哪儿去了？"蒋亚原本睡眼蒙眬的，忽然一个激灵，扯开嗓子大骂，"你别以为我没看见！昨晚你和别人一起走的！你不跟我玩了是不是，呜呜……"

"别装了。他喝醉了，我送他回家。"

"那人叫什么来着……"

"李月驰。"

"对！田小沁的同学是吧？"

"嗯。"

安芸抢过手机说："你还是趁早滚蛋去东京。我看只要李月驰在这儿，你是安生不了。"

唐蘅平静道："你说得对。"然后挂了电话。

他走出东湖村，来到珞喻路上，发现自己无处可去。东湖村，珞喻路，街道口，汉阳大学，哪里都是李月驰。奇怪，他们才认识多久？不到两个月。就好像认识了两年，他能想象出李月驰是怎样穿着"青文考研"的T恤走进东湖村；是怎样背着背包穿梭在珞喻路上的人群中；是怎样走进街道口地铁站的地下通道，走进汉阳大学里。他会在地铁站门口买一束三块钱的栀子花吗？也许不会，但他会认真地嗅一嗅那花香。

唐蘅回家洗了个澡，换上一身新衣服。川久保玲的 T 恤被他糅成一团丢在地上，他希望下午王阿姨来的时候能把那件 T恤清理掉。

他睡不着，又无处可去，最后只好钻进二号线。上车时人满为患，此时已经将近上午十点，不算是早高峰，但二号线就是这么神奇。有人高声打电话，有人用武汉话聊天儿，有人拖着巨大的行李箱，好像大家都有事要做，匆匆忙忙的。过了汉口火车站，人少了很多，唐蘅找到一个座位坐下。后来，在地铁行驶的低鸣声中，他睡着了。

又不知过去多久，恍惚间他听见李月驰对他说"唐蘅，我很难受"，音调很低，却很清晰。唐蘅猛地惊醒，恰逢地铁靠站停车，他跨出车门，直到看见"宝通寺"三个大字，才彻底清醒过来。

他没去过宝通寺，但记得高中语文老师说，这座寺庙有 800 年历史。唐蘅沿着明黄色的矮墙一路走到门口，他决定进去待会儿。

卖门票的老太太瞅着他，好像不相信这么一个长发小青年也有佛缘。唐蘅接过门票，心想，我这不就来清净六根了吗？

宝通寺维护得很是不错，庙宇整饬，色彩鲜艳。唐蘅跟着几个香客走进正殿，只见一尊高大的金身佛像矗立于面前，香客们虔诚地跪在垫子上，俯身磕长头，嘴里念念有词。唐蘅驻足一旁看了片刻，绕过金身大佛，向后殿走去。

跨过门槛，他看见几个褐衣僧人正在扫地，角落里一小堆落叶燃烧着，升起缕缕青烟。地藏殿传来隐隐梵音，那是一位老住持在唱经，大概为了超度什么人。唐蘅沮丧地想，为什么到了这里，还是会想起他。那么，到了东京呢？到了美国呢？

兜儿里的手机振起来，是安芸的电话。唐蘅挂掉了，把手机关机。

他干脆坐在后院的石凳上，盯着那堆落叶。凝神细听，确实有"噼里啪啦"的声响，微弱的火焰缓缓灼烧，好像夏天随着这堆落叶一起，在这一刻被烧完了。

"月亮的月，飞驰的驰。"

"我很难受。"

"学弟。"

…………

就这么坐了很久，闭着眼，阳光落在眼睑上，视野里一片金色的黑。

直到面前的落叶尽数化为灰烬，唐蘅起身穿过玉佛殿，继续走，来到宝通塔下。宝通塔又名洪山宝塔，原来七级浮屠也并没有想象中那么高耸。

一位身穿黑衣的老妇正在绕塔，见唐蘅站着发呆，上前提醒道："绕塔要顺时针，才灵验呢！"

唐蘅问："可以许愿吗？"

"可以啊！诚心发愿，佛祖会听见的。"

"好，谢谢！"

"你跟着我念啊，南无阿弥……"

"不用了。"

老妇一愣。

唐蘅抬头望着塔尖，轻声说："我没有愿望。"

老妇瞥了唐蘅几眼，觉得这小子仿佛是刻意来找碴儿的，很快便走了。时近正午，寺庙里罕有人声。唐蘅弓身钻进宝通塔。

这宝通塔从外面看还算典雅，内里就显得老旧了。狭小的甬道仅容一人向上攀爬，楼梯陡极了，四周均是灰扑扑的白墙，每一层的墙壁内供奉着一尊小小的佛像和一盏蜡烛。塔内昏暗，没有灯，只靠天光和烛光照明。唐蘅爬了两层就坐下来，闷得满头大汗。

他坐在冰凉的台阶上，摸出手机，才想起之前关了机。

七个未接来电，三个安芸的，三个蒋亚的，还有一个来自王阿姨，五分钟前——大概是问他用不用准备午饭。塔内没有信号，唐蘅便把手机揣回兜儿里，继续向上攀爬。宝通塔的每一层都有一个看台，也是小小的，唐蘅坐在第三层的看台上，甚至没法把腿伸直。

有些微风拂在脸上，似乎带了些寺庙里香火的味道。唐蘅认真地思考着接下来去哪儿，也许可以去排练室，至少那地方与李月驰无关。

想着想着，裤兜振动起来。唐蘅摸出手机，未来得及细看屏幕，外壳光滑的诺基亚瞬间从手中滑落——这可是三层看台！

"啪"的一声闷响，诺基亚滑落到看台边缘，再多半厘米，一定会掉下去。

屏幕上的号码没有备注。唐蘅愣了两三秒，才小心翼翼地拾起手机，按下接听键："喂？"

"唐蘅，"李月驰的声音有点儿嘶哑，"你是几点的飞机？"

"啊？"唐蘅还是愣的，"你说什——"

"安芸已经告诉我了，"李月驰那边闹哄哄的，他语速很快，"你今天去东京。"

唐蘅："……"

"不是10月初才去？"

"那，那有什么区别？"唐蘅说，"反正早晚要去。"

"嗯。"

"还有别的事儿吗？"唐蘅发觉自己攥着手机的手有些打颤，"我快登机了。"

"还有多久？"

"还有……一会儿。"

"你等着我。"

"你干什么？"

"我在地铁上了，我要见你。"

"你别来！"唐蕛一下从看台上跳到地上。

"昨晚你说——"

"我忘了！"

"不可能。"

"我真不记得了。"

李月驰没了声响，就在唐蕛以为他要挂电话的时候，他低声道："你说'免费'。"

"什么免费？"唐蕛用力笑了笑说，"真的你别紧张，你就跟我大伯好好念书吧，我不至于因为那点儿事儿报复你。"

"你等着我。"

"真没必要啊，"唐蕛闭了闭眼说，"还有一刻钟就登机了，你赶不过来。"

"我去打车，你等我。"李月驰的语气里有些慌乱，"我下地铁了，我去打车。"

"电话里说吧，我到东京换号码。趁现在……"

李月驰喘了两口粗气，说："我反悔了。"

"什么？"

"所有。"

"……"

"我可以反悔吗？我收回那些话。"李月驰顿了顿，在一片嘈杂声中，"唐蕛，认识你……很好！"

他是在安慰自己吧？因为自己要去东京了？唐蘅又坐在地上，背靠墙壁，觉得身体软绵绵的，忽然没力气揭穿他。

"嗯，我相信。"谎话说到这里，够了。

"那天晚上我很难过，赵老师病得严重。对不起！我不该说那种话。"

"哪种话——等等，赵老师？"

"我骗你的，她是我老师。"

"哦。"

"我不该说，'我们不是一路人'，唐蘅。"

"你真是这样想的吗？"

"有时候，"李月驰的呼吸越发急促，声音也完全沙哑了，像是很大很大的风沙灌进他胸腔里，"你太好了，对我太好了，我不明白为什么是我……唐蘅，我有时间。"

唐蘅已经全然混乱，喃喃道："时间？"

"我有时间等你回来，我愿意跟你做朋友。"

这是幻觉吗？

唐蘅用力拧了下胳膊，希望能使自己冷静，然而疼痛反倒令他的气息越发颤抖："你……你说的都是真的？"

"都是真的。"

"你别等了。"

"我——"

"来宝通寺，我在宝通塔——宝通塔里。"

后来唐蘅想起这句话，总觉得好笑。"我在宝通塔"——他是尊佛像还是个蛇妖？实在是不过脑子的一句话，但当时确实没有别的可想。

他盯着手机屏幕，从 11:44 盯到 11:59，还差一分钟正午的时候，耳畔传来了急促的脚步声。

李月驰嗓音干涩地喊道："唐蘅！"唐蘅的目光聚焦在那昏暗不明的拐角处。

他永远记得李月驰出现在他面前的那一瞬间，屏幕上的"11:59"变成"12:00"，阳光毫无偏差地垂直照在地上，七级浮屠化为流沙，漫天神佛都是陪衬。好像李月驰没有爬上这座塔，他也根本不在塔中。他们就在金灿灿的平原上，踩着阳光和麦地。

唐蘅望向李月驰，好几秒，才说："你是怎么来的？"

李月驰的胸腔剧烈起伏着，他缓缓吐出一个字："跑。"

"从哪儿？"

"中南路。"

"那——"唐蘅瞥了一眼身后的拈花佛陀，忽然心里非常志忑，"那我们现在，是一路人了吗？"

李月驰没有回答，只是靠在墙上，静静地望着唐蘅。

半晌，他说："以后都是。"

唐蘅正欲开口，手机忽然响起来，是安芸打来的电话。唐蘅第一反应是挂掉，但又觉得这样做似乎太夸张了，犹豫两秒，还是接起来："喂？"

"你干吗呢？"静悄悄的宝通塔里，安芸的声音格外清晰，"老子给你打了几个电话！你没看见？"

唐蘅略感心虚地问："你有什么事儿？"

"好事！"安芸气哼哼地说，"我可告诉你啊，李月驰找你呢！我骗他说你今天去东京，他就直接挂了！你这几天躲躲他！"

唐蘅尴尬道："我过会儿再和你说。"

"你别磨叽了！"安芸一下急了，连珠炮似的说，"你以为我愿意管你这破事，还得撒谎！我可真的是为你好——"

"安芸，你等等……"唐蘅慌乱地对上李月驰的目光，对方抱着手臂靠在墙上，眸中带些笑意。

"等什么？"

唐蘅低声道："李月驰在我旁边。"

"……"

"安芸，"李月驰俯身凑近说，"谢谢你啊！"

"你……"

"你不用担心，我和唐蘅……现在很好，"他看向唐蘅，轻快地说，"是吧？"

"是……"唐蘅说，"那什么，我先挂了啊。"

结果不等他挂断，电话那头就成了忙音。

李月驰笑了笑，毫不在意似的。

"你别介意，"唐蘅小声解释，"安芸不是针对你，她就是……"

"就是怕你被骗，我明白。"

唐蘅望着李月驰，愣愣地点头。

"你也怕我骗你？"李月驰敛起笑意。

"不是怕你骗我，只是太突然了，我之前真的以为……"眼前又出现那天晚上在长江边的画面，唐蘅顿了顿，"真的以为你很讨厌我。"

李月驰说："对不起！"

"嗯？"

"之前我不该骗你，"他略略皱着眉说，"但如果再来一次……"

"再来一次你还是要骗我？"

"你知道原因。"

"即便我知道原因？"

"即便你知道。"

李月驰说完笑了笑，无可奈何的歉意一闪而过。

唐蘅觉得自己在哪里见过李月驰的这种神情，是在……他想起来了，原来是在那天晚上。那天晚上李月驰为他打架，他要跟去李月驰家，李月驰拒绝，他坚持，两人僵持不下。最后他还是去了，去之前李月驰说，我家很脏。

没错，就是这种神情。好像他其实知道，他想隐藏的东西总归是藏不住的。

"待会儿我要回医院。"李月驰轻声说，"赵老师还没醒，我得去守着。"

"噢，那……吃了午饭再去？"

"来不及了，下午两点医生来会诊。"

"晚上还能见面吗？"

"可能不行，"李月驰半是遗憾半是歉意地说，"对不起！"

唐蘅用力摇摇头，问："那我可以给你发短信吗？"

"可以。"

"可以给你充话费吗？"

"用不着。"

"我有钱没处花。"

李月驰翘起嘴角笑着问："你知不知道发短信多少钱一条？"

"啊？"唐蘅茫然道，"多少钱？"

"月租套餐，1毛5一条。"

"噢。"

"一包黄果树5块5，可以发——36条。"李月驰从牛仔裤兜儿里摸出一个瘪瘪的烟盒，塞给唐蘅说，"这个月、下个月都不抽了，短信随便发。"

唐蘅和李月驰在二号线上分别——唐蘅去找蒋亚、安芸，李月驰去医院。地铁驶入虎泉站，唐蘅低声说："那我走了。"

　　"嗯。"李月驰冲他晃晃手机，没说别的。

　　唐蘅走出地铁车厢，转身驻足。而李月驰就站在靠近门口的位置，两人隔着几步之遥的距离对视。很快关门的提示声响起来，防护门和地铁门缓缓合上，李月驰在唐蘅的视野里变得越来越窄，越来越窄，最后一刹那，他冲唐蘅笑了。

　　直到刷卡出站，走进蒋亚家的小区，那画面仍定格在唐蘅的脑海中。李月驰穿了一件铁灰色 T 恤，修长结实的小臂露在外面，被太阳晒成麦色。他的眉毛黑黑的，睫毛黑黑的，一双瞳仁更是漆黑明亮，像是用硬毫蘸浓墨勾勒出的。

　　到蒋亚家时，安芸和蒋亚正因谁去洗碗的小事而吵架，唐蘅连忙转移话题："那个比赛还报名吗？"

　　蒋亚问："啥比赛？"

　　"周黑鸭那个。"

　　"报什么名啊，你都要走了。"

　　唐蘅看着他，不说话。

　　蒋亚愣了愣，不解道："你不是要去东京——你，你不去了啊？"

　　"我刚刚给辅导员打电话了。"

　　"唐蘅，"安芸沉默片刻，像是早已料到，"那你怎么和唐老师解释？"

　　"就说不想去了。"

　　"他会信吗？"

　　"信不信随便，总不能把我绑到东京。"唐蘅的语气有些不耐烦，"蒋亚，你去报名吧。"

　　"不去就不去呗，"相比安芸，蒋亚倒是喜滋滋的，"这样咱们还能参赛，还能弄专辑，多好！"

"参赛有什么要求？"

"初选没啥要求，是乐队就行，复赛的话至少要有一首原创。"

"复赛什么时候？"

"11 月。"

"来得及。"

"那必须！"蒋亚一只手抓住唐蘅，另一只手抓住安芸，"开始搞事业了啊！！！"

安芸欲言又止地看着唐蘅，最后她还是没再追问，点点头说："那就开始准备吧。"

其实他们已经有不少半成品，大都是安芸编曲，蒋亚和唐蘅写词——虽然蒋亚写的词实在一言难尽。三人凑在蒋亚家的书房，第一次正儿八经地商量起来，哪首的曲子能用，但要继续修改；哪首的词符合他们的风格。当然还有最重要的，他们乐队的风格究竟是什么？

蒋亚说："我们的路子肯定是朋克啊！"

安芸说："朋克不适合我们。"

蒋亚说："你不试试怎么知道？"

说着说着，他俩又开始拌嘴，吵得不可开交。

他俩吵架的间隙，唐蘅给李月驰发了条短信：中午吃的什么？发完才反应过来自己还没吃午饭，竟然也不觉得饿。

手机屏幕上旋转的小信封变成一枚绿色对钩，显示发送成功。

"不行不行，这个肯定不行，"蒋亚皱着眉说，"这还是摇滚吗？改行唱民谣吧！"

"屁，你对摇滚的理解有问题，我们第一首歌就得选个好驾驭的……"

"我不管！这种我打不了！"

"你现在冲我急什么？回头去排练室试试再说！"

"唐蘅你别发短信了！"蒋亚一把薅住唐蘅的胳膊说，"你来听听安芸选了个啥！"

其实唐蘅还真没发短信，因为李月驰没回短信。他只是对着那句"中午吃的什么"发呆，有点儿后悔自己问了这个问题，太傻了，像是没话找话似的。

其实他是真心想知道李月驰吃了什么，总怕这人为了省钱充话费而不吃午饭。从前他一向我行我素，想什么说什么，现在却是想问的不敢问，问了的又后悔。唐蘅不知道自己为什么会变得如此患得患失。

唐蘅听了安芸选的曲子，是一支柔和简单的慢调，有点儿布鲁斯的味道。

蒋亚说："这个不行吧？"

安芸怒道："这个不行那个不行，你自己写啊！"

于是两人又争吵起来，吵得面红耳赤，又乐在其中。

直到他们吵累了，各自拿了一瓶可乐，躺在沙发上看起了《武林外传》的碟子。

下午四点过，李月驰还是没有回短信。

五点多钟蒋亚就嚷嚷着饿了，安芸家里有聚会，得回家吃饭去。唐蘅便和蒋亚叫了外卖，两人盘着腿坐在沙发上，人手一碗五谷鱼粉，意外地安静。

吃到一半，蒋亚幽幽叹了口气："只见新人笑，不见旧人哭啊。"

唐蘅抬头，用看智障的眼神看他。

"以前咱俩吃饭，啊，热热闹闹，有说有笑的，"蒋亚哀怨道，"现在呢，也不理我啦。"

唐蘅说："你有事？"

"没事不能聊聊天儿啊？"

"那聊吧。"

"你看了一下午手机，"蒋亚说，"和姓李的说什么呢？"

"没说什么，还有他叫李月驰。"

"我还真难以想象，你能和他心平气和地聊天儿。"

"哦，"唐蘅顿了一下，低头盯着碗里的鱼粉和鱼圆问，"为什么？"

"你俩有啥可聊的？"

"比如……中午吃什么……"

蒋亚沉默许久，说："你干脆问他'你最喜欢什么颜色'吧？"

"……"

"蘅啊，你说你怎么就和他杠上了呢？"

"我没有。"

"别装，你这一下午净看手机了。"

"我等他的短信。"

"啊？"蒋亚放下碗，一步跨到唐蘅身边，"为啥不打电话？"

"我们说好了下午发短信……他在医院很忙。"

"他忙什么？"

"照顾病人。"

蒋亚翻了个大大的白眼说："再忙能忙到一个电话都接不了？"

别说电话了，唐蘅在心里默默接一句，他连一条短信都没回。明明在地铁里分别的时候他还晃了晃手机，明明在宝通塔里的时候他说短信随便发。

"你得硬气点儿啊儿子，咱又不欠他的，干吗这么尿！"

唐蘅低声说："算了，估计他有事。"

"你直接打电话问啊。"

"不用。"

"犟吧你就，"蒋亚冷笑道，"我看你能憋到什么时候。"

唐蓣的确高估了自己。吃完晚饭，蒋亚和女朋友约会去了，唐蓣走路回家。珞喻路华灯初上，人群熙熙攘攘的，下班的人们把步子迈得飞快，四处洋溢着喜迎周末的热闹劲。唯独唐蓣双手插兜慢慢踱步，一副毫不着急的样子。

他不是不着急，只是着急也没用——总不能飞到李月驰身边逼他回短信。古人望尽千帆，他是望尽手机了，这黑咕隆咚的小机器好像生出了灵性，顽劣地不亮也不振，偏和他对着干。

他第一次知道，原来等待是如此煎熬的一件事。

天色渐暗，厚重的乌云聚集在空中，略微起了风。唐蓣路过蔡林记，听见门口的服务员说"要下雨了"。

武汉这个地方，总是有很多夜雨。

唐蓣脚下一顿，猛地想起那个晚上——难道要债的人又去堵李月驰了？

想到这，他再也忍不住了，飞快地拨了李月驰的号码——谢天谢地！没有关机。

然而很快，对方挂断了。

又拨过去，又挂断。

直到第三次挂断，唐蓣总算收到李月驰的短信，短得不能再短：有事，等我。

原来他不是没看见短信。唐蓣想。

晚上九点，窗外仍然飘着夜雨，唐蓣已经放弃联系李月驰了。他想也许李月驰真的很忙，忙着……照顾那位赵老师。

回到家后，唐蓣进浴室洗澡。洗到一半，忽然听见尖锐的

"嗡——嗡——"声，是手机在玻璃桌面上振动的声音。唐蘅顶着满头泡沫冲出去，是大伯的来电。

"唐蘅，你在搞什么？"唐国木的语气比平时严肃，"小于说你要放弃去日本的交换名额？"

"嗯，不想去了。"

"好端端的怎么不想去了？"

"我留在学校写毕业论文。"

"论文哪儿不能写！"

"反正不去了。"

"你已经是个成年人了，"唐蘅可以想象出唐国木板起脸的画面，"你能不能为自己的决定负起责任？"

"正好我妈也不想让我去。"

"哦，这时候想起你妈了！那我看你干脆也别出国读研了！"

"我……"

"你自己好好想一下吧，"唐国木轻叹一声，语调里透着些失望，"有出国交换经历的话，对你申请学校也有帮助。我叫那边保留了你的名额，明天反悔还来得及。"

唐蘅挂掉电话，把手机用力掷向茶几，发出"嘭"的一声闷响。

身上的水珠在地板上汇集成小小一摊，他低头盯着那摊水，半晌，慢吞吞地走回浴室。他不太想承认自己的失落，就算没人看见，也不想承认。

洗完澡，读了20页皮埃尔·布尔迪厄的书，又从冰箱里找出王阿姨包的饺子，煮了10个，吃掉。

做完这些已经晚上十点零二分。

手机躺在茶几的边缘，仍然不声不响。唐蘅想要上床睡觉——虽然这么早根本睡不着，但他也提不起兴致做别的。沉默片刻，他关掉所有大灯，只留下床头一盏灯，借着那一缕柔软的光芒，静静地凝视茶几上的手机。

说不清是在和手机置气，还是在和自己置气。

半晌，唐蘅认输似的拾起手机，摁了一下，没有反应。

不是吧，摔坏了？

连上充电线，唐蘅捧着手机坐在床边。如果是因为电量耗尽而关机，那么需要充一会儿电，手机才能开机。这黑色的小机器沉甸甸地躺在他的手心里。

过了一会儿，右上角的小灯闪烁起绿光，原来真的没电了。长按开机键，两只手握在一起，那是诺基亚的开机动画。

动画结束，短暂黑屏，屏幕又亮起来。

弹出提示框：您有三条未读短信。

唐蘅一下子站了起来。

第一条，21:35，李月驰：我回来了，可以见面吗？

第二条，21:45，李月驰：明天见也可以。

第三条，22:01，李月驰：晚安！

唐蘅重重坐下，一颗心终于落回了。他拨了李月驰的号码，几乎在提示音响起的一瞬间，电话就被接通。

"唐蘅，"李月驰叫他的名字，声音很低，"你睡了吗？"

"没有。"

"嗯，"他笑了笑，"不然也看不到我的短信。"

"那你睡了一下午？"

"……"

"算了，"唐蘅说，"早点儿休息吧。"

"对不起！"

"我开玩笑的。"

215

"下午赵老师走了。"李月驰沉默片刻，"我想见你。"

一刻钟后，唐蘅看见了李月驰。他换了身衣服，黑T恤，黑运动裤，如果不是撑着把枣红色的伞，大概整个人就能融进夜色里了。唐蘅走上前去，俯身钻进他伞下。

一时间，他们谁都没说话。细密的雨丝落在伞面上，也听不见声音。

"下午太忙了，"李月驰低声说，"后来一直在殡仪馆。"

"那你……别太难受。"

李月驰颔首："已经有心理准备了。"

"那就好，"唐蘅顿了顿说，"我刚才只是……有点儿担心你。"

"你打电话的时候我在殡仪馆，"李月驰的声音很低也很轻，"不知道为什么，不想在那个地方听你的声音。"

唐蘅就什么都说不出来了。

他们走出泠波门，过马路，来到东湖边上。这时已经很晚了，又下着雨，湖边空无一人，连路过的车都很少。眼前是黑茫茫的湖水，身后是黑茫茫的校园，头顶的苍穹也是黑茫茫的，无星无月——这是一个黑茫茫的夜。

李月驰说："我以为她能再撑一段时间。"

"不怪你。"

"我知道，但还是有点儿难受。"他的腰抵着栏杆，面向唐蘅说，"我初三毕业的时候原本要跟我爸去矿上打工，她到我们那儿支教，去找我爸妈，和他们说一定要让我念高中。"

"然后你就念高中了？"

"我爸妈不同意，因为家里缺钱。她就天天往我家跑，劝他们，还贴了五百块钱给我交学费。"

"她……很好。"

"嗯。后来我来武汉念大学，又和她联系上，去年年底她高烧了一段时间，在中心医院确诊骨癌，已经扩散了。"

唐蘅不知该如何安慰李月驰，死亡这件事距离他的生活实在太过遥远。他爸去世时他才十一岁，当时的记忆早就模糊了。唐蘅又想起李月驰喝醉之后说"她也是代价"，这句话他仍然似懂非懂。

李月驰笑了一下，大概不想把气氛弄得太沉重："你呢，下午干什么了？"

"在蒋亚家选歌。"

"选歌？"

"我们乐队打算出张专辑，安芸之前编了几首曲子，我们先挑着。"

"她编曲，那谁写词？"

"我和蒋亚。"

"来得及吗？"

"什么？"

"你要去日本了。"

"不去了。"

"……"

"是因为我？"

"嗯。"他觉得没必要撒谎。

"这是很好的机会，"李月驰说，"你去吧。"

"我当时报名去交换是为了躲你。"唐蘅理直气壮道。

李月驰便不说话了，唐蘅只听见他很轻很轻的叹息。雨夜的湖畔黑漆漆的，唯有雨滴落在伞面上，传来细密的声响。

两人都不说话，就这样站了许久，李月驰忽然低声说："我给你们写一句歌词，行吗？"

"嗯？"唐蕥有点儿惊讶。

李月驰说："我想想。"

他在思考的时候，仿佛全世界只剩他们两个人了。细雨中的东湖是一片海，远方是海，身后是海，天上也是海，他们脚下是唯一的陆地。

"他是湖水，"他停顿了足足半分钟，笃定道，"卷进我肺里。"

唐蕥问："为什么是肺？"

他笑了笑说："因为肺是很重要的器官。"

第六章
遮望眼

　　唐蘅觉得自己做了很多场梦，梦里回到武汉，都是熟悉的地方，珞喻路、宝通寺、东湖……出国前两年，几乎每天晚上他都会梦见武汉，所以早就习以为常。

　　然而这次不一样，这次的梦里他二十七岁，穿西装打领带，像是去汉大开会的学者。他走进校园里，看见梨花和樱花都开了，粉白一片，到处是骑着自行车的学生。他在人群中找了很久，但找不到李月驰。

　　他觉得李月驰还在学校，但是无论如何都找不到。

　　他在社会学院拦住背着贝斯的安芸，问她："李月驰呢？你们这学期不是一起上课？"

安芸眨眨眼，表情困惑。

他在图书馆遇见田小沁，问她："李月驰呢？你们不是一起做项目吗？"

田小沁抿着嘴笑了笑，不说话。

最后他在东门撞见染着一头红毛的蒋亚，他问蒋亚有没有看见李月驰，蒋亚微笑着说："李月驰杀人偿命，你忘啦？"

唐蘅猛地坐起来，低喝一声："李月驰！"

视野里是纯粹的黑暗，他发觉自己坐在一张床上，硬邦邦的，不是他教师公寓的床。

刚才是做梦吗？然而此处又是何处？唐蘅的身体哆嗦了一下，他张了张嘴，发不出声音。

他想不起来自己在哪儿。记忆好像断片儿了，他只记得博士毕业后他去了澳门，对，理论上他应该在澳门——但这是哪里？熟悉的恐惧感又出现了，他想不起时间，想不起自己身在何处，他像一个茫然的点，找不到坐标。这情形已经很久没出现过。

他正在发愣，门外忽然响起脚步声，紧接着"咔嗒"一声，灯亮了。

他眯起眼睛，还是愣愣的，然后看见李月驰向自己走来。

不对，不对。他知道这不对。

他不可能见到李月驰，他见不到李月驰——很多年了。难道此刻才是梦境？那刚才的——又是什么？

"还难受吗？"李月驰在他身旁坐下，伸手贴在他的额头上说，"不烧了。"

唐蘅抓住他的衣领问："这是哪儿？"

李月驰说："我家。"

"不可能。"

"你烧糊涂了，"他起身端起桌上的杯子说，"喝点儿水。"

那是一只有裂纹的白瓷杯，水是热的。

唐蘅很慢很慢地喝完了水，缓缓环视身处的房间。猪肝色的木质结构，水泥地面，有几个不明显的洞。

窗外有淅沥雨声。

唐蘅说："我在贵州？"

"对，铜仁市石江县半溪村，"李月驰低声说，"你来出差。"

"……"

随着那杯热水，他的记忆总算一点一点浮了上来。

"唐国木害死了田小沁。"

李月驰垂着眼，不应声。

"我才知道，"唐蘅喃喃道，"我竟然才知道。"

这次李月驰干脆站了起来，平静地说："再睡一会儿吧。"

唐蘅下意识地起身抓他，脚掌忽然钻心地疼，疼得他低声"咝"了一下，才想起自己受了伤。

李月驰转身按住他的肩膀，力气很大，声音也多了点儿不耐烦，说："好好躺着。"

"你去哪儿？"

"打电话。"

"给谁打？"

"村长，还有你的同事，"李月驰看向窗外的夜空，"待会儿天亮了，他们会来把你接走。"

唐蘅这下什么都顾不上了，以一种很狼狈的姿态拉住李月驰的手臂，硬邦邦道："我不走，我哪儿都不去。"

李月驰轻哂道："这是我家。"

"别赶我走。"

"凭什么？"

"你还想继续骗我？"

李月驰笑了一下，不以为意道："行吧。"

"我是认真的，"唐蘅觉得自己很多年没有这样惶恐过，"你能不能别骗我了？你为什么——李月驰，这么多年了，你难道打算就这样骗我一辈子？你明明答应我了，你说我们和好——"

"我反悔了。"

"李月驰，"唐蘅像在乞求他，"别这样。"

"是你别这样，当年的事已经翻篇儿了。"

"我们回去，重新调查田小沁的事——"

"重新？"李月驰又笑了笑，表情带着几分狠厉，"不是每个人都有资格重新开始，你懂吗？"

唐蘅无言。

他盯着唐蘅，不再说话，然后起身走了。

片刻后，疲倦的唐蘅昏昏沉沉地入睡了。不知道睡了多久，再醒来时他发现身上的衣服已经被人换过，变成一件干爽的旧 T 恤，脚上的纱布也换过了。

山里气温低，唐蘅坐起来，把被子裹在身上。

"李月驰？"

没人应。窗外天光大亮，似有隐约鸟鸣。

"他去村委会了。"片刻后门被推开，李月驰的母亲缓缓走进来。她看着唐蘅，神情有些忐忑："领导，你找他啊？我给他打电话。"

"没事。您知道他去村委会干什么吗？"

"说是去签责任书。"

"责任书？"

"他不让别人接你走，村长说，那就让他签个责任书。"

"哦……"唐蘅愣了愣说，"那我等他回来。"

"领导，你饿不饿？锅里有稀饭。"

"您不用叫我领导，叫我小唐就行。"

"这，这多不合适，"她僵硬地笑了笑，"你是领导。"

唐蘅沉默片刻，想起昨晚的事，轻声问道："您是不是知道了？"

果然，她的表情蓦地紧张起来："我是听村长说的……"

"李月驰捅的人，是我大伯。"

"他脑子糊涂啊，领导，你看在……看在他已经蹲了四年多的份儿上……"

"他在里面，过得怎么样？"

"能怎么样呢，"李月驰的母亲摇了摇头，惨淡道，"我们又没有关系，又没有钱。我问他，他也不讲，就是人瘦了好多……"

"妈！"不知李月驰是什么时候进屋的，脸色不大好看，"我不是说了，你不用管他吗？"

"你怎么这样讲话呢，领导为了你大半夜赶过来，你——"

"好了，我管他就行，"李月驰闷声说，"你忙你的活儿吧。"

母亲冲李月驰使了个眼色，转身出去了。房间里安静下来，唐蘅看着李月驰，忍不住伸手拽了拽他灰色夹克的下摆。他好好地穿着夹克和牛仔裤，因此并不显得多么瘦削。

但六年前的李月驰还是比现在结实一点儿，那时候李月驰吃饭很节省，他看不下去，就想方设法地给李月驰投食——像在养一只不听话的小动物。最常用的办法是自己去食堂买一大堆吃的，藕汤排骨、牛肉粉、烧卖、包子……拎回李月驰那间出租屋。屋里没有冰箱，不吃就坏了，所以李月驰只能通通解决掉。后来李月驰增重五斤，为此他十分得意。

"你签了什么责任书？"唐蘅说，"我想看看。"

李月驰掏出一个折了又折的纸片，丢进唐蘅怀里。

"……若唐蘅生命安全受到威胁或经济财产受到任何损失，均由李月驰负责及赔偿。"唐蘅捧着薄薄的 A4 纸念完了，然后看见右下角"李月驰"三个字的落款，这是李月驰的字，他一眼就能看出来。

"这是不是说，如果我出了事，你负全责？"

李月驰没说话，默认了。

"为什么让你负责？"

"你是公家的人，村里不敢担责任。"李月驰瞥他一眼说，"你现在走，就不用我负责。"

唐蘅把 A4 纸按照原先的折痕折回去说："我不走，你负责吧。"

"等等。"

"什么？"

"这个你也要签。"他偏着脸不看唐蘅。

"行啊，"唐蘅痛快道，"给我支笔。"

李月驰递来一支碳素笔，唐蘅俯身，在"李月驰"三字后面签上"唐蘅"两字。李月驰的字还是那么清晰利落，而他的字是垫在棉被上写的，歪歪扭扭的，相形见绌。

李月驰抽走他手里的责任书，唐蘅喊道："你干什么？"

"拿去村委会复印。"

"然后呢？"

"每家发一份。"李月驰不耐烦地说。

没过多久，李月驰又回来了，端着一碗稀饭、两颗鸡蛋走进屋里。

"吃了。"他命令唐蘅。

稀饭是红薯和大米熬的，甜滋滋的，唐蘅挺喜欢。然而那两颗鸡蛋就只是简单的白水煮蛋，半分滋味也没有。唐蘅对着鸡蛋沉默片刻，问李月驰："你吃早饭了吗？"

李月驰说："吃了。"

"吃饱了吗？"

"饱了。"

"这些太多，我吃不完。"

李月驰面无表情道："那就慢点儿吃。"

唐蘅不知道李月驰是不是故意的，六年前李月驰就知道他不喜欢吃白水煮蛋，总觉得有股很淡的腥味儿，有时候他俩去吃学校旁边的顶屋咖喱，他总把咖喱饭里的半边水煮蛋舀到李月驰盘里。

也许李月驰已经忘了，也许六年之后，谁都会忘的。

唐蘅一点一点剥下鸡蛋壳，李月驰坐在旁边看了一会儿，然后起身出去，很快又回来了。

"赶快吃，"他把碗放下说，"待会儿我还有事。"

碗里是浅浅一汪酱油，表面上浮着点点香油。

唐蘅问："什么事？"

"干活儿。"

"农活儿？"

"对。"

"我能去吗？"

"你去当啦啦队？"李月驰扫了一眼唐蘅的脚，"老实躺着。"

唐蘅把鸡蛋蘸了酱油，总算没那么难以下咽了。

"我也不能总在这儿躺着吧，"唐蘅小声说，"带我出去透透气。你不是说你家承包了无花果林吗？"

李月驰动了动嘴唇，唐蘅又说："你让我去哪儿，我就去哪儿，都听你的。"

李月驰看着唐蘅，略略皱起眉，不知道在想什么。片刻后他说："好吧。"然后他又出去了，唐蘅听见"叮叮当当"的碰撞声，他吃完鸡蛋，坐在屋里等着。

过了大概十分钟，李月驰走进来，先是站着打量唐蘅，然后扶起他，低声说："别动。"

唐蘅愣了愣，尴尬道："我自己能走。"

李月驰不应，直接把他抱起来，出了屋门。唐蘅看见狭窄的过道里立着一架轮椅，有些陈旧了，但刚刚被擦洗过，皮制坐垫上还带着点点水痕。

唐蘅坐在轮椅上，李月驰又不知从哪儿拎来一只装满水的塑料杯，递给他："你拿着。"

"哦……"唐蘅拿着李月驰的杯子，忽然觉得有点儿不好意思。

李月驰背起装农药的喷筒，推着唐蘅向外走去。下了一夜雨，此刻晴空万里，天色瓦蓝，正是干农活儿的好时候。李月驰推着唐蘅，一路经过许多稻田，有的村民已经见过唐蘅，很热情地喊了声"领导"，甚至上来关心一番。"领导你这是怎么了？受伤了？""哎哟，遭罪呀，小李你可要把领导照顾好了！"有的没见过唐蘅，也凑过来问李月驰："这是咋个回事？有手有脚的，怎么推着走？"

唐蘅禁不住面露羞赧，他也觉得自己这样未免太夸张——明明是个四肢健全的男人，却坐在轮椅里，不太聪明的样子。

总算到了李家承包的无花果林，林子在山脚下，距离农田有些远了，四下无人，只能听见远处的鸡鸣。李月驰没再说别的，套上手套，径自去给果树打药。

唐蘅目不转睛地看着他——他穿一双厚底胶靴，身上围着类似雨披的塑料袍子，手套长到手肘，是明黄色的。他果真像农业节目里的那些农民一样，肩背喷壶，手执喷嘴，熟练地在果树上喷洒农药。唐蘅愣愣地凝视他的动作，干脆，利索。

唐蘅见过李月驰做很多很多事，读书、煮饭、打架、喝酒……但那些事都发生在城市里。

六年前李月驰好像从未告诉过自己，他在乡村里发生的一切。

李月驰回来的时候，唐蘅还在发愣。他把手套摘下来拎着，从兜儿里摸出两颗无花果问："你吃不吃？"

唐蘅接过来，攥在手心里问："你家承包这片林子多久了？"

"我出来之后承包的。"

那就是不到两年。

"这东西赚钱吗？"

"还可以。"

"能赚多少？"

"村里合作社给钱，一个月500块。"

"……"

"剥皮吃就行，"李月驰说，"这两颗没有农药。"

这个季节并不是无花果成熟的时候，两颗无花果青得泛白，个头儿也小，剥开了，却意外地很甜。唐蘅说："我们去别的地方待会儿，好不好？"

"嗯。"

李月驰把他带到河边，对岸有人弓着身子干活儿，还有一头黄牛在河边饮水。

他们这一侧静悄悄的，唯有水声。

唐蘅知道也许徐主任已经急疯了，也许石江县城的温泉酒店已经乱成了一锅粥，也许再过不久他们就会找过来。他不可能在村庄里躲一辈子，也许他应该和李月驰谈一些现实的问题。

"你早就知道了，是不是？"唐蘅碰了碰他的手臂说，"唐国木对田小沁做的事。"

"我说了，你信吗？"

"我信。"

李月驰垂着眼笑了笑说："你记不记得……我捅他之前说过什么？"

"我……"

"你不记得了，"李月驰很平静地说，"没关系，我知道你不记得，很早之前就知道了。"

"田小沁的事从头到尾和你无关，"李月驰望着阳光下亮闪闪的河水说，"你大伯的事也和你无关，你别管。"

"但你和我有关。"

"那是以前。"

"现在呢？"

李月驰沉默，几秒后他说："回去吧。"

他们按原路返回，途中李月驰接了个电话，语气不大好。快到家门口时他说："不许套我妈的话。"

唐蓣点头："我不套。"

"不许上二楼。"

"为什么？"

"我弟回来了，"李月驰顿了顿说，"他住二楼，智力有些问题。"

"平时都是你和你妈照顾他？"

"对。"

"很辛苦吧？"

李月驰摇摇头，没有回答。

进了屋，果然听见楼上有说话的声音。唐蓣凝神细听，是李月驰母亲的声音和一个男声，听不清在说什么。李月驰把他推进屋里，半是叮嘱半是警告地说："在这儿待着。"

唐蘅点头，问他："你去哪儿？"

"做饭。"

"我能动你的书架吗？"

"你不是已经动过了吗？"

唐蘅讪讪道："也是。"

他的手机早被李月驰拿走了，电脑还在酒店里，全身上下没有半个电子产品，自然和外界断了联系。但他竟然并不觉得无聊，反倒希望这样的时间再长一些。

唐蘅翻开自己的博士论文，白纸黑字，第一页，第二页，翻到摘要时愣了一下——这一页上竟然有铅笔做的标注。

很轻很轻的字迹，在几个冗长复杂的单词旁边，标注了它们的中文含义。李月驰的字是浅灰色的汉字，他的论文是铅黑色的英文，不知道为什么，唐蘅盯着那几个汉字，仿佛能看见李月驰查字典时有些茫然的神情。

这些年他会失望吗？他会后悔吗？

唐蘅把论文放回去，本想再看看他的判决书，手臂悬在空中迟疑片刻，最后还是没有碰那文件夹。

书架上还有一些旧书，大都是高中的教材和习题集。唐蘅正想抽出他的物理课本，屋外忽然响起敲门声，紧接着就听见有人高喊："小李！唐老师！你们在不在啊？"

唐蘅挪到门口，把耳朵贴在门板上。

李月驰开了门，淡淡地说："唐老师身体不舒服，在睡觉。"

"哎呀，我听成大夫说他发烧了？"是村长的声音，"现在还烧吗？"

"退烧了。"

"小李啊，这个，你看，我也不知道你和唐老师是同学，早知道的话省了多少麻烦事！哈哈！不过呢，唐老师身份特殊……"

"我知道，"李月驰打断他说，"他也不会一直住我这儿。"

"那是肯定的啦，总不能一直麻烦你，按说是村委会的工作……这样，我们今天过来，就是想看看唐老师，大家一起吃个饭，你看怎么样？"

李月驰静了几秒，说："可以。"

唐蘅推开门问："学长，做好饭了？"

村长快步迎上去，说："哎！唐老师！您感觉怎么样？"

"我没事了，"唐蘅看着李月驰说，"就是昨晚辛苦学长了。"

村长忙道："应该的，应该的，我带了点儿吃的过来，您补补身体……"

李月驰没说什么，转身回了厨房。村长带来不少吃食，卤猪耳、炖羊肉、鸡汤，估计是大清早就开始准备了。唐蘅暗想，自己三番五次跑来找李月驰，肯定把村干部吓得够呛。

李月驰没做别的菜，只凉拌了两盘黄瓜，盛好四碗米饭，然后上楼去了。

唐蘅说："少一碗米饭。"

村长左右看看，显然在装傻："啊？不是四个人吗？"

"还有他弟，"唐蘅冷声道，"他弟回来了。"

"哎——唐老师啊，您听我说，"村长压低声音，凑过来说，"小李的弟弟，他的情况很特殊。我们也不是故意藏着掖着什么，而是出于安全考虑啊！"

"什么意思？"

"这事儿您肯定不知道，说实话我也是前几个月才知道的。就是，怎么说呢，您知道有些智力有问题的孩子，他们攻击性很强，就是……就是反社会嘛。"

"……"

唐蕙扭头盯着他说："话不要乱说。"

"我绝对没乱说！"村长瞟瞟楼梯的方向，把声音压得更低了，"这是好多年前的事儿了，李月驰他弟啊，亲手把一个支教女老师推下山了。"

有那么一瞬间，唐蕙的大脑是空白的，似乎连呼吸也停了。

"你说，支教的女老师？"

"是啊，二十多岁的小姑娘来我们这儿支教，听说当时李家没钱交学费，人家还给凑了点儿钱……就那么被推下去，残疾了，你说说。"

"是叫赵雪兰……吗？"

村长摇头说："那就不知道了，我去帮您打听打听？"

"不用，不用了，"唐蕙没意识到自己的声音已经开始颤抖，"不麻烦你了。"

饭桌上只有他们四个人。

唐蕙问李月驰："你弟呢，不一起吃吗？"

李月驰简短地说："吃过了。"

这是异常沉默的一顿饭，村长几次提起话头，奈何唐蕙并不回应，只是心不在焉地"哦"了几声。后来村长也放弃了，只好招呼唐蕙"您多吃点儿"。

唐蕙确实吃了不少，但食不知味，心中翻江倒海。

"那我就先回去了啊，唐老师，"村长小心翼翼地说，"您有空的话能不能给徐主任回个电话？他挺着急的。"

唐蕙说："我知道了。"

"您有什么需要再叫我。"

"好，"唐蕾深吸一口气说，"今天多谢你了！"

村长有点儿受宠若惊地说："不客气，不客气！这些菜都是我媳妇做的，哈哈。"

唐蕾点点头，心说：谢的不是那些菜。

唐蕾把村长送到门口，摇着轮椅慢慢转回来，见李月驰正在收拾饭桌。唐蕾默默地看了一会儿，然后垂下脑袋，小声说："我没吃饱。"

李月驰抬眼说："那你接着吃。"

"太腻了。"

"还有稀饭。"

"我想吃无花果。"

"……"

"行不行啊？"唐蕾转到李月驰身旁说，"学长，你家无花果好甜。"

"哎！那你快去给领导摘一点儿嘛！"李月驰的母亲闻言，连忙走过来拍拍他的背，"快去。"

李月驰放下抹布盯着唐蕾，唐蕾迎上他的目光说："学长，辛苦你了。这边无花果多少钱一斤？我想买点儿。"

"要不得！"老人一听这话，又催促道，"领导想吃就随便吃嘛。月驰，你快去！"

李月驰低声说："知道了。"随即扫唐蕾一眼，目光中带着几分警告的意味。

唐蕾只当看不见，冲他笑笑。

李月驰披上夹克出门，唐蕾伸长脖子看着，直到他的背影消失在田垄拐弯处。唐蕾转过头来，见他母亲拾起桌上的抹布，俯身擦拭起桌面。他家的桌子就是最简单的塑料折叠桌，也许是用得久了，无论怎么擦，都泛着一层淡淡的油光。

"阿姨，李月驰那边的生意怎么样？"唐蘅凑过去，笑着说，"我尝了他那儿的牛肉干，挺好吃的。"

"生意还可以，但是一家人都指望他……"老人摇摇头，叹了口气说，"我叫他攒钱在县城买房子，他也不听。"

"能攒得下来吗？"

"攒不下来也得攒啊，要娶媳妇哪能没房子？"

"嗯，不过他也不用着急。"

"怎么不急呀，领导？"老人放下抹布，认真地说，"你看我家这个情况，我就这两个儿子，小的嘛肯定不行，大的又不光彩，真是造孽……领导，我儿子我是知道的，死脑筋。你……你能不能不和他计较？"

唐蘅静了几秒，温声说："我不怪他，您放心吧。"

"领导，你真是好人……"

"我想问一件事，"唐蘅顿了顿，望着李家狭窄的楼梯问，"他弟弟，是不是伤过人？"

老人先是不说话，半晌，忽然长叹一声说："造孽啊，我们家就是老二造了孽，菩萨叫老大来还！"

"是那个支教的老师，对吗？"

"我们真是对不起她，真是对不起她！"

"赵雪兰？"

"多好一个姑娘就瘫了，最后都没要我们赔钱——我们也是实在拿不出钱！领导，你说月驰是不是菩萨下的报应？"

"当年赵老师是怎么被推下去的？"

"她来劝我们嘛！让我们供月驰念书！就这么背时啊，你说怎么办，在那之前老二从没伤过人的，就那天……"她说着说着眼角流下两行泪，连忙抓起围裙擦掉了。

这时楼上忽然传来一声叫喊，吐字非常含混，唐蘅分辨不出内容。老人摆摆手，僵硬地笑了一下说："领导，你别害怕，他没事的时候就喜欢乱喊，他现在吃着药，不会伤人……"话没说完，楼上的人又嘶吼起来，他虽然吐字含混，声音却很响亮。

或许是怕吓着唐蘅，李月驰的母亲快步上楼去了，不久，楼上没了声音。唐蘅独自坐在黑黢黢的客厅里，透过半开的窗户，遥望远处高耸的青山。

这里的山实在太高、太多了，似乎世界就是被山包围起来的这么一小片土地，没有人能真正走进来，也没有人能真正走出去。

李月驰回来时，楼上已经完全没有了声音，唐蘅猜想他们睡了。午后的乡村安静得如同一汪井水。

"吃吧。"李月驰把箩筐放在唐蘅脚边，里面堆满了大大小小的无花果。

唐蘅仰头，两人对视。李月驰的夹克蹭了几道灰印子。

"我知道了。"唐蘅说。

"知道什么？"

"赵老师的事。"

李月驰的目光骤然冷下去。

"我以前……以前不知道这些事，想不通你为什么那样对她。你为了给她治病去借高利贷……"唐蘅的语速越来越快，思绪也有些混乱，"你为什么不告诉我？为什么不能把这些事告诉我，李月驰？"

李月驰面无表情地说："不为什么。"

"你从没告诉过我，"唐蘅颓然地低下头，"如果你告诉我这些事，我就相信你了。"

"怎么告诉你？"李月驰扯起嘴角，像是怒极反笑道，"告诉你我爸在矿上得了尘肺，我弟又是个傻子，这个傻子还把支教老师推下山了，就因为当时我在做题没注意看他——你觉得我应该怎么告诉你？"

唐蘅颤声道："我明白了。"

李月驰说："我不想听。"

六年前他曾说，代价。他说人生是一个等式，得到什么就要付出相应的代价。原来他念高中的代价是赵老师的残疾，他考大学的代价是他爸得了尘肺。唐蘅想，这个解释来得太迟、太迟了。

李月驰神情冰冷至极，声音反倒很平静："就这样了，唐蘅。"

"什么'这样'？"

"我的人生。"

"……"

"我总以为只要我不去找你，就能……怎么说，"他轻嗤一声，仿佛在嘲讽自己，"就能给你留一个不那么糟糕的印象。"

"不——不糟糕。"

"对，就算它们不糟糕，"李月驰闭上眼，轻声说，"但是它们很难看。"

顾不上脚底的伤口，唐蘅哆嗦着站起来。他不知道自己为什么要道歉，也许这件事和道歉无关，谁都不必道歉！但他非常想说"对不起"，非说不可，无论代表什么代表谁，他对李月驰的人生道歉——不糟糕，但是很难看的人生。

"我叫你不要去套话，"李月驰说，"给我个面子，忘了吧，行吗？"

这是唐蘅第一次从他口中听见那三个字——"忘了吧"。

不是"结束了"，不是"你滚吧"，而是"忘了吧"。他知道这只是一种措辞，目的大概是叫他放下过往种种纠缠。

忘了吧？唐蓿浑浑噩噩地抬起头，注视着李月驰的眼睛："我差点儿就，真的忘掉那些事了。"

李月驰说："那很好。"

"不……不好，"唐蓿用力咳了两声，"我说的忘掉，是字面意思的'忘掉'。"

李月驰愣了刹那，神色微变。

"就是，我记不住那些事了，知道吗？"唐蓿低头盯着自己苍白的指尖说，"有一天我睡了一觉，醒来就不记得你了。我也不记得我会弹吉他，因为我的手指已经没有茧子了。我说不出自己在哪个学校念的本科，说不出我家在什么地方……李月驰，我差点儿把你的名字也忘了。"

李月驰狠狠摁住唐蓿的肩膀，表情变得很可怕："这是怎么回事？"

"他们说这是一种病，"唐蓿恍惚地回忆起当时的情景，"但我不同意。"

那个满头金发的医生说，这是一种病。唐蓿已经想不起对方的性别，记忆里只剩下一抹晃眼的金色。在安静的诊室里，他避开对方的眼睛，盯着那抹金色说："我不相信。"

他不相信那是一种病。再具体点，BPD。

Borderline Personality Disorder，维基百科把它翻译成边缘性人格障碍。

"Tang，你需要服药。"

"服药能把病治好？"

"我希望如此。"

"把病治好，我就不会记起那些事了？"

"你就不会痛苦了。"

"但我痛苦不是因为生病。"

"因为什么？"

"因为它们。"

他拒绝服药，开始在无法集中注意力的时候疯狂抽烟，并且还到亚超买了一把小刀——削水果的折叠小刀，银色刀身，其貌不扬。他清楚地记得那种触感，大概生产商并未考虑削果皮之外的用途，故而刀尖钝厚。刺破手心的时候，有一种凉而硬的痛感，缓慢且细腻。他顺着掌心的纹路划出一道伤口，鲜血汩汩而下。很久之后他陪付丽玲到普陀山旅游，路边摆摊算命的老头儿拦住他，端详他的手掌，感叹道："生命线整齐、清晰，你起码能健康活到八十岁。"他笑了笑，递给对方两百块钱："借你吉言！"

那是很多个深夜里，他用那把小刀留下的痕迹。生命线？那时他只想快点儿死掉。

"唐蘅！"李月驰扣着他的肩膀，力道大得唐蘅拧起眉头，"你说的是什么病？"

"就是一种……"怎么描述才好呢？因无法控制情绪，而长期抑郁，自残，甚至产生自杀的冲动？不，这些都不是最可怕的，他说："一种让我丧失记忆的病。"

直到某天傍晚他茫然地睁开眼，觉得脑袋木木的，什么都记不起来。

他知道自己忘了一些很重要的东西，但就是记不起来——字面意思的"记不起来"。

他开始服药。白色的药片，一把一把吞入喉咙，连水都不需要。有些药很苦，有些没有味道，有些竟然微微发甜。

他买了一本厚实的日历，放在书桌最醒目的位置，并在旁边贴了一张明黄色便利贴，上面只有一个字：撕。

他这样提醒自己每天撕一张日历，以此强调当下的日期。不是那一年，不是那一天，是当下，伦敦时间。

唐蘅说："不过你别担心，我那时吃了药，好多了。"

李月驰悚然道："你到底怎么了？"

唐蘅没回答，自顾自地说："因为我不想忘掉过往。"

他们的往事四散如云烟，已经遥遥不可寻觅了，记忆或许是最后一点儿凭证。

李月驰带唐蘅回到房间里，脸上再没有半分冰冷神情，他直视着唐蘅的眼睛，急促唤道："唐蘅？"

唐蘅摇了摇头说："你……你让我自己待一会儿。"

"不行——"

"我什么都不做，"唐蘅挤出一个微笑说，"真的，你别怕。"

房间里只剩下唐蘅。

他坐在单人床的边缘，双手攥住柔软的棉被——由于用力过猛，手臂上浮起青筋。他和李月驰分开六年，便和那种病缠斗六年，自认为称得上经验丰富，百折不挠。

最坏的时候身体完全垮掉，精神屡屡错乱，连进食都成了问题。在很多很多个黄昏里，他用嶙峋的手抓着手机，不停地拨打李月驰的号码。

等待他的永远是关机，仿佛电磁波传去了无人之境，恍惚中他觉得自己窥见了死亡的影子。

后来他开始慢慢吃药，慢慢治疗，时间足够长，情况便逐渐好转。读博士的最后一年，经过医生的诊断，他停了药。

然后到了澳门，他还是时常感到低落，但已经不似之前那样狼狈。情绪不佳的时候，他会抽两支烟，或者到学校的体育馆游泳。他自认为恢复了对情绪的掌控权：他不许自己发疯，就不发疯；不许自己崩溃，就不崩溃。

所以眼下的情形令他有点儿措手不及，既没有药，也没有刀，他用力地深呼吸，低头看着自己的胸腔鼓起来，又塌下去，他希望能将那股熟悉的失控感缓缓排出身体，但是似乎没什么效果。

从他到达贵州的那天晚上开始，一切都在失控。

唐蘅垮着肩膀，片刻后，他放弃了。

至少现在他不会忘掉李月驰。

他的两条手臂都在哆嗦，心脏也跳得很快，他想如果能痛快地哭一场也好，但是哭不出来。脑子里反复着李月驰的话——"你觉得我应该怎么告诉你""就这样了""它们很难看""忘了吧"。

你会不会每一天都在想那些事？漫长的分别的岁月里，每一天都回味着短暂的记忆。时间被划分成两种：一种是那些时间，另一种是此生余下的时间。你知道那些时间已经结束了，余生如同一把灰色的细沙，你熬过去一天，不过是丢弃一粒沙子；而面对即将到来的一天，又只是拾起一粒沙子，它们都没有区别。

你也是这种感觉吗？李月驰。

唐蘅倒在床上，只觉得血肉都被抽空了，他的身体是一副空架子，坏皮囊，虚张声势地撑了六年。此刻还是被戳破了，身体瘪下去，形神俱散。

恍惚了几秒，他看见一个落拓的身影出现在床边。

唐蘅用力地眨了眨眼睛，问："你是真的吗？"

那个身影说："是真的。"

唐蘅说："我不信。"

他握紧唐蘅的手，用了力，唐蘅说："疼。"

"相信了吗？"

"……"

"还是不信？"

"每次我觉得你是真的，闭上眼，再睁开，你就不见了。"

李月驰说："这次不会的。"

唐蘅说："可我不敢试。"

李月驰说："为什么？"

唐蘅说："这次太真了。"

窗外的天色一点点暗下去，唐蘅出神地望着那一小块玻璃。

就这样望了一会儿，唐蘅轻声问："几点了？"

李月驰没动，说："四点多。"

"天都黑了。"

"嗯，要下雨了。"

他们说完这话没一会儿，窗外果然飘起淅沥小雨。天色也越发暗了，被窗户框住的天空，宛如一方盛着水的墨砚。唐蘅望了一会儿，轻轻闭上眼。

他低声说："医生给我诊断的结果是 BPD。"

李月驰的呼吸顿了一下，问："这是什么？"

"边缘性人格障碍，一种……精神方面的问题。"

"什么时候确诊的？"

"记不清了。"

"唐蘅。"

"嗯？"

"都告诉我。"

"其实也没什么，"那些画面在脑海中一闪而过，唐蘅皱了皱眉说，"就是看病，吃药，复诊什么的。后来恢复得不错，药就都停了。"

李月驰静了几秒，用一种陈述句的语气说："是因为我。"

"一部分吧，"唐蘅翻了个身背对他说，"当时挺混乱的，什么都想。"

"伤害过自己吗？"

"没有。"

"真的？"

"真的，那多疼啊，我受不了，"唐蘅笑了一下说，"就是天天躺着，傍晚的时候很难熬。"

"傍晚的时候？"

"嗯，当时我租的房子挨着教堂，尖顶哥特式那种。到了傍晚，教堂的灯就亮了，从窗户看出去，能看见天空被映得很亮。"

"然后呢？"

"然后我就躺在床上，看着天越来越暗，灯越来越亮，最后天黑了。"

李月驰沉默。

唐蘅打了个哈欠，竟然有点儿犯困。

李月驰轻声说："睡一会儿吧。"

唐蘅"嗯"了一声问："你能陪我吗？"

李月驰说："好。"

"我觉得你在旁边，好像傍晚也没什么。"唐蘅说完笑了笑，就这样闭上了眼。

也许是窗外的雨声过于催眠，也许是身体过于疲惫，这一觉唐蘅睡得很沉很沉，甚至没有做梦。当唐蘅醒来的时候，觉得自己的四肢都酥了，软绵绵的，提不起力气。

唐蘅眨眨眼，问身旁的人："几点了？"

"六点半。"

"今天几号？"

"4 月 11 日。"

"噢。"唐蘅看着李月驰，顿了顿，说，"我想洗个澡。"

"……"

"我去打水，你自己擦一下，"李月驰说，"然后吃饭。"

他说完便起身出去了。

李月驰虽然关上了门，但这种木房子几乎是没有隔音的。唐蘅缩在被子里，听见李月驰说："妈，你先别热饭，我要烧水。"

"烧水做啥子？"

"唐老师要洗澡。"

"哎呀，他不是发烧吗？不要洗了……"

"不洗不行，"李月驰顿了顿说，"他娇气惯了。"

唐蘅："……"

没一会儿，李月驰端着热水进屋，放下盆子后又出去了，再回来时，手里拿着毛巾和一条很宽松的短裤。

他把毛巾丢进盆里，裤子丢给唐蘅。深蓝色的化纤短裤，边缘有点儿起球，唐蘅小声问："这是你的？"

李月驰点头说："家里没有新的。"

"哦……"

李月驰看了看他说："洗干净的。"

唐蘅脸上一热，连忙说："我不是这个意思。"

"嗯，"李月驰沉默片刻，像是认真地思索了一番，然后问，"你不喜欢这个颜色？"

"……"

他只是忽然想起六年前的事情——奇怪，连今天是几月几日都恍惚得想不起来，却能准确地记起六年前的事情。六年前他有时会因为时间太晚，懒得回去，在那间出租屋里借住，彼此的衣服乱糟糟地混在一起。唐蘅的衣服大都带着logo，还算容易区分，然而裤子就麻烦了。有一天早上唐蘅赶着出门，随手捡起一条牛仔裤套上，到了学校伸手掏兜，却掏出了李月驰的手机。

他惊讶于自己竟能记起这种细节——好像那些记忆都被他留在了那间出租屋，夜色中他轻轻关上门，以为它们从此消失于黑暗。现在把门推开了，只需要一束光，他就发现它们都还在。

唐蘅正在愣神，李月驰忽然把手机凑到他面前，说："徐主任的电话。"

唐蘅看见屏幕上"徐主任"三个字，竟然有种恍若隔世的感觉。他又愣了两秒，才想起自己究竟做过些什么——砸了酒店的玻璃，把孙继豪和齐经理捉奸在床，然后大半夜跑来半溪村，留下个凌乱不堪的烂摊子……

他不想接这个电话。

然而下一秒，李月驰摁下了绿色的通话按钮。

唐蘅硬着头皮接过手机："喂？"

"喂，小唐啊，"徐主任的声音沙哑极了，"你还好吧？"

唐蘅说："还好。"

"手机怎么关机了？哎哟，真是吓死个人。"

"没电了。"

"人没事就好，我可真是急死喽。"

唐蘅心想你急个屁，肯定昨天半夜就和村长通过气了，否则也不会把电话打到李月驰的手机上。

"徐主任，"唐蘅皱着眉问，"您有事吗？"

"你这话说的，小唐，"徐主任苦笑道，"咱们不是来工作的吗？"

"现在还工作什么？"

"出了这种事，总得给个交代，好多麻烦事等着处理啊……"

"那就麻烦您了。"

"怎么，"对方的语气变得有些微妙，"你惹出的乱子，你不管啦？"

"我不管，您不是该高兴吗？"

"你说你图什么呀，小唐！"

"我有更重要的事。"

"我真是倒了八辈子霉，"徐主任假惺惺地叹了口气说，"一个两个都不是省油的灯。"

唐蘅懒得和他废话，便说："有空再联系。"

"先别挂！"

"怎么？"

"我听说了，那小子是你同学，当年捅了唐教授，对吧？"

"对。"

"我明天过来一趟，"徐主任说，"电话里不方便说，我们面谈。"

唐蘅刚和徐主任讲话的时候，李月驰便端着盆子出去了，仿佛是有意回避。此刻他还没有回来，手机落在唐蘅手里，唐蘅便忍不住打量起他的手机界面。他们分开的时候，智能手机虽然已经面世，但远不如现在普及，功能也比现在差得远。一别六年，唐蘅意识到自己对李月驰的了解实在少得可怜，譬如他用什么牌子的手机都不知道。

六年前他用一个杂牌，手机沉得像板砖，而现在——哦，现在用的是小米。背景是暗绿色，像是系统自带的图片，App 也精简至极，微信、淘宝、支付宝、中国银行……

等等，斗鱼？唐蘅觉得这名字有些耳熟，愣了两秒，忽然想起这是一款直播 App，上学期几个学生以主播的身份做了一次小组作业……李月驰竟然看直播？看什么直播？唐蘅回忆起那份小组作业的内容，脑海中陡然浮现三个大字：女主播。

那种如花似玉、劲歌热舞、丰臀细腰的女主播。

唐蘅拧起眉头，正想点进去看看，屏幕上方突然弹出一条通知——

飞猪：您关注的"贵阳 – 中国澳门"航班有更新啦！

门被推开，李月驰走进来问："打完了？"

唐蘅举着他的手机，知道自己的表情不太好："你查贵阳飞澳门的机票干什么？"

李月驰平静地反问："你翻我手机？"

"它自己弹出来的。"

"……"

"你是，是在查我什么时候走吗？"

"……"

"你想我走？"

"唐蘅，"李月驰皱了皱眉说，"我给你把饭端过来。"

"李月驰！"

李月驰已经转过身去，但是站在原地，没有动。

唐蘅知道自己有些夸张——也许在他和李月驰重逢的那两天，李月驰的确是希望他早点儿离开的。也许李月驰希望他早点儿离开的同时心里也不好受，不好受极了。这些道理他都明白，但他就是控制不住自己，他不知道这是不是 BPD 复发的征兆，只要一想到"离开"这件事，一想到李月驰又要把他推开，哪怕那只是一个并未付诸实践的念头——他的理智就像只薄薄的瓷碗，清脆一响，碎掉了。

唐蘅逼迫自己用一种尽量平和的语气喊他："李月驰。"

李月驰仍然背对着他，低声说："你不想走？"

"我不走。"

"明天不走，这周不走，但是以后呢？"李月驰顿了顿说，"你不能留在这种地方。"

"你在哪儿，我就在哪儿。"

"唐蘅，"李月驰转过身来，脸上浮现出一层无奈，道，"你能去的地方我已经去不了了，我在的地方，你也不应该留下来。"

他的话像一把火，"轰"的一声在唐蘅脑海中烧起来，烫得他瞬间就流下泪水。唐蘅想不通自己为何会这样，更想不通李月驰为何这样想，然而最糟糕的是即便如此，他却能理解李月驰的意思。

在某种意义上，他们已经是两种人生了。

"又这样。"李月驰走到唐蘅面前。唐蘅抹掉自己的泪，然而新的泪立刻涌出来。李月驰说："你这样，我就没办法。"

唐蘅颤声说："你不要赶我走。"

"好，我不赶。"

"也不能想。"

"嗯，"他像哄小孩儿似的说，"不想。"

"李月驰！"唐蘅猛地急促道，"我说真的。"

"我也说真的，"李月驰望着唐蘅的眼睛，须臾，他拿起手机，点开 App，进入历史订单，"我没查你什么时候回去，推送这个是因为……"

他把手机塞给唐蘅，屏幕上是去年 9 月底的订单，贵阳飞中国澳门，支付失败。

"因为我之前差点儿买了机票，所以才给我推送的。"

唐蘅愣愣地问："去澳门？那为什么没去？"

"本来就是一时冲动，"李月驰垂眼笑了笑说，"而且我有犯罪记录，办通行证很麻烦。"

那簇火熄灭了，也是一瞬间的事，留下满地的灰烬。

唐蘅后知后觉地说："以后你会一直在这里，是吗？"

李月驰说："是。"

其实也不是他想留在这个偏僻的乡村，或者县城。好像直到此刻唐蘅才反应过来，他已经不是那个前途似锦的李月驰了——不是那个别人口中的汉大高才生，不是那个答应过自己毕业去北京找工作的年轻人。

他入过狱，又有年迈的母亲和智力低下的弟弟，他哪儿也去不了。

唐蘅怔了片刻，坚决地说："我留下。"

李月驰轻叹道："不值得。"

"什么是值得的？拿澳门户口？赚钱？当教授？"

"你说这些都很好，配得上你。"

这天晚上他们没再说别的，吃过饭，李月驰拎着唐蘅换下的衣服出去了。唐蘅躺在床上，听见他在外面洗碗、擦桌，然后洗自己的衣服。没一会儿，二楼又响起低吼，李月驰的母亲上楼去哄，很快，楼上变得悄然无声。

雨还在下，乡村也静了，窗外黑茫茫的什么都看不见。

唐蘅默然地听着，李月驰搓洗、倒水、接水，木盆磕在水泥地面上，发出低闷的响声。而他倒水、接水的声音又是清脆的，两种声音交错起来，仿佛带有某种节奏感。

也许他经常如此，在这个寂静的村子里，独自做些什么事，给果树打农药也好，洗衣洗碗也好。唐蘅不知道他做这些事的时候在想什么，会不会觉得寂寞。又或者他什么都没想，只是机械地重复着，一天一天，一年一年。

李月驰洗完衣服，走进来，把手机递给唐蕖。

"充满电了，"他说，"还没开机。"

"别开了。"

"很多人找你。"

唐蕖仍旧坚持。

李月驰便不说话了，攥着手机和唐蕖对视几秒，然后拉开抽屉，把手机放了进去。

翌日清晨，又是晴空万里。

李月驰比唐蕖先起床，见唐蕖醒了，问他："饿不饿？厨房有饭。"

"想吃面条，"唐蕖已经打定主意蹬鼻子上脸，"以前你煮的那种，记得吧？葱花炒一炒，煎个鸡蛋，有酸豇豆的话也放一点儿……"

李月驰沉默几秒，低声说："等着。"他转身出去，关门的力道有些大，像在撒气似的。唐蕖感觉自己小人得志。

面条还没吃完，徐主任就到了。两天不见，他确实憔悴了很多，大大的黑眼圈挂在眼袋上，嗓子也哑了，不似之前那么威严，反倒显出几分狼狈。而唐蕖则穿着宽大的短裤，夹克拉链拉到下巴，裹得严严实实地歪在床上，神似抽大烟的老太爷。

"小唐啊，身体怎么样了？"徐主任的语气很是关切，"没再发烧吧？"

唐蕖笑着说："还行，死不了。"

"嘻，你这小孩儿！可别再折腾啦，赶快把身体养好，咱们回澳门。"

"回澳门？"唐蘅朝门口扫了一眼，看不见李月驰，说，"要回您回，徐主任。"

"你这是什么意思？"

"我有别的事。"

"我了解，了解！"徐主任也朝外望了望，然后起身关上房门，压低声音说，"你当我不知道？"

唐蘅："哦？"

"小唐啊，你想收拾他，你就早说嘛！何必搞成这个样子……"

唐蘅："啊？"

"我是真没想到啊！这穷乡僻壤的，还能碰上你们家的仇人！"徐主任向前挪了挪椅子，凑近唐蘅说，"你想整他，直接说就好了，干吗还搭上个孙继豪！"

唐蘅无语片刻，问："这些是谁告诉您的？"

"还用谁告诉？你不就是嫌孙继豪挡在前面，没法动手吗？"

唐蘅："……"

该说他是想象力太丰富，还是太匮乏？

唐蘅迟疑地问："那您觉得我为什么来找他？"

"当然得找他，"徐主任理直气壮地说，"不找他，他跑了怎么办？"

"……"

倒也有理有据。

唐蘅扬声道："学长！"

无人应答，唐蘅提高音量，又喊："李月驰！！！"

"欸，你干吗？"徐主任一惊，"别冲动啊小唐！这事儿咱们从长计议，急不得。"

李月驰从院子里走进来，问："怎么了？"

唐蘅抱起手臂，一副懒手懒脚的样子："给我点支烟。"

徐主任瞟瞟李月驰，满脸茫然。

李月驰站着不动，也不说话。唐蘅催促道："抽屉里的中华，抽完了再给你买。"李月驰这才拉开抽屉，把烟盒丢到唐蘅手边。唐蘅抽出一支烟，衔在嘴里，含糊道："火呢？"

徐主任好像反应过来了，尴尬道："我有火……"

李月驰沉着脸摸出打火机，给唐蘅点了火。

"还有别的事吗？"

"嗯，"唐蘅拍拍床说，"你坐这儿吧。"

徐主任说："那什么，小唐……"

"没关系，"唐蘅深深吸了一口，感觉烟味儿直冲进肺里，令他通体舒畅，"我和学长熟得很。"

气氛变得诡异起来——三个男人坐在狭小的房间里，一个病恹恹地歪着抽烟，另一个冷着脸不说话，还有一个神色迷惑欲言又止。

好一会儿，唐蘅吸够了烟，才问："您知道卢玥和唐国木的事情吗？"

徐主任左右看看，竖起大拇指对着自己问："你问我啊？"

"是啊。"

"不至于吧？"徐主任笑了笑说，"卢玥说你不知道，我不信。"

唐蘅捏着烟，冷冷地看着他。

"既然不用回避小李，那我也不啰唆了。"徐主任跷起二郎腿，语气变得暧昧，"我跟你说啊，小唐，这种事吧，就看结果怎么样——出了，那就是违法犯罪；没出事，那就是文人风流。"

唐蘅蓦地握紧拳，感觉到灼热的烟头在手心里，被他碾出粉尘。

"你大伯有本事，什么姑娘到了他那里都是文人风流，"徐主任耸耸肩，无辜地说，"我以为你都知道呢。"

徐主任起身朝外走，刚到屋门口，又转过身认真地问："你真不和我回去啊？"

唐蘅低着头不看他，"嗯"了一声。

"那我就自己写报告喽。"

"写吧。"

"先说好，孙继豪我肯定要保下来的，回头你别翻脸。"

唐蘅忍无可忍道："您走不走？"

"冲我急什么？"徐主任嘟囔着，"搞出那些事的可是你们唐家人，我只是实话实说嘛——真看不出来，唐国木能养出你这么个侄子。"

他说完便双手插兜地走了，步伐比来时轻快，显然心情不错。

房间里只剩下唐蘅和李月驰，一时间，谁都没有开口。

外面有"嘎嘎"的鹅叫和悠长的鸡鸣，听起来热闹极了。然而唐蘅似乎什么都听不到，他只盯着自己的手，回想着六年前的事。

六年前，唐国木躺在病床上，痛苦地蹙着眉头。他说："我没想到田小沁这孩子……这孩子的病那么严重！为什么没人告诉我她得了抑郁症呢？我不该把话说得那么坚决的，我应该委婉一点儿……唉！"

是这样吗？当时他们都说，这件事就是这样。

唐蘅猛地捂住嘴，干呕起来。他感觉胃里翻江倒海，不是因为李月驰煮的那碗面，而是六年前那人的话。那些声音像一只大手在他的胃里搅拌着，他想吐，但喉咙里又像是堵了一团湿答答的发丝。

李月驰用力地揽住唐蘅的肩膀，轻拍他的后背。

唐蘅哆嗦着憋出几个字问："你觉得，恶心吗？"

李月驰说："别想了。"

"他们都觉得我该知道，"唐蘅用尽全身的力气攥拳，手臂也在颤抖，"我真的不知道……但我竟然相信他们，你说我是共犯吗？"

"唐蘅！"李月驰低喝，紧紧握住他的手腕，强硬地掰开他的手指。

那个烟头早在唐蘅手心烫出一个泡。

"李月驰——"唐蘅喃喃道，"给我支烟。"

这次李月驰没说别的，直接把烟点燃了，塞进唐蘅嘴里。国产烟的味道不像洋烟清淡，而是又浓又烈。唐蘅猛吸一口，疯狂地咳起来，咳得眼泪都流出来了，嗓子也痛，这才舒服一些。

他抽完第四支烟时，李月驰低声说："别抽了。"

唐蘅默默地放下烟盒。

"不想了，好吗？"李月驰把唐蘅的肩膀扳过来说，"和我说话吧。"

"说……说什么？"

"你是什么时候开始抽烟的？"

"我忘了。"

"你以前不抽，"李月驰说，"你要唱歌。"

"嗯，"唐蘅摇头说，"但我现在不唱了。"

"再也不唱了？"

"对。"

"给我唱一首吧。"

"我现在，"唐蘅惨笑道，"嗓子已经坏了。"

李月驰沉默几秒，说："没关系。"

唐蘅正欲开口，他又说："我在里面，四年多没有听歌了。"

唐蘅一下子哽住了，半晌，低着头问他："你想听什么？"

"我第一次见你，你唱的那首。"

唐蘅说:"我试试。"

他深深地换了一口气,希望自己的声音不要那么糟糕——他知道自己的声带坏掉了,也许是因为抽烟,也许是因为别的,总之再也不复从前的清澈和响亮。但至少,至少不要太过难听吧?

唐蘅分开双唇,第一个字"夏",一瞬间他诧异地发现自己几乎不会发音,"夏"——舌尖抵住下边的牙齿,然后呢?然后就不知道了,他唱不出来。

唐蘅说:"这首好像不行。"

李月驰点头说:"那换一首。"

"什么?"

"湖士脱的第一首歌,还记得吗?"

唐蘅闭上眼,恍惚地说:"你写词的那首。"

"嗯。"

是,他知道李月驰说的是那首歌——当时湖士脱晋级到最后一轮决赛,组委会要求唱乐队的原创歌曲。他们唱的那首歌是李月驰作词、安芸作曲,湖士脱的第一首歌。

李月驰说:"《遮望眼》。"

哦,对,《遮望眼》。

唐蘅捂住眼睛,焦躁地说:"我想不起歌词了。"

李月驰温声道:"没关系。"

"很多事我都想不起来了。在河边的时候,你问我记不记得你捅唐国木之前说过什么——我真的记不起来了,是不是很差劲?"

"不怪你。"

"但我就是忘了,"唐蘅摇头,自顾自地说,"我控制不了。"

李月驰没再说什么,只是轻轻拍了拍唐蘅的背,不知过了多久,唐蘅渐渐睡着了。他睡得并不踏实,凉风一阵一阵从半开的窗户吹进来，半梦半醒间，唐蘅发现自己又回到了六年前的武汉，决赛在江滩举行，三支乐队先后表演，湖士脱抽签抽到最后上台。他们站在台上，四周是观众和评委，他只感觉浑浑噩噩的——那时，李月驰已经被关进了看守所。

前奏响起，他说："这首歌叫《遮望眼》。"

然后，然后他记不起歌词了。

奇怪的是他记得当年的那么多细节，竟然记不起歌词。

唐蘅睁开眼，看见猪肝色的天花板，他支起身子，发现李月驰坐在窗边，背对着他。

窗户的确半开着，因为李月驰在抽烟。就是那包红色的中华，里面只剩两支烟了。

李月驰摁灭烟头走到床边，问他："还难受吗？"

唐蘅盯着他的指尖问："你不是不抽烟了？"

李月驰笑了一下说："烟在这儿，你总惦记。"

"我……我用一下你的手机。"

"怎么了？"

"查点儿东西。"

李月驰把手机递给他。唐蘅点开浏览器，搜索"第一届周黑鸭校园乐队大赛"，竟然真的搜到一条新闻，点进去，是某个武汉本地新闻网，页面下方飘着一溜广告。

"第一届周黑鸭校园乐队大赛已经落幕，冠军花落谁家……就让小编带大家了解了解这支乐队吧……来自汉阳音乐学院的五惊乐队……"唐蘅一字一字地读完这则新闻，发现其中只介绍了冠军乐队。

那年的比赛，湖士脱没有拿到冠军。

他不死心地搜索"遮望眼"，结果更和那首歌没有关系——满屏都是"不畏浮云遮望眼"。

难道他们唱过的歌，就真的一点儿痕迹都没有了？

"月驰，你去把柴烧了吧。"

"好。"李月驰应着母亲，起身出去了。

唐蘅低头盯着屏幕，觉得自己被抛入了一个荒芜的地方。记忆和存在都不作数了。他想起田小沁，田小沁的死也是不作数的，很多人都以为她是对唐国木爱而不得才会自杀的吧？原来这个世界上有那么多记忆消失得无影无踪。

唐蘅木然地点击着屏幕，不知道自己想寻找什么。恍惚之间，他点开了那款直播App，发现李月驰只关注了一位主播，WR莉莉，粉丝2000，大概算不上多。

WR莉莉似乎并不是职业主播，上次开播时间还是3月12日。唐蘅顺手点进她的主页，的确只是顺手，然后看见她翻唱过一些歌曲。

2月14日，《漂洋过海来看你》：大家情人节快乐哦！

1月5日，《我们的纪念》：突然想唱这首。

去年10月8日，《千年之恋》：和朋友一起唱的！

去年7月16日——

《遮望眼》：这首歌是前段时间无意听到的录音，查不到歌词和谱子了，只能自己翻出来。

唐蘅的呼吸瞬间停住。他直直地盯着"遮望眼"三个字，指尖颤抖，几秒后，才敢点开那个视频。

前奏响起，他像一只飘摇的风筝，忽然被钉在时光里。

第一句来临，不用继续，他想起来了那是李月驰写的歌词：

对潇潇暮雨洒江天

好喜欢

被你长发遮望眼

东湖不见

珞喻不见

二号线不见

　　唐蘅退出 App，把李月驰的手机放到一边。他用力揉了揉自己的太阳穴，然而似乎没什么用——那个视频像一丛火焰，点燃了他脑海中的引线，然后"嘭"的一声，炸出许多密密麻麻的文字，那是李月驰写的歌词。

　　他们都没想到李月驰会写歌词。唐蘅想起六年前，他独自跟着经纪人去北京，独自住在三环边上崭新的 LOFT，独自吃饭，独自睡觉，还常常半夜醒来，攥着手机犹豫着要不要给李月驰打电话。他在 Mp3 里循环播放《遮望眼》，又觉得自己听自己唱的歌实在有些古怪，就叫阿豪在武汉录了一版《遮望眼》发给他，循环没两天，还是觉得很古怪——那是李月驰写的歌，为什么要给别人唱？为此，阿豪还在电话里骂他屁事一堆。

　　那么——那个 Mp3 哪儿去了？他有印象，白色索尼 Mp3，付丽玲去日本旅游时买给他的。他确信那个 Mp3 里存着他唱的《遮望眼》。

　　此外，音信全无的还有阿豪。离开武汉之后，他就再也没和阿豪联系过——那个矮个子的男孩儿，和他一样玩乐队。当然失联的不只是阿豪，还有很多以前的朋友，玩乐队的、开酒吧的、开琴行的……这些人下落何处？竟像游鱼入海，再无踪迹了。

　　如果他没有到贵州出差，那么在他的生命里，李月驰将和这些人一样，再无踪迹。

　　如果他听了李月驰说的"忘了吧"，然后和徐主任一起回澳门，那么在他的生命里，李月驰仍会音信全无。

唐蘅起身，趿着拖鞋慢慢挪出房间。他的脚心很痛，不知道是不是结痂的伤口裂开了，但是他顾不上这些，循着一点儿声响穿过堂屋，来到厨房门口。李月驰家的厨房不算大，几乎被灶台占满了。那灶台是水泥砌成的，和地面连成一体，表面铺了白瓷砖。唐蘅第一次见到这样的灶台。

李月驰正蹲在灶膛前面，不停地往里面添柴。烟味儿很浓，柴火烧得"毕剥"作响，唐蘅被熏得咳了两声。李月驰这才扭过头，有点儿惊讶地问："怎么了？"

"我走走，"唐蘅望向他说，"也不能天天躺着。"

"那你等会儿，我弄完了来扶你。"

"好。"

李月驰加快手上的动作，不到半分钟就把剩下的半筐木柴送进灶膛，然后走到唐蘅身边，把他的左臂架在自己肩膀上。

李月驰低头嗅了嗅说："我去换身衣服。"

唐蘅说："怎么了？"

"烧柴味道重。"

"没事。"

李月驰似乎认真思索了一下，然后说："也对，你就当抽烟了。"

唐蘅有些无奈地看着他。他继续说："那包中华你不许抽了。"

"为什么？"

"对嗓子不好。"

"你就这么想听我唱歌？"

李月驰不答，只是说："走吧，带你去转转。"

唐蘅以为"转转"只是在院子里走两圈儿，却没想到李月驰推来了摩托车。

"兜风啊？"唐蘅有点儿惊讶地问。

"嗯，"李月驰说，"在这儿等我。"

他说完又进屋去了，很快端出一盆水，用抹布擦洗起摩托车。皮质座椅被擦得锃亮，连脚蹬都擦干净了，在阳光下反射着一小片金色的光。

唐蘅看见他的额头亮晶晶的，出汗了。

李月驰跨上摩托，扭头对唐蘅说："来吧。"

唐蘅挪过去，抬腿，慢吞吞地坐上摩托车的后座。

"坐稳了吗？"

"嗯。"

他踩下油门，"嗡"的一声，摩托车驶出院子。时近正午，阳光明媚到唐蘅需要眯起眼睛，凉风灌进嘴巴、鼻子，使得那股反胃感渐渐散去了。到处是绿色，树、草、农田，还有溪边一片一片的青苔。

"李月驰！"风很大，唐蘅需要吼着说话，"我们去哪儿？"

李月驰不应，唐蘅便也不问了。山路起伏，有时颠簸得厉害，脚心传来阵阵痛意。后来唐蘅干脆伸直双腿，两脚悬空，感觉自己快要飞起来了。

他闭上双眼，很希望摩托车永远不要停，他们永远飞驰在风中。

不过最后还是停了，唐蘅扒着李月驰不动，李月驰说："到了。"

阳光晒在后背上，有些烫人。四周静谧一片，既没有人声，也没有鸡鸣和犬吠。

风很大，但是并不冷。

李月驰说："下车吧。"唐蘅睁开眼，眨了眨，发现他们身在山顶。这是很高的山顶，向下俯瞰，可见溪水蜿蜒，绕过点点村舍和片片农田。

唐蘅环视四周，问："这是最高的山？"

"这片最高的，"李月驰望着山下说，"我小时候经常爬到这儿玩。"

"玩什么？"

"就坐着看，总觉得能看到更远的地方，"李月驰笑了一下说，"那时候我小学老师说县里建了电影院，我就很想看看。"

唐蘅沉默。

李月驰把手伸进裤兜，掏出唐蘅的手机。

"开机看看，"他说，"这里信号好。"

唐蘅愣了一下，没想到他把手机带出来了——大概是他进屋端水擦车的时候，原来他早有准备。

"你总不能一辈子不开机，"李月驰说，"早晚的事。"

唐蘅接过白色iPhone8，沉默片刻说："那你回避一下，行吗？"

李月驰痛快道："待会儿上来接你。"

说完便走向下山的小路，很快就看不见他的背影了。

唐蘅将手机开机，果然，一条接一条的信息弹了出来。他全都不看，直接拨了蒋亚的号码。

好一会儿电话才接通，蒋亚睡意蒙眬地说："Hello？"

"说中文。"

"啊——唐蘅？"

"嗯。"

"你死哪儿去了？"

"我在……"

"老子急得都要报警了！"蒋亚大骂道，"前脚帮你检测出安眠药，后脚你就失联，怎么回事啊？"

"我在贵州。"

"我知道啊！"

"我见到李月驰了。"

"……"

电话那头一下子没了声音，唐蘅喊道："蒋亚？"

"你不是去出差吗？"蒋亚的声音变得急促，"你怎么见着他了？啊？怎么回事啊？"

唐蘅思索片刻，决定从最重要的事情说起："我们和好了。"

蒋亚："……"

"不过，"唐蘅补充道，"是我单方面认为的。"

"别开玩笑了，都过去那么久了……"

"我像在开玩笑吗？"

"唐蘅！"

"我给你说一件事。"

"李月驰肯定不同意！"

"对，"唐蘅望着远处深蓝的天际线说，"他不同意。"

"是吧！你看，既然他不同——"

"你也知道对不对？"

"什么？"

"田小沁被我大伯强暴了。"

"……"

"我就是跟你说一声，你愿意的话，帮我转告安芸，"又一阵山风吹来，唐蘅忽然感到无比平静和镇定，"我要回武汉。"

唐蘅买了从铜仁到武汉的高铁票，然后手机关机。

他席地而坐，凝视着半山腰的树影，随着太阳的偏移，那影子也被一点一点拉长，他想这情形李月驰一定也见过。

他不知道李月驰坐在这里的时候，都在想什么。

"唐蘅。"身后传来遥遥的呼喊，唐蘅转身，看见李月驰向自己走来，他身后尽是连绵的蓝天白云，好像他是从天空中走来的。

　　他下巴上有凌乱的胡楂儿，也许两天没刮了。他的T恤灰中泛白，已经穿了很久。他太瘦，瘦得显出几分萧索，令人不忍心看他站在风中。

　　李月驰走到唐蘅面前，唐蘅望着他黑黝黝的双瞳。六年过去了，他的眼睛还是黑白分明，好像什么都变老了，只有他的目光不变。

　　唐蘅说："我要回趟武汉。"

　　李月驰说："不回行不行？"

　　唐蘅说："不行。"

　　李月驰沉默半晌，说："回去也改变不了什么。"

　　"就算改变不了，至少能想起来。"唐蘅顿了顿说，"你知道吗？我刚才一直在想，如果我没来贵州，我不知道的就永远不知道了，我忘了的也永远忘了。"

　　"……"

　　"比如你捅唐国木之前和我说了什么，我还是想不起来。还有很多，田小沁的事，蒋亚的事，安芸的……"

　　"都过去了。"

　　"但我不想忘了你们。"唐蘅一字一句地说。

番外一
柏林墙

跨出长爱的瞬间，一身热汗撞进湿冷的空气里，唐蘅没忍住打了个哆嗦。

蒋亚搓搓手说："冷死了冷死了，咱去涮火锅吧？"

"都几点了？"安芸说。

"刚十点半啊！"蒋亚说着就揽住唐蘅的肩膀，"儿子，你把李月驰也叫来。"

唐蘅任他揽着，只嘀咕一句"好冷"，没接别的话。

三人背着乐器向外走去，长爱门口的巷子太窄，得到珞喻路上才能打车。走了几步，蒋亚忽然问："你没给李月驰打电话啊？"

"你这人，"安芸低骂道，"就你有嘴啊，一天天话多得不行！"

蒋亚愣了几秒，小声问："你俩吵架了？"

想起这事儿唐蘅就烦躁，他胡乱地点点头，说："吵了。"

蒋亚追问："怎么吵的？"

"你还吃火锅吗？"唐蘅皱起眉头，说，"不吃我回去了。"

"哎，别走别走，"蒋亚连忙拽住他，说，"我闭嘴还不行嘛。"

唐蘅已经在武汉待了六年，仍然无法习惯这种没有暖气的冬天。更要命的是，今年冬天似乎格外寒冷。他问蒋亚："你有没有觉得今年很冷？"蒋亚说："武汉的冬天不是一直这个'尿性'吗？"的确，仅从气温来看，今年好像并没有比往年冷到哪里去。但唐蘅就是觉得冷，甚至今天上台演出前他还多加了一件羊绒毛衣。

打车到达虎泉，他们才发现那家深夜营业的火锅店竟然放假了。三个人大眼瞪小眼，最终决定去超市买菜买肉买底料，拿到蒋亚家涮着吃。

去超市的路上，天空飘起细雨，空气变得更湿、更冷，路灯的灯光似乎被冻住了，只剩下模模糊糊的一小团。

唐蘅的手指已经被冻僵了，他掏出手机，用麻木的指尖摁亮屏幕。

并没有未接来电。

从今天上午到现在，已经超过十二个小时了，李月驰没有联系他。

"要不今晚你们就睡我家吧？"蒋亚一边往购物车里丢牛肉卷，一边说，"这么冷的天，别来回折腾了。"

唐蘅淡淡地说："好啊。"

"老安你呢？"

"我都行。"

"那太好了，咱吃完还能斗会儿地主，嘿嘿。"

他们买了麻辣牛油底料，锅里的红汤"咕嘟咕嘟"烧开之后，室内变得温暖了一些。加上蒋亚把空调开到27℃，总算不那么冷了。

唐蘅没什么胃口，他吃了几片毛肚、土豆便放下筷子，捧着一杯热牛奶发愣。蒋亚和安芸倒是吃兴奋了，边吃边讲其他乐队的八卦。唐蘅听了半天，一条也没记住。

他只知道自己这一天的心情糟透了——从上午和李月驰吵架开始。他们并不经常吵架，今天纯属意外，也不知道怎么就吵得那么凶，明明只是因为一件小事。

昨晚睡前唐蘅读一本研究东柏林历史的书，意外发现柏林墙倒塌的日期是 11 月 9 日。

11 月 9 日，也是李月驰的生日。他当即兴奋得睡意全无，抱着笔记本电脑查了大半夜柏林旅行攻略，心想等他的毕业论文写得差不多了，可以和李月驰去柏林玩几天，就当毕业旅行。

早上李月驰起床去学校，唐蘅挣扎着支起身子，对李月驰说："我们明年春天去柏林吧？"

李月驰系鞋带的动作顿了一下，问："为什么？"

"就……旅游啊。"唐蘅想把那个巧合瞒住，等他们亲眼看到柏林墙遗址的那一刻再告诉他，"毕业旅行嘛。我们去完柏林还可以去巴黎，然后去马赛，沿着地中海……"

其实他只是兴头上来了憧憬一番，也没有非去不可的意思。然而李月驰直起身，神情严肃地说："对不起，我去不了。"

唐蘅被他噎了一下说："我请你。是我的毕业旅行啊，你只要陪我去就好了。"

李月驰说："太贵了。"

"花不了多少钱，"唐蘅连忙说，"而且我自己有存款，不用找我妈要，她发现不了的。"

　　李月驰皱起眉，语气变得有些生硬："唐蘅，真的不行，不能这样。"

　　"为什么？"唐蘅一下子感到特别委屈，"我就想跟你出去玩一趟不行吗？"

　　"以后，好不好？"他听得出李月驰在竭力克制着自己的情绪，"以后我上班了，我们就出去玩。"

　　可是李月驰这种态度，一瞬间就把唐蘅点着了。

　　李月驰克制、忍耐，哄小孩儿似的问"好不好"，仿佛他就只会找麻烦。还是说，其实在李月驰眼里，提出"去德国旅游"这种要求的他，的确和小孩没什么区别？

　　可他又做错了什么了？他只是想和李月驰一起旅行。李月驰没出过国，他就带李月驰出，他想带李月驰去看柏林墙的遗址，告诉李月驰那个神奇的巧合。

　　他只是想把好的东西都给李月驰罢了。

　　"你不去算了，"唐蘅说，"我和别人去。"

　　"什么意思？"

　　"我还找不着个一起旅游的人吗？"唐蘅急声道，"蒋亚、安芸总有空吧？他俩没空儿还有阿豪，还有那么多玩乐队的朋友，反正我人傻钱多。"

　　"唐蘅，别闹了。"

　　"我没闹，我实话实说。"唐蘅举起手机说，"你信不信？我现在闭着眼从通信录随便拨一个号码——"

　　"那你随便吧。"李月驰冷声打断他，然后抓起书包，"砰"的一声关上门，走了。

整整一天，甚至是晚上唱歌的时候，唐蘅脑海中都反复回响着李月驰的话。

　　——真的不行。

　　——别闹了。

　　——你随便。

　　他又生气又难受，时而暗骂李月驰心肠真坏，时而下定决心晾李月驰半个月，时而掏出手机不知道在等待什么。

　　"蘅啊，你能不能硬气点儿啊，"蒋亚吃饱喝足，摸着肚子长叹一声道，"我就说你今天怎么蔫蔫的，原来是为了这个！儿子，我告诉你，不值得！"

　　安芸"扑哧"笑出声来，说："你这是拿你自己做观察对象得出的结论？"

　　"你别打岔！"蒋亚继续说，"我告诉你啊儿子，吵架，谁先低头谁就输了！他不理你你也别理他！咱就跟他耗，看谁熬得过谁！"

　　唐蘅烦躁道："行了，我明白，这次我不找他。"

　　"这就对喽！"蒋亚笑嘻嘻地说，"今晚就睡我这儿！咱仨聊聊人生，谈谈梦想。"

　　蒋亚话音未落，电视柜上的手机忽然响了起来。

　　安芸揶揄道："聊不成了，有人约呢。"

　　"喂！你哪位——"

　　蒋亚忽然捂住手机，朝他们做了个口型。紧接着，他抬起手，指向大门。

　　唐蘅还没反应过来，这人已经一路小跑到门口，把门打开了。

　　唐蘅："……"

　　安芸："……"

　　"喀，说曹操曹操到啊。"蒋亚一脸谄媚地说，"哥你来找唐蘅是不是？晚饭吃了没？正好我们涮火锅呢，一起吃点儿吧？"

李月驰低声说："谢谢，不用了。"

"欸，那我不打扰你们啦。安芸！咱俩进屋下盘跳棋！"蒋亚说完，飞快地拽起安芸朝客房走去，边走边喊，"哥我那份作业你别忘了写哦！谢谢哥！"

唐蘅被蒋亚这一系列操作惊得目瞪口呆，愣了好几秒才想起来——他和李月驰还在冷战。

李月驰身上穿着早晨出门时的衣服，牛仔裤，驼色的、毛毛糙糙的夹克。唐蘅总觉得他那件夹克很薄，问他冷不冷，他又总说不冷。

可是冬夜的细雨落在他肩头，将那两片窄窄的布料染成了深色。凌晨零点二十七分，武汉的冬天，怎么可能不冷？

李月驰静静地望着唐蘅，半晌，轻声说："怎么不接电话？"

唐蘅掏出手机摁了一下，毫无反应。

"没电了。"

李月驰说："过来。"

他的语气非常平静，甚至带着一点儿笃定的意味。凭什么啊？唐蘅想，明明是他态度不好，明明是他惹自己生气，凭什么他叫自己"过来"，自己就一定要过去？

可是他还是不由自主地过去了。

李月驰拍了拍唐蘅的肩膀。

唐蘅听见他长长地呼出一口气。

"对不起……"李月驰轻声说，"我这两天有点儿心烦，不该冲你发火的，对不起！"

他道歉了。

算了，那就原谅他吧。

"怎么了？"唐蘅问，"心烦什么？"

"我爸生病了。"

"啊？什么病？"

"小毛病，"李月驰含糊道，"不用担心。"

"哦……那现在好了吗？"

"好多了。"

"那就好。"

片刻后，李月驰冲客房喊道："蒋亚，安芸，我们先回去了。"

蒋亚飞快地打开门"挽留"道："这就走啦？再坐会儿嘛！"

"不了，"唐蘅干脆地摇头道，"他明天有早课。"

安芸翻了个白眼，一脸恨铁不成钢的表情。

直到六七年之后，他们才知道，彼时李月驰的父亲尘肺病病情加重，并不是他所说的"小毛病"。

回去的路上，唐蘅跑到 7-11 便利店买了一份关东煮，捧在手里热乎乎的。

他决定不提去柏林的事了，真要毕业旅行的话就在国内玩吧，去海南晒晒太阳也不错。

"唐蘅，"李月驰忽然说，"当时我没有敷衍你。等我上班了，我们就去柏林，好不好？"

"其实我想去柏林，主要是因为，"唐蘅顿了顿说，"柏林墙倒塌那天也是 11 月 9 日。"

李月驰一下子不说话了。

唉，是不是显得很蠢？ 1989 年 11 月 9 日柏林墙倒塌，狂喜的民主德国冲向联邦德国，冲向民主和自由。

一年之后的同一天，李月驰降临在这个世界上。

从此之后，每个 11 月 9 日都值得纪念，无论是为了柏林墙，还是为了他。

"知道了。"夜色中，李月驰忽然轻快地说，"答应你了，以后我们一定去柏林。"

番外二
雪夜

　　这类想法一开始出现以后，便可以无止无境地继续下去。在哪个时代去看印度最好？在什么时候是研究巴西野蛮民族的最好时机？可以得到最纯净的满足，可以看见他们被污染、破坏之前的景象？到底是在 18 世纪的时候和布干维尔（Bougainville）同时抵达里约比较好呢？还是在 16 世纪的时候和列维（Léry）与铁卫（Thevet）同行比较好？每次把时间往上推 5 年，我就能挽救一个习俗，得到一项祭仪或分享一种信仰。

　　——（法）克洛德·列维－斯特劳斯《忧郁的热带》*

★（法）克洛德·列维－斯特劳斯著，王志明译：《忧郁的热带》，中国人民大学出版社，2009 年，第 38 页。

在贵阳当老师的第三年，唐蘅救了一个女孩子。其实他并不觉得有必要用"救"这个字眼儿描述那件事，但女孩子执意这样说，他也就懒得纠正了。

那个学期他给大一新生班当班主任，与其他老师不同，唐蘅对学生采取放养模式，既不查宿，也鲜少开班会，唯独在课堂上要求很严格。学期过半时，唐蘅发现课堂上少了一个人。倒不是他特别留意过，只是那女孩子实在太显眼——她的五官非常漂亮，及腰的长发染成橙色，在一群黑脑袋中总令人忍不住多看两眼。

那女孩子连着旷了三堂课，第四堂课时，唐蘅叫其他学生转告她，无故缺席三次以上直接挂科。

"老师，她估计是不会来啦。"学生的语气颇为暧昧，"她不想上学了。"

唐蘅问："为什么？"

"没心思了呗。"

"她要退学？"

"快了吧！"学生顿了顿说，"老师你不知道，这都一个月了，有个男的每天在宿舍楼下面堵她……"

其实唐蘅听过类似的事情。毕竟这是一所不入流的学校，学生们也大都没有学习的心思。他来这里任教三年，见过男生打群架，见过女生互扯头发，甚至听闻体育学院的学生揍了老师……所以，学生旷课或退学，对他来说已经稀松平常。

然而，他记得那个女孩子，不仅是因为她的五官和发色，还因为她上课时总是坐在第一排。

两天后的夜晚，唐蘅几经周折，打听到那个女孩子正在某家酒吧。

他原本打算自己去，毕竟这是他工作上的事情，然而李月驰不由分说地戴上头盔，说："走吧，我送你。"

由于唐蘅有晕车的毛病，所以他们经常骑摩托车出行。当然，是李月驰骑，唐蘅在后面坐着。

晚上九点半，酒吧里人头攒动，劲歌热舞。

"唐老师，"李月驰忽然说，"还好我来了。"

唐蘅小声问："怎么了？"

"这地方很乱。"

"噢。"

"别人问起来，"李月驰的声音带着点儿笑意，"就说我是你保镖。"

很快唐蘅就看见了那个女孩子——她叫袁菲——正在舞池里跳舞，手臂搭着一个男人的肩膀。那男人留平头，戴着一副眼镜，看上去还算斯文。

二十分钟后，袁菲与男人相携离去，唐蘅和李月驰便跟在他们后面。好在这家酒吧开在巷子里，四周黑黢黢的。

走了大概一百米，袁菲和男人停下脚步。

"莫豪，咱们今天把话说清楚，行吗？"袁菲的声音低低的，"我先给你道歉，那天小可过生日，我们都喝多了，我不该……当着那么多人的面和你提分手，对不起！"

"得了吧，袁菲，那都几辈子的事了，你还跟我装？"男人冷笑道，"我早就说了，你爱和谁提和谁提，你哪怕告诉全世界你要和我分手——没用！处对象的时候是两个人，分手也得两个人都同意才对吧？"

"我求你了，莫豪，我们真的不合适。你的条件这么好，什么样的女朋友找不到？你……"

"我就找上你了。你不是说我条件好吗？那你应该开心才对啊！"

"......"

"怎么，你想反悔？你现在玩腻了想回去做你的大学生？我和你明说了，只要你人在贵阳，就别想甩开我。对了，你家是在铜仁蓝花路上吧？你妈和你后爸住那儿，对吧？"

袁菲不说话了，唐蘅和李月驰躲在黑暗的拐角处，不知道她是不是在哭。

过了大概半分钟，那男人笑了笑，放软语气说："行了，菲菲，我是真的喜欢你，你跟着我不会吃苦的。"

袁菲轻声说："你怎么这么无赖呢？"

"哈哈，男人不坏，女人不爱嘛。"

"莫豪，"袁菲的声音停顿了很久，然后她说，"咱们今天做个了断吧。"

唐蘅暗道不好，还没做出反应，骤然听见一声尖叫——是袁菲的声音。紧接着莫豪吼道："给你脸了是吧！你还想捅我？嗯？你疯了是不是？"

"啊——"

李月驰忽然拽了唐蘅一把，力气很大，他说："你不要过去。"

李月驰从黑暗中快步冲出，唐蘅惊讶于他竟可以那么迅捷，简直像一头捕食的猎豹。

李月驰一拳直击男人的面门，男人闷叫一声，大概还没看清来者何人，又被李月驰一脚踹上肚子。李月驰骑在他身上，对着他的脑袋揍了几拳，又快，又狠。男人的眼镜飞到一旁，他根本没有还手之力。

李月驰拧住他的手腕，夺下匕首。

"找死是不是？"他抓住男人的脖领子，声音冰冷地说，"你想杀人？"

"你是什么东西……"男人完全被揍蒙了，"是她想杀我！她想杀我！"

"谁看见她想杀你了？"李月驰抬手，又给了他一拳，说，"刀在你手里，那边还有路人做证。"

唐蘅连忙走来，拽过袁菲，把她护在身后。

"别怕，"唐蘅低声对她说，"没事了。"

后来，他们从袁菲口中得知，那个叫莫豪的男人是贵阳本地的混混儿，和几个哥们儿以倒卖假烟假酒为生，似乎在贵阳很有势力。李月驰听完，只说："你不用害怕，好好上学。"

又过了一周，袁菲告诉唐蘅，莫豪果然再没来骚扰她。

晚上李月驰回家，唐蘅一边抱着"豆皮"给它剪指甲，一边问："你把那个莫豪怎么了？"

"找人吓唬了几句。"李月驰凑过来揉揉"豆皮"的脑袋说，"那小子纯粹骗袁菲呢，他家里开小卖部的，现在他还在啃老。"

"也没有什么势力？"

"嗯。我从厂里带了几个工人堵他，把他吓得——"李月驰笑了笑，伸手捏住"豆皮"的小爪子，说，"怎么连爪子都这么胖了？"

"豆皮""喵喵"两声，自尊心很受伤似的，跳下唐蘅的膝盖跑了。

"吃饭吧，"唐蘅说，"今天打包了水煮鱼。"

李月驰厂子里的事情多，每天都很辛苦，唐蘅知道他一定饿了。然而唐蘅自己却没什么胃口，他盯着碗里的白米饭，一边慢吞吞地喝汤，一边走神。

"怎么了？"李月驰关切地问他。

唐蘅沉默片刻说："有点儿后怕。"

一切都太凑巧了，如果不是那天下午学院统一要求开班会，唐蘅就不会见到袁菲的室友；如果不是那个室友随口一句"袁菲已经退宿了"，他大概也不会感到事情的紧迫；如果他没有辗转打听到袁菲会去那家酒吧，甚至，如果他和李月驰晚到一小会儿……会发生什么不可挽回的后果呢？他们谁都不知道。

那天晚上，他们把袁菲带回学校。在唐蘅的办公室里，袁菲对着他号啕大哭："老师我真的没办法了，对不起啊老师，他一直缠着我您知道吗？他还说，我不和他在一起，他就杀我全家，老师我真的没办法了……"

有一瞬间，唐蘅几乎觉得自己需要吃药了。

他有种心脏被掐住的感觉。

"袁菲……你别哭了，听我说，"他把自己颤抖的手藏在身后，声音也变得非常不自然，"在你这个年纪，很容易就觉得某些事情永远都过不去，只能……鱼死网破，我理解你。"

我理解你。

这句话他一直想对李月驰说，却一直没有说出口。

"我理解你的感受，你很害怕，很愤怒，也许还很绝望。我知道你不是个极端的人，你只是找不到别的办法了，所以你想一了百了，对不对，袁菲？"

袁菲不语，呜咽着。

"其实只是一件小事，没你想的那么糟糕。"唐蘅拍了拍她的肩膀说，"你先搬回宿舍，学校那边我帮你去说。今晚的事不要告诉别人。"

当晚，唐蘅看着袁菲走进女生宿舍楼，久久说不出话。好像转身回去的不是袁菲，而是当年二十岁出头的李月驰。时光以某种方式重叠，他多希望那年他能夺下李月驰的刀。

如果是现在的你，一定能想出很多方法与唐国木对抗，一定不会选择那条伤敌八百、自损一千的路，一定更理智、更坚韧、更从容不迫。

但是我理解你。

在2012年，你决定捅他的那一刻，你看不见别的出路。你只能孤军奋战，拼死一搏。

"别想了，"李月驰的声音使唐蘅回过神来，他提起筷子给唐蘅夹了一块最嫩的鱼腩说，"袁菲没事，那小子不敢再去找她了。"

"李月驰……"

"嗯？"

唐蘅盯着他的脸，片刻后认真地说："多吃点儿，你还是太瘦了。"

在李月驰三十一岁生日的那个冬天，他们决定去柏林旅游。

其实李月驰的生日已经过完了，但没办法，现在李老板日理万机，好不容易才拼凑出七天假期。他们先从贵阳飞北京，然后再飞柏林。当飞机缓缓降落于勃兰登堡机场时，柏林夜雨霏霏。

唐蘅听见坐在后座的母亲向孩子介绍道："这个机场才刚刚使用没多久呢，很早之前就开始修了，没想到拖了这么多年……"

小孩刚睡醒，声音软软地问："多少年？"

母亲大概也不知道具体的数字，只是说："很多很多年呀。"

唐蘅和李月驰对视一眼，李月驰半眯着眼睛，像是有一点儿困，不知道在想什么。

待两人到酒店放好行李，已经时近凌晨。他们乘坐出租车，从柏林东来到柏林西。虽然柏林墙已经倒塌了三十多年，但这座城市仍有着历史留下的痕迹。司机用不太流利的英语说："这边房价便宜。当然，房子也相对破旧。"

唐蘅问他："您住在哪儿？"

"我嘛，"司机笑了笑说，"我小时候住在东边，后来统一了，我们家就搬到西边了。"

到达约定的酒吧，两人下车，唐蘅冻得打了个哆嗦。李月驰提醒道："把拉链拉上。"

"你冷不冷？"唐蘅仰头看天空，细小的雪花纷纷扬扬。

"还行，你别冻着。"李月驰伸出手掌接下几片雪花，自言自语道，"竟然在下雪。"

与他们相约见面的，是多年不曾联系的张白园。

如果不是之前揭露唐国木时张白园曾在微博上声援他们，唐蘅大概已经不太记得这个人了。甚至连这次见面，也是张白园先认出他们的。

张白园穿了一件长款灰色大衣，领口露出扎紧的领带。他有点儿抱歉地冲他们笑了一下说："组会开到夜里十点多，来不及换衣服了。"

唐蘅有点儿出神地看着他说："好久不见！"

"是啊。"张白园说，"来吧，喝两杯。"

在唐蘅的记忆里，张白园是个做项目时什么都不会、每次都叫很多外卖的草包（这个词是从李月驰那儿学的）。没想到近十年过去，张白园也走上了学术的道路。

他在柏林的一所大学读博士，今年已经是第五年。

"这边毕业真难啊，我们组里有两个博士，今年都第七年了。"张白园感慨地说，"你们呢，这两年怎么样？"

"他做生意，我正准备辞职。"

"辞职?"

"回去搞乐队,"唐蘅笑道,"现在李老板赚钱多,我可以混吃等死了。"

张白园看着他们,神情带着几分羡慕。

舞台上,女歌手唱着他们听不懂的德语歌,歌声舒缓而干净,似乎有些漫不经心的醉意。张白园喝了半杯鸡尾酒,忽然低声问:"李月驰,你后悔过吗?"

李月驰愣了一下,大概没想到他会问这种问题。

"有时候我会想起你们的事,还有我自己的事……我总觉得,人的局限性就在于,你永远不知道你做的每一个选择背后需要付出什么代价。

"你去捅唐国木的时候,没想到后面会吃那么多苦吧?不,我的意思是,你肯定知道你要付出代价,但你根本不知道那种代价具体是什么。也许这就是人必然的命运……"

"张白园,"唐蘅打断他说,"错的不是我们。"

"但付出代价的是我们。"

唐蘅正欲开口,沉默许久的李月驰忽然说:"我确实后悔过。"

唐蘅的身体一下子绷紧了。

"后悔过很多,比如去汉大读研,比如认识唐蘅……但是我捅唐国木这件事,没什么可后悔的。"他的声音很缓慢,很清晰,"再来一次,我还是会那样做。"

张白园沉默地点了点头,然后举杯,和李月驰的杯子碰了一下。时间已经有些晚了,张白园喝完那杯鸡尾酒,向他们告辞:"我得回去了,明天要早起。"

三人一起走出酒吧,雪下得更大了。唐蘅把东西递给张白园说:"没什么可送你的,这是我们工厂做的牛肉干。"

张白园接下，笑着说："太好了。"

分别在即，唐蘅问他："你以后打算回国吗？"

张白园摇头道："算了吧。"

三人别过，张白园打车走了，唐蘅和李月驰站在柏林的街头。此时街上的行人已经很少了，唯有满地白茫茫的雪把夜空映得很明亮。

"我出国第二年，张白园他爸被行政处罚。"唐蘅看了看李月驰，轻声向他解释，"听说是因为张白园和别人一起创业，被骗了大几百万，他爸挪用公款帮他补漏子，然后被人举报了。"

李月驰"嗯"了一声，问："然后？"

"他爸被停职之后天天爬山散心，在山上摔了一跤后，成植物人了。"

"……现在呢？"

"已经过世了。"

李月驰没有说话。

两人就这样安静地站在柏林街头，夜雪无声地飘着，在李月驰的肩上堆起薄薄一层白色。唐蘅点开手机地图，发现他们所在的位置距离柏林墙并不远。

"去看看吗？"他问李月驰。

"嗯。"

两人踏着积雪前行，走得很慢，留下两排脚印。当他们到达柏林墙时，雪忽然停了。

唐蘅读博士时去过很多欧洲国家，唯独没有来过德国。

这一刻，站在满是涂鸦的柏林墙前，唐蘅想起那个冰冷的武汉的夜。那天晚上，他和李月驰走在回东湖村的路上，李月驰答应他以后一起来柏林。

如果李月驰没有入狱，也许他们早就来到这里了吧。

真的不后悔？

李月驰从地上抓起一撮雪，捻了捻。

"如果当时我不是二十二岁，再年长五岁，二十七岁，我可能就不会捅他了。"李月驰低头盯着手心的雪说，"站在现在看以前，可能谁都有遗憾，早点儿买房就好了，早点儿炒股就好了，早点儿出国就好了……唐蘅，你知道的，在这堵墙倒下之前，有人为了从这边到另一边，死掉了。"

"……嗯。"

"如果他们能预知后来的事，肯定就不会那样做了吧？但是在那一刻，真的没有别的办法。"他顿了一下说，"我已经和那时候的我达成共识了。"

唐蘅愣愣地望着他问："什么共识？"

"他选择他的，我能扛得住。"

满地雪白，视野里的一切都亮堂堂的，天地仿佛一只没有边际的银碗。

唐蘅看见李月驰冲他露出微笑，一如多年前，他答应自己一起去柏林的那晚。

图书在版编目（CIP）数据

楚天以南 / 大风不是木偶著 . — 北京：北京燕山
出版社，2021.11（2022.8重印）

ISBN 978-7-5402-6218-1

Ⅰ . ①楚… Ⅱ . ①大… Ⅲ . ①长篇小说 – 中国 – 当代

Ⅳ . ① I247.5

中国版本图书馆 CIP 数据核字（2021）第 203000 号

楚天以南

作　　者：大风不是木偶
出 品 人：一　航
选题策划：航一文化
出版统筹：康天毅
责任编辑：王　迪
特约编辑：王晓荣
装帧设计：林晓青
出版发行：北京燕山出版社有限公司
地　　址：北京市丰台区东铁匠营苇子坑138号C座
邮政编码：100079
发行电话：（010）65240430
印　　刷：湖南天闻新华印务有限公司
开　　本：880mm×1230mm　1/32
印　　张：9
字　　数：217 千字
版　　次：2021 年 11 月第 1 版
印　　次：2022 年 8 月第 5 次印刷
书　　号：ISBN 978-7-5402-6218-1
定　　价：49.80 元